# 全国青少年
# 冰心文学活动
# 优秀作品选

## 雏翼·小学卷

主编　吕安宁

国文出版社
·北京·

**图书在版编目（CIP）数据**

全国青少年冰心文学活动优秀作品选．“雏翼·小学卷”／吕安宁主编．-- 北京 ：国文出版社，2025．

ISBN 978-7-5125-2089-9

Ⅰ．I217.1

中国国家版本馆CIP数据核字第2025VK7390号

**全国青少年冰心文学活动优秀作品选．“雏翼·小学卷”**

| | |
|---|---|
| **主　　编** | 吕安宁 |
| **责任编辑** | 罗敬夫 |
| **策划编辑** | 凌　翔 |
| **责任校对** | 陈一文 |
| **装帧设计** | 邓小林 |
| **经　　销** | 全国新华书店 |
| **印　　刷** | 三河市中晟雅豪印务有限公司 |
| **开　　本** | 787毫米×1092毫米　　16开 |
| | 23印张　　285千字 |
| **版　　次** | 2025年8月第1版 |
| | 2025年8月第1次印刷 |
| **书　　号** | ISBN 978-7-5125-2089-9 |
| **定　　价** | 99.80元 |

国文出版社

北京市朝阳区东土城路乙 9 号　　邮编：100013

总编室：（010）64270995　　传真：（010）64270995

销售热线：（010）64271187

传真：（010）64271187-800

E-mail：icpc@95777.sina.net

# 目录

## 诗歌、散文

## 记叙文

## 议论文

# 诗歌、散文

# 诗二首

沪江维多利亚学校（Victoria Shanghai Academy） 苏桐（Su Tong Thomas）

## 风

风是大自然中最容易生气的小孩，
他在海上哇哇哭闹，
在草原里使劲跺脚，
在大山里气呼呼地跑来跑去。
有时候发脾气，吹倒高楼一栋，
万物都害怕他，但也喜欢他。
因为，风呀，有时候轻轻吹过，
会带来笑声，和天空的云朵。

## 看

我要快乐地看，
看看高山，拍拍手，
看看大海，笑呵呵，
看看四季，转圈圈，
看看万物，真奇妙。
我快乐地看呀看，
看够了，再看看书，
继续探索新世界。

# 我爱家乡的四季

吉林省长春高新技术产业开发区尚德学校　崔玧潞

我的家乡是那被称为冰雪之城却有着一个温暖名字的地方——长春。它宛如镶嵌在960万平方千米国土上的一颗璀璨明珠。广袤无垠的黑土地孕育出长春人独有的豪迈与善良，他们在这片土地上持续谱写着专属的光辉岁月。长春作为一座四季特征鲜明的城市，其美丽贯穿于一年的轮回之中。

初春之际，太阳洒下丝丝缕缕的阳光，努力想要融化大地那冰封的身躯。城市的母亲河——伊通河，不知何时已被悄然唤醒，那潺潺的流水仿若拥有神奇的魔力，于不经意间便催生出盎然的生机。春风轻拂，绿意如浪潮般在漫山遍野间涌动。田野里、河岸边嬉戏玩耍的孩子们，也在这春日的欢乐氛围中茁壮成长。

盛夏时节，炽热的太阳尽情释放着无尽的热情。在高温的烘烤下，充满活力的桂林路满是最能抚慰人心的人间烟火气。街边的小吃构成了整条街道独特的风景线，人来人往，川流不息。人民大街上车水马龙，彰显着长春的繁华盛景。公园里、街道上，这座城市中的每一个人都在为追逐自己的梦想而奋力奔波。

秋意渐浓，秋风悄然无声地吹起，为喧嚣的城市带来了丝丝凉意。城市东部的莲花山被染上了一层金黄的色彩。瑟瑟秋风虽吹落了高大树木的阔叶，吹去了曾经的葱郁，却孕育出了累累硕果。在这收获的季节里奏响了金色的华章。

隆冬降临，大雪如同为整座城市披上了一件洁白的棉衣。纷纷扬扬的雪花为“净月潭”梳妆打扮，使其呈现出最美的姿态，也为“长春”这座冰雪之城吸引来了来自五湖四海的游客。尽管气温低至零下三十摄氏度，但长春的人们心中却有着如春天般的温暖、夏天般的热情、秋天般的浪漫……他们相互交谈、尽情嬉戏，肆意地享受着长春这别具一格的冬日时光。

家乡长春，在四季的交替更迭中，孕育出独特的风土人情。恰似这四季的循环往复，支撑着这座城市长久稳定地发展，始终保持着温暖如春的氛围，这便是长春之名的深刻内涵与独特魅力所在。

（指导老师　李冠男）

# 我眼中的缤纷世界

上海市虹口区第四中心小学　高知一

我眼中的缤纷世界是多彩的、欢乐的、兴奋的！但是我可以想象古人眼中的缤纷世界，肯定跟我们的世界是不一样的。

春天，唐朝的杨巨源写过“诗家清景在新春，绿柳才黄半未匀”，白居易写过“乱花渐欲迷人眼，浅草才能没马蹄”，宋朝的朱熹也写过“等闲识得东风面，万紫千红总是春”。在古人眼中，春天是清新的，万物复苏百花齐放，一片生机勃勃。但是古人只能用文字记录春天，反观现在，我们有照相机，可以将春意盎然的景象储存起来，时刻感受春天的美好，这可是古人意想不到的。春天在我眼中是翠绿的、温暖的、欢乐的。

夏天，唐朝的王昌龄写过“荷叶罗裙一色裁，芙蓉向脸两边开”。宋朝辛弃疾写过“明月别枝惊鹊，清风半夜鸣蝉”，同时代的赵师秀也写过“黄梅时节家家雨，青草池塘处处蛙”。古人在夏天好像只能欣赏荷花，听听蝉鸣和蛙叫。虽然夏天是炎热的，但是现在我们可以去水上乐园玩，那里有很多游乐项目：有冲浪，有水上滑梯，还有游泳池。玩累了，还可以美美地吃上一个冰淇淋，永远都不会感觉热。我眼中的夏天是火红的、甜甜的、欢乐的。

秋天，唐朝的李白写过“秋风吹不尽，总是玉关情”，杜甫写过“无边落木萧萧下，不尽长江滚滚来。万里悲秋常作客，百年多病独登台”，元朝马致远用“夕阳西下，断肠人在天涯”来表达秋思。古人眼中的秋天是萧瑟的、悲伤的，但我的秋天就不一样了，因为秋天我们就可以秋游了。就像今年的秋游，我们去了上海野生动物园，我看到了许许多多的动物：有戴着黑白条纹的斑马，有威风凛凛的狮子，还有笨手笨脚的狗熊，甚至还有来自非洲的大猩猩，它站起来高高大大的，像是穿了银灰色铠甲的猛士一样。我想古人肯定看不到这么多来自世界各地的神奇动物。我眼中的秋天是金黄的、凉爽的、欢乐的。

冬天，唐朝的刘长卿写过“日暮苍山远，天寒白屋贫”，柳宗元写过“千山鸟飞绝，万径人踪灭”，清朝的郑燮也写过“晨起开门雪满山，雪晴云淡日光寒”。古人眼中的冬天往往都是天寒地冻的，但是我的冬天就不一样了。如果冬天上海不下雪，我可以去冰天雪地的东北玩，感受冰雪王国的欢乐。如果觉得上海冷，我还可以坐飞机飞到海南三亚，到海滩去玩水、捡贝壳，吹着凉爽的海风，又可以吃到甜滋滋的冰淇淋了。冬天在我眼中既是雪白的，又是蔚蓝的，还是欢乐的。

这就是我眼中的缤纷世界，跟古人世界的春、夏、秋、冬大不相同。我喜欢这样的世界！

（指导老师　余兰）

# 成为参天大树

江苏省南京市鼓楼区第一中心小学　顾奕航

在人生旅途中，每个人心中都有一颗种子。它深埋于内心深处，为了实现成为参天大树的梦想而历经种种磨难，最终使梦想的种子开花结果。

起初，我对世界懵懂无知，就像一颗刚刚发芽、破土而出的种子。我感受到阳光的温暖与微风的轻抚，那一刻，我看到了世界的广阔，也看到了周围那已然高耸入云的参天大树，它们宛如我心中的灯塔，照亮我前行的道路。夏日，我承受烈日的炙烤、秋风的萧瑟，在严寒中也未曾停止生长。每一次挑战都让我学会调整自身状态，加快努力的步伐。在这个成长过程中，我的妈妈就如一片荷叶，她更是我心中的参天大树，时刻为我遮风挡雨。

在四年级升五年级期间，我遭遇了无数次的困难与挑战。数学测验时，因粗心大意痛失高分，当看到成绩时，我仿若一只被暴雨打蔫的小苗。妈妈，您可知我在数学上没少下工夫，这使我深感沮丧。但每当此时，我都会想起深埋内心的梦想——成为参天大树。

我开始学会从失败中汲取教训，整理错题，并按步骤写出解题方法。随着时间流逝，我终于有所收获，这与妈妈对我的教育和鼓励密不可分。在学习与生活中，我这棵小幼苗始终得到参天大树的庇佑，失败不气馁，成功不骄傲，我终将成为像妈妈一样的参天大树，为他人遮风挡雨，为社会贡献力量。

如今，我虽还不是一棵参天大树，但我明白，只要心中有梦，脚下有路，梦想的种子就有成长为参天大树的潜力。

（指导老师　丁路）

# 多彩的秋天

上海民办彭浦实验小学　郭婧萱

有人喜欢“碧玉妆成一树高，万条垂下绿丝绦”的春天；有人喜欢“接天莲叶无穷碧，映日荷花别样红”的夏天；有人喜欢“梅须逊雪三分白，雪却输梅一段香”的冬天，而我喜欢的是“停车坐爱枫林晚，霜叶红于二月花”的秋天，那是因为秋天是多彩的。

秋天是蓝色的。秋天的天空瓦蓝，好像被淘洗过一样，再衬上朵朵白云，那云儿有的像扬帆起航的小船，有的像令人垂涎三尺的棉花糖，还有的像欢快玩耍的小羊羔……

秋天是火红的。数不胜数的枫树们迫不及待地脱掉了陈旧的绿衣，披上了崭新的红装。它们似乎商量好了，齐刷刷地一起换上了新装，带给世界一抹红。

秋天是金色的。在瑟瑟的秋风中，落叶完成了它们的使命，慢慢地飘落下来。它们有的飘在了地上，堆成了一条金色地毯；有的落在了小河里，印出一长串金色的小脚印；有的落在小朋友的头上，落成了一顶顶金色的小帽子，引得他们开怀大笑……

秋天是五颜六色的。红彤彤的苹果丰收了，它带来了红色；多汁的橘子丰收了，它带来了橘色。稻谷和玉米丰收了，它们带来了黄色；瓜果蔬菜丰收了，它们带来了绿色而天真无邪的孩子们带来了幸福的颜色。

这么多的颜色就这样凑成了秋天的调色盘，这样多彩的秋天，把大地打扮得五彩斑斓。

多彩的秋天，令人陶醉不已，我爱这美丽迷人的秋天！

# 上海的温度，眼中的画卷

上海市嘉定区朱桥学校　何思辰

在这个五彩斑斓的世界里，每一座城市都犹如一本独特的书籍，镌刻着自己的历史与温情。而上海，这座我深深眷恋的城市，更像是一本厚重的经典名著，每一页都洋溢着无尽的惊喜与温暖，让人沉醉其中，流连忘返。

爷爷说，上海啊，不仅仅是一座高楼林立的多样性大都市，它更有着让人心生温暖的温度。我不解地问："温度？城市怎么会有温度呢？"爷爷笑了，他的笑容里藏着岁月的痕迹，也藏着对这座城市深深的眷恋。他说："孩子，你用心去感受，就会发现，这座城市的每一个角落，都充满了故事和温情。"

于是，我开始用我的双眼，去探寻这座城市的温度。我走在南京路步行街上，两旁是琳琅满目的商铺，人群熙熙攘攘，热闹非凡。漫步在上海的外滩，我仿佛化身为一名穿越时空的小探险家。一侧是那些古老的建筑，它们宛如沉默的智者，用斑驳的墙面低声诉说着过往的辉煌与沧桑。我闭上眼睛，仿佛能听到那些旧时光的回声，在历史的长河中感受到上海独有的温度；而另一侧，陆家嘴的摩天大楼群则如一座座巍峨的城堡，熠熠生辉，散发着现代都市的迷人光芒。那些大楼里的灯光，宛如点点繁星，不仅照亮了上海的夜空，也点燃了我心中的梦想与希望。

有一次，我有幸参观了张江科学城，那里简直就是一个科幻电影中的未来世界。我亲眼看见了量子通信的实验室，那些神奇的机器仿佛从银幕中走出，让我惊叹连连。还有人工智能研究中心，那里的机器人竟然能与我进行流畅的对话，回答我的问题，这简直太不可思议了。我想，这就是上海独有的魅力吧，它总是那么充满活力，不断创新，引领着时代的潮流。

说到上海的多样性，那可真是一绝。在这里，你可以品尝到世界各地的美食，仿佛置身于一个小小的地球村。我特别喜欢品尝各式各样的美食，每一次都有意外的收获与惊喜。此外，上海的艺术展览也是丰富多彩，让人目不暇接。我曾经在世博园区的文化节上，看到了来自不同国家和地区的人们穿着各自的传统服饰，他们载歌载舞，共同庆祝文化的多样性。我听到了世界的和谐之音，感受到了上海的包容与开放。

记得有一次，我在地铁站里，目睹了一位盲人奶奶在工作人员的细心引导和搀扶下顺利乘上了地铁。虽然周围都是匆匆行走的乘客，可当大家看到这一幕时，在地铁开门的一刹那，他们都主动侧身礼让这位由工作人员搀扶着的盲人奶奶。那一刻，我被深深地打动了。我想，这就是上海的温度吧。这座城市在飞速发展的同时，始终不忘关心每一个人，无论是社区里的“长者照护之家”，还是为残障人士设置的无障碍设施，都彰显着上海的人文关怀与温情脉脉。上海的温度离不开那些普通人的辛勤付出与努力。他们就像这座城市里的无数颗小星星，虽然不起眼，但用自己的光芒照亮了这座城市。

我抬头望向天空，发现天空也被这座城市的灯光染成了温暖的橘黄色。这就是上海的温度吗？我想，或许是的。这座城市的繁华与热闹，就像爷爷给我的拥抱一样，让我感到安心和温暖。

上海就像一座充满魔力的城市，它既有历史的沉淀与底蕴，又有现代的活力与创新；既有科技的前沿与突破，又有人文的关怀与温暖；既有文化的多样性与包容性，又有普通人的奋斗与梦想。这座城市就像一本永远翻不完的书，每一页都充满了新的故事与温暖。

# 粤城英烈颂——广州起义烈士陵园纪

济南市东方双语实验学校（千佛山校区）　岳子皓

粤之羊城，古韵悠长，人文璀璨，其广州起义烈士陵园，尤为庄重，乃缅怀先烈、继往开来之圣地也。吾今欲以文言述其详，以彰先烈之英勇，启后学之思悟。

陵园坐落于羊城一隅，环境幽雅，远避尘嚣。入园则见古木参天，松柏青翠，犹如天然翠屏，守护着这片神圣之地。日光透隙，斑驳陆离，更添肃穆之气。

园中主径坦荡，直通心腹。道旁矗立英烈之雕像，栩栩如生，英气逼人。雕像之下，简述生平，悲壮事迹，读之令人动容，思之则情深意远。循径而进，纪念碑影，触目皆是，铭刻起义之惨烈，颂扬先烈之伟绩。

广州起义，继辛亥之后，我党领导之重要武事也。时国运不济，民生凋敝，仁人志士，挺身而出，誓以热血唤醒我中华。虽终未克全功，然先烈英勇无畏、舍生取义之精神，犹燎原之火，燃遍四海，激民志而振国魂。

陵园之中，烈士纪念碑巍然屹立，高耸入云，喻先烈高风亮节、不朽之德。碑顶五星红旗，迎风招展，昭示革命之胜利与光明之未来。碑身正书“广州起义烈士永垂不朽”，金光闪耀，耀人眼目。每逢清明或纪念之日，四方人士，咸集于此，献花致祭，缅怀先烈，敬仰之情，溢于言表。

除碑之外，陵园复有纪念馆、陈列室，展示起义之史料、文物及先烈遗风。馆内展品琳琅满目，自武器装备至遗物手迹，皆述说着那段峥嵘岁月之点滴。游人至此，无不驻足凝视，细品其味，感慨系之。

陵园之美，非独在其壮丽之建筑与丰富之展览，更在于其所承载之革命精神与红色文化。此乃中国革命历史之重要见证，亦传承红色基因、弘扬革命精神之重要阵地。凡入此园者，皆能深切感受先烈为民族独立、人民幸福所付出之巨大牺牲与无私奉献。不忘初心，此精神必将永励后人奋勇前行，共筑中华民族伟大复兴之中国梦。

（指导老师　孟祥和）

# 背影

吉林省长春高新技术产业开发区尚德学校　姜呈

姥爷的爱，无需太多言语，却让我红了眼，久久难平。他用漫长的岁月，把自己锻造成一块沉默而凌厉的铁，托举起我脆弱而柔软的生命。

——题记

## 那个背影，那个清晨

那是一个仲夏的早晨，青黛色的天空刚刚微亮的时候，一个噩耗从天而降——早产的我由于长期使用呼吸机，鼻小柱部分被呼吸机夹坏了，无法修复。妈妈说，就在听到消息的那一刻，姥爷食指按着紧锁的眉头，那一夜，姥爷的枕巾被泪水打湿，由于着急上火，姥爷的眼睛在一夜间充血，全红了，什么也看不见了。

那时的我还在医院新生儿科的保温箱里，妈妈说姥爷一直坐在客厅的沙发上，无助地叹着气。

听到妈妈的描述，在那一刻，我仿佛看到姥爷伤心焦急的背影……

## 那个背影，那年午后

午后的太阳金灿灿地挂在天空，如此明媚。那年我七岁，由于早产原因，医生说我的腿部力量弱，必须每天做康复训练，否则走路会不稳。平复心情后，姥爷就给我制订了锻炼计划，每天的午后领着我练习蹲起动作。

“一、二、一”，姥爷严厉地喊着，脸上失去了以往的慈祥。姥爷说：

“宝宝，为了你以后走路平稳，和别的孩子一样跑跑跳跳，咱们必须坚持！”“还有10下，坚持就是胜利！”细密的汗珠从姥爷的额头渗出，他的大手用力把着我的腿，青筋暴起，就似岁月在他的手上匆匆而过，画下了深深的皱纹。

我忍不住说：“姥爷，您辛苦了！”姥爷眼含泪水，心疼地说：“你更辛苦，我的宝贝！”锻炼完毕，姥爷弯着腰，揉着自己的腿，走回卧室。此时，我看见姥爷疲惫的背影……

## 那个背影，那日黄昏

落日的余晖褪出了晚霞的最后一抹酡红，“宝宝，再跑快点！”还是家门口的跑道，我和姥爷一起奔跑着。姥爷在前面领跑，我身轻如燕，姥爷喘着粗气，脚踩在枯黄的树叶上，发出“咔咔”的声音，就像生命涉过长河，余音厚重得我不忍侧听。

我们两个，一个生命像小树一样，长高，长壮实；一个生命却像一棵老树一样，慢慢地佝偻，无声无息。回头看，姥爷已经满头白发，每当我跑步加速时，姥爷都会竖起大拇指。那个背影，是鼓励的背影；那个背影，令我辛酸又难忘。

犹记那天午后，我小心翼翼地从柜子里拿出一沓姥爷的“回忆”，拂去时间的灰尘，是一角已经泛黄发皱的日记本，也是独属他和我的回忆录。我顿了顿手，有些不敢翻开，为什么呢？我自己也说不清。

姥爷沉淀了一辈子的骄傲，却在晚年为我弯腰低身，求医问药。日记里记录的是他脚蹬30千米自行车为我送药的日常之事，是日复一日呵护我康复历程中无尽的煎熬与希望。这日记里绽放着姥爷对我的爱。

抬眼看着阳光的影子从屋里这边走到那边，听着树叶婆娑的声响，看着雨水从屋檐倾泻如注。我又想起姥爷逐渐弯曲的背影，不再清晰的口齿，以及越发模糊的记忆力。我不断追问着时间，为何就这样匆匆地走过？可又埋怨时间走得好慢，我恨不得自己插上翅膀飞着长大，迫不及待想让姥爷看看我长大的模样。

岁月如梭，姥爷的背影在时间的洗礼下显得愈发厚重而深沉。它不仅仅是一个简单的背影，更是承载了家族的记忆，传承与希望。每一次回首，我都能感受到那份沉甸甸的爱与责任，它们是我不断前行的动力。

一杯温酒，一段人生。

姥爷这一杯，浓烈灼人，沁脾芬芳。

（指导教师　刘潇键）

# 可爱的家乡

西安高新第一小学　吕千雨

我的家乡特别美丽，特别美，我们的家乡人特别亲切，特别好！非常和蔼可亲，我在那里出生，它是那样平静、祥和。我爱我的家乡，它有美丽的街道，美丽的小巷，还有一间一间美丽的小铺，小铺有各式各样的小吃，非常丰富，有特别多的好吃的，我真的非常喜欢。这里的街道没有一点点灰尘，半边是水，半边是江，一座一座高楼拔地而起，我家住在18楼，看到江边的风景特别美丽，我喜欢这一切！

你们猜一猜，这是哪里？

它就是——安康，陕西安康！我喜欢安康。

# 春

广东省湛江市第十二小学　门歆悦

最后一颗“棉花糖”
被阳光舔食殆尽，
二月的风筝线
系上孩子们的心，
春，
这个调皮鬼，
挠了迎春花的胳肢窝，
“扑哧”
花儿绽放出一抹金黄。

春，
是个飞毛腿，
在“四季赛”中，
最先冲过终点线。
我和她尽情拥抱，
摘下她的桂冠，
让她始终追着我跑，

直到她坐下休息，
我才会停下回望，
当她起身继续追赶我的时候，
我拔腿就跑，
这样她便会一直追我，
不会离去。
这样，
春的活力永驻，留香永久。
可我做不到，
只能欣赏。

春，
沿季节之坡缓缓走下；
春——
向我走来，
却又渐渐走向远方……

## 长大后我将成为你

西安高新第一小学　蒲史锦

大家都有很多梦想，有的想成为一名医生，救死扶伤。有的想成为一名运动员，为国争光。还有的想成为一名战士，镇守四方，而我想成为一名消防员，保卫家乡。

消防员的一天非常辛苦，他们似乎永远不知疲惫，哪里有灾难哪里就有他们的身影，只要险情需要，他们就会用身躯挡在危险的最前线，他们不怕疼不怕苦，眼中只有人民的安全。有一次，一位消防员叔叔来我们学校讲课，他到了他们的一次经历，他回忆道："当时，大家正在睡觉，因为白天才执行完一个任务，这时都很困，可警铃偏偏在这时响了，大家猛地一个激灵，立马穿好衣服就上了车。幸好大家及时赶到，这才遏制住了火灾，人员也没有太大伤亡，可就是有一个小孩的腿被石头压上了，这个小孩还吸入了大量的浓烟，而且室内突然产生了大爆炸。这位消防员叔叔不顾个人安危，转身就冲向了楼里面，穿过层层火墙，终于找到了小孩子。这位消防员叔叔将自己的呼吸面罩给小孩带上，不顾自己的安危抱着孩子就往外冲，小孩不停地在哭喊着找妈妈，消防员叔叔边跑边气喘吁吁地安慰道："没事了孩子，马上就能见到你妈妈了。"救出孩子后，这位消防员叔叔全身上下早已伤痕累累，但他依然执行任务，不怕苦，不怕累。听完这个故事后，同学们早已泪流满面，消防员那种勇敢无畏，舍己为人的精神令人敬佩，值得我们学习。向英勇无畏的消防队员致敬，和平年代，你们是最可爱的人。

我立志长大后将成为你！

（指导老师　金冬梅）

# 黄昏即景

广东省深圳市福田区益田小学　钱程

我喜欢神清气爽的清晨，也钟爱安静神秘的暗夜，但我最欣赏的是那景色如画的黄昏。

冬日之中的晚阳还高挂天空，那是下午四点多，广阔的湛蓝衬照着它的艳丽，那一抹曙红是那么勾人，又那么有野心。

时间的流逝让广阔的蓝染上了几抹炽烈，夕阳也渐渐蠢蠢欲动起来，躲到西山身后，开始了一天的休息。

蓝天渐渐被逼到涯边，天空这时成了一个调色盘，而晚霞是它最得意的画作。夕阳也不甘示弱，发出寸寸曙光，渲染着云朵姑娘的衣裳。河流闪烁着黄昏的余晖，流淌的水波如琴弦轻拨，奏出天籁之音，红烬生辉，神秘而又深邃。

微风温柔地拂过，轻柔的触感抚摸脸庞，带来了黄昏的芬芳。淡淡的花香伴随着云层之间的炽红，还渗透了橙红与紫罗兰色，它是艺术家在无边画布上挥洒的杰作，将整个天空点缀成如宝石般璀璨闪亮。

好像就在那一刹那，夕阳便只剩小半边，最后散发出的深红染红了天角，天光海色浑然一体，熠熠生辉。鲜红的残阳，在火烧云霞之中徐徐下沉，它把蔷薇色的斜晖，闪烁不定地蒙在湖面之上，直到夕阳西沉，夜幕降临……

黄昏的余晖不仅是大自然的神秘之处，也是生活中的一份惊喜。在这时，人们感受到的不仅仅是生命的可贵，更是自然与人文的交往。在晚霞的映照下，心灵净化，希望与幸福也灿烂珍贵。

（指导老师　骆弘娜）

# 枫之子

上海市松江区泗泾第三小学　任书娴

秋天的林间小道，堆起了小山似的落叶，满树的叶子随秋风而起，又随秋风而落。

披着秋日的聒噪，我漫步于林间曲径。迎面而来的是枫之子的落幕典礼：它如骄阳般自豪，即使落下也是向着阳光。叶片透出秋日阳光的坚毅，它轻盈地落在地面，像旺盛的小火苗，用自己独特的方式去面对阳光。不远处，更多的火苗堆叠在一起，我翻找着，还想再找出一些乐观与坚毅。我轻轻地捡起一片落叶，红彤彤的颜色好似夕阳西下时的瑰丽，落叶的纹理在阳光下格外清晰。仔细观察，叶脉同生命之河在时光中静静流淌。将落叶捧在手心就能感受到秋天的气息，那是一种独特的美，让人陶醉。

天高云淡，我站在这儿，极目眺望，那远方的山脉，好似被一片炽热的火焰覆盖。哦！原来是山上栽满了枫树。那火红的色彩如同夕阳的余晖，将山脉染成一片橘红色。在这深秋的时节，那如诗如画的美景真令人陶醉，不禁让人感叹生命的美好。

我依然驻足远望，望着秋日阳光下熠熠生辉的枫叶堆，和那火焰般的山脉。望着随处可见的枫叶堆，我想了许多。对比枫叶，我们形同蝼蚁，枫叶明白积极向上，可我们却只知道挫折之后的悲伤。它们有一颗似火似骄阳的心，它们坚强，他们坚毅，它们伴着清风与阳光，它们并不枉此生。

枫叶树又沙沙作响，枫叶又一次随秋风而起，随秋风而落。它们永远无所畏惧，请你像它们一样永远向阳，即使披荆斩棘也不枉此行。

# 藏在红领巾里的爱

上海市建平中学西校　施若泠

有时候你毫不在意的细节，也蕴藏着家人对你的爱。

当上少先队员后，老师给我们每个人都发了一条鲜艳的红领巾。拿到它时，我满心欢喜，小心地珍藏着，像呵护一件珍宝一样。那时，我总是会把它叠得整整齐齐，生怕它受到一丝损伤。然而，时间像流水般匆匆，我开始随手将红领巾扔在角落，不再像当初那样细心呵护。可第二天早上，红领巾总会神奇地变得干干净净，没有一丝褶皱。

上星期妈妈告诉我，她要出差了，我非常高兴，因为我终于可以暂时摆脱约束，自由自在了。回到家，我将红领巾随意地丢在一旁，沉浸在玩游戏的快乐中。第二天早上，我却怎么也找不到红领巾，今天学校还要举行升旗仪式，必须佩戴干净整洁的红领巾，我急得满头大汗，心慌意乱。最后，我在一个角落里找到了它，但它依然皱巴巴、脏兮兮的，仿佛在无声地诉说着我的粗心大意。但我此时顾不上太多，匆匆戴上就去学校了。

结果，不仅迟到，还因为红领巾不符合要求被老师批评。我低着头，羞愧难当，心中充满了懊悔。这时，我才意识到，每天早上那干净整洁的红领巾，都是妈妈帮我洗的！那一瞬间，我心中涌起一股暖流，一种无法言说的感动。我仿佛看到了妈妈忙碌的身影，她为了让我拥有最整洁的红领巾，不辞辛苦地将它洗干净，熨烫平整，然后细心地放在我的书包里。原来，妈妈的爱，藏在那些毫不起眼的细节里，就像这条红领巾上淡淡的清香，温暖着我的心。

从那以后，我更加珍惜这条承载着妈妈的爱的红领巾，它时刻提醒着我：珍惜眼前人，学会感恩，更要努力成为一个更优秀的人，不辜负妈妈的爱。因为我知道，妈妈的爱，不仅体现在她对我的叮咛嘱咐，更体现在她为我做的每一件小事，每一份细致的关怀，如同这条红领巾，默默地守护着我，陪伴着我成长。

## 致童年

广东省广州市荔湾区林凤娥小学　谭智恩

童年是一朵朵簇拥的花，等着我们去唤醒它；童年是一艘艘满载而归的大船，上面装满了我们的欢乐；童年是一支支笔，在纸上画着画着就过去了。每一个人都有属于自己的童年，我也不例外。

回顾我的童年，就如同在脑海里播放着属于我的电影。

如果要我对自己说一些话，那么我想对自己说：“你已经做得很好了，在接下来的日子要加把劲学习，早日成为国家栋梁，不要让自己留下遗憾。”在童年生活中，我也经历过许多有意思的事情。记得有一次暑假，父母带我回乡下玩，有一件事令我难以忘怀。吃完晚饭，我提出要去湖边散步的要求，他们同意了。那是一个寂静的夜晚，有时知了在鸣叫，那声音令人心旷神怡，疲劳顿消；有时夹杂着流水声、鸟鸣声、他人的细语声形成了一种天然的音乐。我和父母在草坪上散着步、谈着话、唱着歌。闻到的那阵阵花香令人陶醉；听到的那阵阵鸟鸣令人悦耳；看到的那波光粼粼的湖面令人愉悦，我迈着轻快的步伐去寻觅那花香的来源，那时我在想："这地方真是个世外桃源啊！"正当我跑着的时候，听到父母在后面喊："慢一点啊！"我喊道："知道了！"我寻着香味跑去，看到了一片薰衣草田，紫紫的色彩很漂亮，偶尔还在随风舞蹈。不知不觉中，我走到了薰衣草田里，我仿佛变成了一朵薰衣草，随着风一起舞蹈，好似我与大自然融为一体。我享受着大自然的景象，心情异常愉悦。这时，我兴奋地回头一看，父母正对着我笑，看到父母在笑，我也很高兴。漫步在月夜中，伴着月光天渐晚了，我和父母回到了家，别提有多悠闲了！那时正当一年中最热的时候，但身在湖边却感受不到丝毫酷热，反而是阵阵凉爽。回到了家，父母和我已经累了，洗了一个澡便入睡了。每每回忆时，我都非常向往。这可能就是我埋藏在心里的话了。

最后我想说的是，别人可以瞧不起你，但要努力，争取做最好的自己。

每个人都有想对自己说的话，有长有短，有哭有笑，有苦有甜，有酸有辣，但我想，我应该从现在开始，做更好的自己。

童年是多么令人陶醉，多么令人痴迷，多么令人留恋啊！

（指导老师　陈颖哲）

# 那一缕芬芳

浙江省衢州市实验学校教育集团新湖校区　童雅路

午后，微风吹拂着大地，带着一丝丝温暖和宁静。我闲散地躺在草地上，闭上双眼，尽情享受着这一刻的宁静与舒适。突然，一缕芬芳的气息袭来，让我心神为之一振。

我慢慢睁开眼睛，追溯这一缕芬芳的源头。几步之外，一朵洁白如雪的小花在微风中轻轻摇曳。那是一朵普通的野花，没有华丽的花瓣，也没有夺目的颜色，但它却向人们传达着一份纯真的美。我决定接近它，寻找那一缕芬芳的秘密。

当我靠近小花时，一阵淡淡的香气扑鼻而来，仿佛来自天籁之地。我俯下身子，仔细观察这朵小花，发现它只有几片简单的花瓣，粉嫩而脆弱，摇曳间充满了生命的活力。它原本平凡的形态中，却散发出一缕令人陶醉的芬芳。

我尝试着用指尖轻轻触碰它的花瓣，怀着对它的崇敬与感激。突然间，一阵微风吹过，吹动了小花周围的草丛。草丛中传来一阵细微的声响，似乎有什么东西在动。我好奇地探头望去，发现草丛中有一只小虫正在挣扎着爬行。它似乎受伤了，行动缓慢而艰难。

我心生怜悯，小心翼翼地靠近小虫。仔细观察后发现它的一只翅膀折断了。我慢慢地捧起小虫，放在手心，用另一只手轻轻地抚摸着它的身体。这一刻，我感觉到小虫似乎感受到了我的关怀与温暖，它缓缓地抬起头望着我，似乎在向我道谢。

我把小虫放在花朵旁的草地上，希望它能在这里找到一片安宁的天地。当我转身离开时，我发现小花在微风中微微摆动，仿佛在为我送行。那一缕芬芳的气息再次袭来，带着一种温暖的情愫和感恩的气息。

我坐在草地上，凝视着这只受伤的小虫和那朵小花。它们似乎在相互交流着什么。小虫吃力地爬向花朵，用它的触角轻轻地触碰花瓣。那一刻，我仿佛看到了小虫对花儿的感激和敬仰。花儿似乎也在用它的芬芳向小虫传递着安慰和力量。

此时，那一缕芬芳再次袭来，它就像是一曲纯净的旋律，永远流淌在我的心间，提醒着我生命的伟大与价值。它让我明白，坚韧不拔是最好的宝藏。而那一缕芬芳，则是生命中永不消失的一抹靓丽的色彩。

（指导老师　金献炳）

# 如果我是一朵云

重庆市江北区洋河花园实验小学校　王鸿睿

“竹外桃花三两枝，春江水暖鸭先知”，又是一年春来到，我躺在柔软的绿草地上，看着蓝蓝的天空，纯洁的白云，恍惚间我感觉身体变轻，逐渐透明，缓缓上升，变成了一朵云。

“哇！自由飞翔的感觉真好！”飘浮在万里高空，俯瞰大地，景色壮美，我决定跟随清风，到祖国各地去看看大好河山。

我来到雄伟无比的万里长城，在这里我似乎看到了千古一帝秦始皇孤单的背影；我又飞到苍凉的戈壁滩，看到了“大漠孤烟直，长河落日圆”；我来到庐山，见识到“飞流直下三千尺”的气势；又在泰山之巅，体会“会当凌绝顶，一览众山小”的豪情；在洞庭湖上，看到了“湖光秋月两相和，潭面无风镜未磨”的景象；在珠穆朗玛峰顶，我领略了雪域高原的古老神秘……

但我逐渐厌倦了这些美景，世间万物都已看过，我决定去做一些有意义的事情。我请风朋友将快要坠落的飞机托起，避免了空难；我让海上的浓雾让开道路，使迷途的渔船重回正确的航线；我找来乌云兄弟降下大雨，熄灭了熊熊燃烧的森林大火；我变幻成各种形状，在天空中上演着精彩的舞台剧，让人们体验大自然的奇妙和美好……

日子过得飞快，这天我遇到一团飞奔的乌云，我问道：“你们要去哪里啊？”领头的大哥叫金乌，以前我就听过他们的名头，他们叱咤风云，奔忙于世间，只听他道：“我们要赶着去给干旱的大地下雨咯！”“要放弃自由自在的日子吗？”我感到很不解，但他们已经毫不迟疑的纷纷跳了下去，在空中化为雨滴，如流星般射向大地，滋润田土。只见地里的庄稼缓缓长出了新苗，嫩绿越来越多，干旱之地焕发生机，变成了绿意盎然的山河，鱼儿在欢腾，鸟儿在歌唱，人们脸上露出了幸福的笑容。我瞬间明白了他们的用心，一咬牙也跳了下去，化为甘霖，滋润万物。

不久之后，雨过天晴，山川秀美，河流奔腾，花儿盛开，草木生长，每一朵花瓣上的水珠，每一片树叶上的水滴，都有我的一份。“我消失了吗？”我不断地问自己，但我分明感到身体开始变轻，慢慢上升，又凝聚成一朵白云，“咦，我不是化为雨滴，融入大地了吗？”我疑惑道，“兄弟，你不知道呀，阳光照射，温度升高，我们又会重新蒸发变成云朵，从某种意义上来讲，我们比人类还要幸福啊！”金乌大哥在我身旁自豪地说。我抬头望去，太阳公公正笑眯眯地看着我。万物流转，生生不息，此时，之前的困惑迷茫一扫而空，我觉得浑身充满了力量，挽过风朋友的手，我又逍遥自在地向远方飞去。

（指导老师　陈世玉）

# 甜

陕西省榆林市高新区第二小学　王禹心

比赛就像一种调味料，它拥有酸、甜、苦、辣……每一次的经历就像在看一部电影，简直精彩极了，而我却经历了一次“甜”。

记得四年级时，我报了一个语文班。这里的老师上的课既有趣，又让人的知识记忆犹新，并且这里每三周就会举行一场语文知识竞赛，让人又紧张又迫不及待。转眼就到了第三周，只听老师说比赛开始，我们每个人的手都亮晶晶的(包括我也是)，前面足足有二十道题都是古诗词。第一道老师刚说完我便举起了手，说完答案后，老师说对了，我便理所当然地加了2分，目前可是我领先，第二道，第三道……二十道题，只听老师说中间休息，排名第一的我很完美地到了第六(班里一共有14个人)。我自认为不算想象中的那么差。

下半场时所有的人都是很用功的，可我却有七道不会，别人看着我，我只得讪讪一笑，目前我的成绩是第八名。后边的题都是扩展题，可让人不敢相信的是后面的题我都会。于是每一个题目我都举手，老师叫我次数约15次，就是这样，我从第八名又神奇般回到了第一，在离下课前十五分钟左右时，老师公布了成绩，我是第一名。当老师给我发奖杯时，我的心就犹如在蜂蜜里泡过般。

确实，不由分说，我这次考试竞赛是我这十年来最“甜”的一次，古人云“勤勉以赴，必有回馈”，我相信在书桌前的你，总会有不同的滋味吧！

（指导老师　张燕芸）

# 甜

陕西省西安市国际陆港第一小学　王驭森

甜，是一种味觉享受，像吃糖、巧克力、西瓜……拿一块放到嘴里，甜蜜蜜的滋味瞬间涌上心头。但我要讲的“甜”非彼甜，而是一种心灵上的慰藉，给人带来幸福、快乐。

打我记事起，隔壁村的老母鸡总是横行霸道，见谁啄谁，可不讨人喜欢。

还记得那天，我和小伙伴们在空地上玩捉迷藏，我捂着眼数，他们便像一群燕子，向树林“飞”去。一分钟到了，我睁开了眼，发现四周空无一人，就准备走进树林，但步子还没迈出一步，只见林中传来一声惨叫：“哎哟！”吓得我猛地一个激灵，我还没反应过来，林中的人又喊道：“快跑呀，臭母鸡又来吃人啦！”此时我才明白，是隔壁村那个讨人厌的臭母鸡又来了。说罢，他们便从林中冲了出来，臭母鸡在后面穷追不舍。看到这一幕，我也跟着他们一起跑，毕竟这臭母鸡没啥优点，就是啄人的一把好手。但此时，我不巧被石子绊倒了，臭母鸡就立马向我奔来，可是小伙伴们却还在向前跑去，这可看得我“透心凉”啊。很快，臭母鸡就要追上我了，我还没来得及爬起来，眼瞅着它那刀尖般的嘴巴向我的屁股啄来。忽然，一颗石子向臭母鸡飞去，刚好打到了它的脖子上，高傲的臭母鸡哪受得了这侮辱，怒气冲冲地看向石子飞来的方向。这一看，我也惊呆了，原来是我的小伙伴们，而且带头的是我们平时最胆小的“眼镜仔”，只见他们站在废弃的汽车上，手里要么拿着石子，要么拿着木条，好像是准备和臭母鸡“决一死战”。反观臭母鸡这边，它正怒气冲冲地盯着小伙伴们，一副要吃人的样子。就在双方准备开战的时候，“小胖”忽然出现到臭母鸡背后，两手抓住它的腿，用力将它抡起，甩飞到树林里。趁此机会，我们赶紧朝家的方向跑去，在路上，我看着他们的背影，有股说不出来的滋味。到了家中，我们气喘吁吁，都在讨论着今天的经历，这场面，令我感受到了深深的“甜”……

生活中，有许多鲜明的人和事，而我们的童年有酸的、有甜的、有苦的、有辣的……正是这些情感，编织出了我丰富多彩的童年，而令我感触颇深的，仍是“甜”。

（指导老师　高瑞茵）

# 小虎鲸的读书小包

辽宁省沈阳市沈河区文化路小学　王子衿

我是一只小虎鲸，

我有一个读书小包，

书，不管是大还是小，
是多还是少，
都能被装到小包里。

春天的花园里，
小虎鲸正在欣赏盛开的朵朵鲜花，
忽然飘来一阵清香，
她刚想采下一朵花瓣闻闻，
定睛一看，好像是书，
小虎鲸变成了一个花仙女，
从这本书，飞到那本书。

夏天的池塘边，
小虎鲸正在观看含苞欲放的荷花，
忽然下起雨来，
她刚想摘下一片荷叶当伞，
定睛一看，好像是书，
小虎鲸变成了一只小青蛙，
从这本书跳到那本书。

就这样的春夏秋冬，
她一直想啊想啊，
直到虎鲸妈妈来叫她起床，
上学念书去了！

# 美丽的校园

山东省济南市东方双语实验学校　谢骐帆

有人喜欢飞流直下三千尺的庐山瀑布，有人喜欢湖光秋月两相和的洞庭湖，而我喜欢的是溢满欢乐的校园。

春天，校园两旁的桃树上开满了粉红的桃花，像小朋友的脸蛋，到处都是独特的若香。燕子在枝头唱着，好像在说："一年之计在于春，你们可要努力啊。"

夏天，知了在粗壮的树枝上开着自己的演唱会，大树长得郁郁葱葱，像一把撑开的绿色大伞，要给同学们多留一丝清凉。

秋天，落叶像一只只在天空中飞舞的花胡蝶，时不时秋风哥哥来给它伴舞。果树上结满了红红的石榴，仿佛在咧着嘴开心地大笑。

冬大，大雪纷飞，同学们在操场上堆雪人打雪仗，到处都是他们的欢声笑语。厚厚的白雪仿佛给大地披上了一件暖暖的棉衣。

能在这么美丽的校园里学习成长，我感到无比的幸福、快乐！

（指导老师　韩萌萌）

# 舞步中的温暖灯塔——我的妈妈老师

广东省深圳市蛇口育才教育集团育才第一小学　谢欣蔓

在我生命的主旋律中，有一个温柔而坚定的旋律始终伴随着我，那就是我亲爱的妈妈。我的妈妈，她不仅是家中的温暖依靠，更是我舞蹈旅途上的那盏明灯，照亮了我迈向梦想的每一步。从我还是个蹒跚学步的小娃娃开始，我就被妈妈那优美的舞姿深深吸引。每次妈妈在舞蹈室里为姐姐们编排舞蹈，而我就像个小尾巴，紧紧跟在妈妈身后，眼睛里闪烁着对舞蹈无限的向往。

尽管年幼，对“热爱”一词并不甚解，但那份对美的天性追求和模仿的冲动，让我对舞蹈产生了浓厚的兴趣。每当看到姐姐们化着精致的妆容，穿着绚丽的服装，在舞台上翩翩起舞时，我就暗暗发誓，总有一天，我要像那些在舞台上绽放光彩的姐姐们一样，成为众人瞩目的焦点。

然而，妈妈并没有直接教我跳舞，她担心自己对孩子期待过高，启蒙阶段过度的严厉会让我失去对舞蹈的纯真热爱。于是，四岁那年，我被送进了一个普通的舞蹈培训班打基础。在那里，别人压腿压得非常痛苦的时候，而我轻轻松松就压下去了。凭借天生的条件，我很快便得到了老师的称赞：“这个孩子条件真好！”“腿真长，和她妈妈一样！”“将来肯定能成为专业舞者！”这些赞美声让我沉浸在自我满足之中，渐渐地，我变得有些懈怠，上课也不再那么认真。但妈妈总是默默地关注着我，并用她的方式提醒我，成功需要不懈的努力。

进入小学后，因为妈妈是学校舞蹈团的团长，管理着五个团队。我曾以为可以凭借“近水楼台先得月”的优势轻松加入校队，但妈妈却坚持原则，让我像其他同学一样参加选拔。虽然过程有些艰难，但我最终凭借自己的努力入选了。然而，校队的训练强度远超我的想象，枯燥的基本功练习让我倍感压力，校队的训练也远比外面的培训班要艰苦得多，每一个动作都需要反复练习，直到完美无瑕。我开始怀念起那些轻松的日子，不到二个月便有了退队的念头。当我跟妈妈提出离开舞蹈队的时候，妈妈没有责备我，而是耐心地倾听我的想法，并最终尊重了我的选择。

离开校队的日子里，我继续在舞蹈培训班学习，但每当看到妈妈带着校队排练时，心中还是不免会涌起一丝失落。

一年后，校园艺术节到来，训练了一年的舞蹈队员们要在这次艺术节表演他们的节目，也是我学了一小部分就没继续学下去的舞蹈剧目，我很好奇那么枯燥的训练出来的舞蹈效果是怎样的。当我在艺术节上看到曾经的队友们穿着漂亮的“俏花旦”服装，在舞台上翩翩起舞时，那份羡慕与后悔涌上心头。于是，我鼓起勇气向妈妈表达了自己的愿望。妈妈没有直接答应我，而是用她温柔而坚定的眼神告诉我：“宝贝，任何事情都不会轻易成功，舞蹈更是如此。那些你看到的舞台上光鲜亮丽的背后，是无数次的汗水和泪水换来的。如果你真的喜欢舞蹈，就应该学会坚持和努力。因为成功没有捷径可走，只有通过不懈的努力和坚持才能收获属于你的光芒。”

在妈妈的鼓励和帮助下，我再次踏入了校队的训练室。这一次我更加珍惜每一次练习的机会，即使面对高强度的训练和严格的要求，我也咬牙坚持下来。妈妈不仅在大队伍中严格要求我，还私下里为我加课一对一地纠正我的每一个动作。虽然过程充满了挑战和困难，但我始终没有放弃。在妈妈的严格指导下，我逐渐克服了懒散的毛病，学会了认真对待每一个动作、每一次排练。每当我想要放弃时妈妈总是用她那温暖的话语和坚定的眼神给我力量，让我重新找回信心。

经过半个学期的艰苦训练，我们终于迎来了参加“海外桃李杯”比赛的机会。站在海雅大剧院璀璨的舞台上，我化着梦寐以求的妆容，与队友们一起演绎着那段充满灵动的舞蹈。当音乐响起时，我们仿佛化身为一只只灵动的小花旦在舞台上翩翩起舞。最终我们不负众望，获得了特金奖。得到殊荣那一刻我激动得热泪盈眶，同时也深刻体会到了“一分耕耘一分收获”的真谛。

如今，我已经是舞蹈团里的一名老队员了。在这里，我不仅学会了跳舞，更学会了坚持、团结和付出。而这一切，都要感谢我的妈妈老师。她不仅教会了我舞蹈的技巧，更教会了我如何面对挑战，如何珍惜每一次机会。

回首这段经历，我深深地感激我的妈妈老师。是她用无私的爱和无尽的耐心陪伴我走过了这段充满挑战和收获的旅程。在她的教导下，我不仅学会了舞蹈的技巧和艺术，更学会了坚持与努力。我相信在未来的日子里，无论遇到什么困难和挑战，我都会像妈妈一样勇敢地面对，并用自己的努力和汗水去创造属于自己的精彩人生。

（指导老师　杨森雯，樊筱）

## 可爱的家乡

西安高新第一小学麓湾分校　谢欣怡

我的家乡在四川，那是一个充满魅力的地方，不论是细腻的风景，还是淳朴的人情，都让人流连忘返。这个美丽的地方犹如一幅画卷，诉说着故事，唤起了我无尽的思绪。

当第一缕晨曦洒在家乡的大地上，那一片片稻谷如矗立的士兵，它们在微风的吹拂下轻轻摇曳，如黄金般闪烁着光芒。仿佛能听到稻穗紧密地耳语，它们散发出一股丰饶之气，给家乡增添了生机勃勃的颜色。

而在家乡的村庄里，屋舍错落有致，仿佛是细心的画家在布置着舞台。沿着古老的青石路，田野里弥漫着野花的芬芳，耳边不时传来高粱地里勤劳农人的欢声笑语。每当晚霞染红天际，家乡的夜空繁星点缀，宛如铺满黄金的丝绸，让人触不可及地心驰神往。

在家乡的宁静湖泊，荡漾着清澈的湖水。湖面上，长满了莲花，花瓣洁白如雪，散发出诱人的香气，吸引了不少蝴蝶跳跃其间。微风拂过水面，湖水泛起层层涟漪，犹如一汪明镜，承载了家乡的秀美和纯真。而在广阔的田野，潇潇的麦浪随风起舞，好似顶着黄金的波浪，它们一片片如仙女下凡，跳跃在大地上，舞动着生命的旋律。耕耘的农民，汗水浸透了心田的每一寸土地，他们用坚韧的双手创造了丰收的希望，让我们深深地感受到家乡人的勤劳和智慧。

家乡的每一寸土地都深深地刻在我的记忆里。它是我心灵的港湾，是我生命的根基。家乡像黄昏时分的太阳，温暖了我的灵魂，给予了我茁壮成长的力量。

家乡，你可爱的模样让我如痴如醉，让我从未忘记。我深深地热爱着你，你是我的骄傲和自豪。愿你，我可爱的家乡，永远充满魅力，永远美丽可爱。

（指导老师　吴佳）

# 我要做自己的“种子”——《一粒种子》读后感

浙江省金华市金东区曙光小学　谢雨铭

亲爱的爸爸：

在我们共同阅读叶圣陶爷爷的《一粒种子》的过程中，我被深深触地动，而且有很多话想跟您说。

故事中那粒经历种种挑剔与粗暴的对待后，最终在一位农夫的关怀下发芽的种子，让我不禁联想到自己。这粒种子在国王、富翁、商人和士兵手中都没有生根发芽，因为他们都带着强烈的目的性和私心去对待它。最后，农夫以一种平凡而自然的态度种植它，没有强加它过多的期待和压力，这才使得种子得以释放本性，绽放出耀眼的花朵。

这让我思考到我们的关系，有时您对我的期待像那些试图培育种子的人一样，给我带来了不少压力。就像那次跳绳比赛中，我感觉到您对我的失望，那时的我多么希望您能像农夫一样，给予我更多的鼓励而非压力。在学习上，每当我带着接近满分的成绩回家，却因为那一点点差距受到追问，我非常失落，我希望您可以认可我的努力，而不是只看到那我没有得到的0.5分。

每个孩子都像是一粒独特的种子，需要找到适合自己的土壤和环境才能自由成长。我也希望能在属于我的土壤中自主成长，哪怕它看起来平淡无奇，但那里有真实的自我。我希望您能理解并支持我的选择，并给予我更多的自由和理解。

我想拥有自己独立的空间，不仅是物理上的，更是精神和情感上的。我希望被接纳和理解，不是因为成绩或成就，而是因为我作为一个独立个体的存在。我渴望在爱与自由中找到属于自己的兴趣与方向，哪怕它们并不总是耀眼夺目。

谢谢您一直以来的关心与教育。我希望我们能一起努力，营造一个充满爱、自由和理解的环境，使我能以更健康和积极的心态去探索这个世界。

爱您的儿子：铭铭

2024年9月3日

亲爱的铭铭：

读完你的信，我感到既惊讶又感慨。你能够这样深刻地从《一粒种子》中汲取力量，并将其与我们的生活实际联系起来，表明了你的思想已经非常成熟。作为父亲，我必须承认，有时我对你的要求确实过于苛刻了，这无疑给你增加了很多压力。

你提到的那种感觉，我了解。我在你跳绳比赛时展露出的失望，对你学习成绩的严格要求，这些可能都无意中成了你走向自信和自由路上的障碍。我理应是你的支持者和鼓励者，而不该是让你感到压力的源头。从《一粒种子》的故事中，我应该学到的是，每一粒种子——包括你在内，都有其独特的生长条件和时机。

我承诺，未来我会更加关注你的情感和精神需求，而不仅仅是成绩和表现。你的每一次努力和进步，无论大小，都是值得庆祝的。我希望你知道，我对你的爱是无条件的，无论你走到哪里，做什么，我都无比骄傲并且全力支持你。

让我们一起用一种更轻松的心态来看待成长的过程，享受每一个阶段的乐趣和挑战。我相信，只要我们彼此支持，你一定会在适合自己的土壤中茁壮成长，开出最美的花朵。

爱你的爸爸

2024年9月4日

（指导老师　王杏萍）

# 比美

湖南省第一师范学院第二附属小学　杨霂希

那是谁？撑着花伞，舞步翩翩，所到之处，仿若风起云涌，烟霞缭绕。没错，她便是那充满生机与希望的使者——春。只见她纤手轻挥，缤纷的花瓣飞向雨林、山河、桃林……当这些花瓣纷纷洒落人间，我们就知道——春来了！谁是最美的？让我们细细地听……

哗啦啦，哗啦啦，春雨来了！一颗颗雨滴挂在黑丝绒般的天幕上，如一颗颗璀璨的明珠。她用雨声对我们说："我滋润世间万物，是人们心中最美的！"春雨嘴角一扬，踏云而去。

春风踏着歌谣，缓缓而来，治愈人心的笑容挂在脸上。"我给春天带来凉爽的风，万物都随我迎风飘扬，我是最美的！"她唱着对我们说。

桃花仙子来了！粉嫩的花瓣在阳光的照耀下，含情脉脉，娇艳欲滴。她羞答答地对我们说："我为绿意盎然的春天带来一抹粉色，我是最美的！"

但如春雨、如春风、如桃花仙子，都无法单独绽放。只有合在一起，才能组成最美的春天。

小朋友迈着轻快的脚步，哼着小曲来放风筝，风筝越飞越高，越飞越远，带着小朋友的梦想，飞向远方……

（指导老师　周伟红）

# 秋天的信使

四川省成都市成华小学　余彦熹

在四季的轮回中，秋天总是那么静谧而富有诗意。她没有春天的繁花似锦，也没有夏天的热烈奔放，更没有冬天的银装素裹，但她却以一种独特的方式，悄悄地走来，用她的信使向我们传递着季节的变换信息。它们或许是轻盈飘落的树叶，或许是忙碌储备食物的松鼠，又或是那悠扬的鸟鸣，它们用各自的方式，向我们诉说着秋天的故事。

清晨，当第一缕阳光透过窗帘，斑驳地洒在我的床上，我便迫不及待地踏出家门，去寻找那些秋天的信使。漫步在公园的小径上，首先映入眼帘的，便是那金黄的树叶。它们像是秋天的精灵，轻轻地从树梢飘落，落在草地上，为大地铺上一层金色的地毯。每当微风吹过，这些树叶便随风起舞，像是在诉说着秋天的故事。有的树叶还在半空中旋转，仿佛在进行一场最后的舞蹈，展示着它们生命的最后绚烂。它们飘落的声音，如同轻柔的乐章，让人心旷神怡，感受到了秋天的温柔与宁静。

而在这片金黄的树叶中，还有一群特别的"信使"——那些忙碌的松鼠。它们是秋天的勤劳使者，也是大自然的智慧象征。随着秋风的渐渐凉爽，松鼠们开始了它们紧张而有序的储备工作。它们穿梭在树林间，敏捷地跳跃着，寻找着那些成熟的果实。它们或是摘下一颗坚果，或是啃食一片丰满的果实，然后迅速地藏进树洞或是草丛里，为即将到来的冬天储备食物。

有一次，我特意在公园的一棵大树下守候，观察这些勤劳的松鼠。那天，阳光透过树梢，洒在松鼠们的身上，它们的毛发在阳光下闪着金色的光芒。它们或是单独行动，或是成群结队，一边啃食着果实，一边警惕地观察着四周。每当发现食物源丰富的地方，它们便会兴奋地尖叫着，吸引同伴们一起分享。那一刻，我仿佛看到了一个和谐的生态画面，松鼠们在秋天的舞台上，演绎着它们独特的生活乐章。

随着时间的推移，秋天的气息愈发浓厚。那金黄的树叶覆盖了整个公园，而松鼠们的储备工作也接近尾声。它们在树枝上梳理着毛发，或是在草丛中休憩，享受着秋天带来的宁静与惬意。而我，也在这片金黄与温馨中，感受到了秋天的丰收与喜悦。

此外，还有那些悠扬的鸟鸣声，也在秋天的空气中回荡。随着气温的下降，许多候鸟开始南迁，它们在空中画过优美的弧线，发出清脆悦耳的叫声，仿佛在向我们告别，又似在向我们诉说着对家的思念。而那些留守的鸟儿，则在枝头欢快地歌唱，似乎在庆祝着秋天的丰收与美好。每当我听到这些鸟鸣声，我都会不自觉地停下脚步，静静地聆听，它们仿佛在低声吟唱着秋天的赞歌。

秋天，是一个收获的季节，更是一个充满生机与活力的季节。每当我站在这片金黄色的世界中，总能听到它们轻声细语的诉说，感受到它们带来的温暖与希望。而我，也愿意成为这秋天的一份子，与它们一同守护这份静寂与美好。因为在这个多姿多彩的季节里，每一个生命都是一位可爱的信使，它们用自己的方式，诠释着秋天的韵味和生命的力量。而我，将这些美好的瞬间，深深地镌刻在心底，让它们成为我人生旅途中一段难忘的记忆。

（指导老师　陈学莉）

# 多彩的夏天

北京市通州区玉桥小学　张沐群

夏天，是一个充满生机与活力的季节，它用它那独特的魅力，吸引着每一个人。在这个季节里，大自然仿佛施展了魔法，将世界装扮得五彩斑斓，让人心旷神怡。

首先映入眼帘的是那片翠绿。夏天，树木郁郁葱葱，一片生机勃勃。漫步在林间小道上，高大的树木为我们撑起一片凉爽的天空，阳光透过层层叠叠的叶片，在地面上洒下斑驳的光影。微风拂过，树叶轻轻摇曳，发出沙沙的响声，仿佛在诉说着夏天的故事。草地上，各种野花竞相开放，红的、黄的、蓝的、紫的……它们虽不及春花的娇艳，却以自己独有的方式绽放着生命的光彩，将大地装点得分外妖娆。

夏天的色彩不仅仅有绿色的叶子和五彩缤纷的花朵，还有那蔚蓝的天空和洁白的云朵。抬头仰望，碧空如洗，几朵白云悠闲地飘浮着，时而像绵羊，时而像船只，形态各异，引人遐想。当然，夏天最令人期待的莫过于那火红的太阳和蓝色的水世界。炎炎夏日，阳光似乎有着无穷的能量，它不仅让万物生长，也让人们感受到它的热烈与奔放。此时，跳入清凉的泳池成为了小朋友们消暑的最佳选择。孩子们的欢笑声和水花四溅的声音，构成了一曲夏日交响乐，让人沉醉不已。

不仅如此，夏天还是一个丰收的季节。田野里，金黄色的麦浪翻滚，预示着又一年的好收成；果园中，红色的桃子、绿色的香梨、紫色的葡萄等水果挂满枝头，散发出诱人的香气，等待着人们的采摘。这些丰富的果实，不仅是大自然对勤劳人们的馈赠，也是夏天多彩画卷中不可或缺的一笔。

夏天是一个多彩的季节，它以它独有的方式，展现了生命的活力与自然的美好。无论是绿意盎然的森林，还是碧空如洗的蓝天，亦或是清凉的水世界和丰收的喜悦，都是夏天给予我们小朋友最宝贵的礼物。让我们在这多彩的夏天里，感受生活的美好，珍惜每一份来自大自然的馈赠。

（指导老师　李新）

# 如果我是一朵云

辽宁省大连市甘井子区鹏辉小学　张文和

阳光和煦，我躺在柔软的草坪上，闭上眼睛，感受微风轻抚，听着远处鸟鸣，享受着这宁静而惬意的午后时光。

突然，我的后背离开了地面，人变得越来越轻，越飞越高……我的身体变得软绵绵的如棉花糖般洁白如瑕。哇！我居然变成了一朵云。我欢快地在天空中飘荡，我感受到了风的轻抚，我看到了高山、大海、城市和乡村，我欣赏着大自然的无限风光，感受着人类的建筑智慧。我变换着各种形状，时而像棉花糖般柔软，时而像狮子般威猛，时而变身兔子穿梭在云层，时而变身雄鹰冲破云霄。

变成了云，我才发现我也会有烦恼。当我被污染时，会变得乌黑，让人们害怕。这时，我会很难过，因为我不想伤害那些爱我的人。所以，我会努力净化自己，恢复原本的纯净。

我飞到了新疆托克逊。这里是中国最干旱的地区之一，我遮挡住太阳，让大地变得阴凉。我带来了雨水，滋润这片干涸的大地，我的出现让人们欣喜若狂，振臂高呼。雨水让大地变得生机勃勃，我给人们带来的生命之水，让这片土地变得不再干旱。

我飞到了四川省凉山彝族自治州木里县。这里曾经是中国最贫困的地区之一，高山深谷，气候恶劣，交通不便。这里也有很多留守儿童，但是我依然看到孩子们奔跑嬉戏，听到他们欢快的笑声，感受到他们纯真的快乐。于是我的身体变出几个部分，大块的用来遮挡阳光，给孩子们带来凉爽。其他的部分变身成小鸟、飞机、轮船及以各式各样的水果，我努力变换着造型，让孩子们感受到云朵的神奇变化。看着孩子们的纯真笑脸，看到国家为了打赢脱贫攻坚战的决心，看到这里的人们纷纷摆脱贫困，一种幸福感油然而生。

于是我继续出发，向更高更广阔的宇宙飞去。我看到了中国空间站，空间站内宇航员叔叔们身着航天服，神情专注，一丝不苟地进行科学实验和设备检查。他们展现出极高的职业素养，展现出国家的科技力量，为人类的太空探索做出巨大贡献。

我飞呀飞，飞到了学校。透过明镜般的窗户，我看到了学生们专注学习的模样，听到琅琅的读书声。这些声音如同清晨的鸟鸣，充满希望与活力。每一个孩子，都是祖国的花朵，他们的成长将塑造国家的未来。变身云朵的我看到了祖国的自然风光，崇山峻岭；江河奔腾，宛如画卷。我看到了科技兴国，硕果累累。从深邃的太空到广袤的海洋，都有我们探索的足迹。

“文和，醒一醒，我们该回家了！”我听到了妈妈温柔的声音，我慢慢地睁开眼，原来是一场梦啊。我抬头望望天空，天空突然出现了一个笑脸，云朵调皮地向我眨眨眼睛……

（指导老师　刘艳芙）

# 秋的味道

广州市天河区第一实验小学　张炀琦

“自古逢秋悲寂寥，我言秋日胜春朝。”在我眼中，黄叶飘零的秋季也别有一番滋味。

黄叶飘零，落叶归根。秋天，树梢悄然间一阵风吹过，洒下点点金丝，落在滋养它们的大地母亲身边，慢慢融入泥土报答养育之恩。来年春天，将又有新的生命萌发、抽枝、长叶，无尽轮回。这，是秋天如茶一般耐人寻味的景象！

储物过冬，大雁南飞。随着寒风的袭来，食物的紧迫需求，在充满智慧的动物界，不少成员已经开始忙碌。需要冬眠的动物早已开始东跑一趟西寻一回地存放食物，在自然界的各个角落都充满了忙碌的身影。在凉风习习蔚蓝深邃的天空中，或许能看到一支“人”字形的飞行队——大雁。在迁徙的漫漫长路上，强壮的大雁飞在最前面，为弱小的同伴遮挡强风；有经验的大雁负责任地照看新成员，传播着一种团结友爱、合作共赢的精神理念。这，是秋天如牛奶一般的甘甜暖人。

五谷丰登，瓜果飘香。丰收，可以说是金秋最引人注目的一处风景。农民的辛勤劳动在这一刻被回报，汗水灌溉的土地在这一刻生长出了无限的喜悦。“春来抢种争分秒，秋到忙时贵后先。”只要在春天，在过程中辛苦付出，总是会在某一个时刻有回报的。这，是秋天藏在红彤彤的苹果、圆乎乎的柿子里的无限香甜。

秋天是一个充满思念，却又多姿多彩的季节。秋天的不同滋味藏在一片金黄的落叶里，藏在动物们的努力、团结中，藏在收获的果实中。只要用心体会，一定能品尝出独特的味道。

（指导老师　李东清）

## 记住这一天

西安高新第二小学　张语晨

“10、9、8、7……1”，妈妈的华为手机响起了地震预警……伴随着客厅吊灯轻微的摇晃，手机消息提醒弹出了甘肃积石山县6.2级地震，震源深度为10千米。2023年12月18日23时59分，甘肃省临夏回族自治州积石山保安族东乡族撒拉族自治县发生6.2级地震，这一天牵动了所有人的心，这一天融入了所有人的情。

记住这一天，记住这一天的泪水。我们不会忘记电视屏幕上失去孩子的父母那痛彻心扉的眼泪，不会忘记失去父母的孩子那孤独无助的泪水，更不会忘记我们每一个人眼中满溢的泪水。

记住这一天，记住这一天的笑容。记住找到亲人后满脸欣喜的笑容，记住一个女孩被救出时绽放出的坚强的笑容，记住那些重新回到学校学习玩耍的孩子们快乐的笑容，更要记住每一个人脸上荡漾着的欣慰的笑容。

记住这一天，记住这一天的感动。老师张开双臂，用坚实的臂膀守护身下的学生；母亲俯下身子，用瘦弱的身躯庇护怀中的孩子；一个个救援人员一次次冲进废墟，寻找生命的踪迹。泪水、笑容与感动，足以让我们铭记这带给我们悲伤与感动的一天。

记住这一天！记住这一天全国人民守望相助，祈福临夏。

记住这一天！记住这一天全国人民上下一心，众志成城。

记住这一天！记住这一天全国人民风雨同舟，共度难关。

（指导老师　王旭）

## 家乡的秋

上海市实验学校　张煜阳

每个人都有自己的家乡，而每个人眼中的家乡都是不一样的。我的家乡是上海，让我来描绘上海这座城市的秋之画卷吧。

在上海，秋是一个独特的季节。她总是在依然炎热的夏末，调皮地在牛毛般的细雨中藏着，时而冒出头来，时而在滚滚热浪中消失。

在上海，你看不到秋日那金黄的麦田在风中荡起波纹，但一片片巴掌般大的梧桐叶会在水泥路上、野草里留下自己的足迹。这儿的秋天，没有那么寒冷。柳树姑娘还坐在河边，对着小河这面镜子仔细地整理着自己“万条垂下绿丝绦”的头发。

在上海，秋天也是一个吃螃蟹的好季节。在螃蟹的多种吃法里，清蒸是我最喜欢的做法之一：首先，将螃蟹清洗好，再把螃蟹放入锅中，开火等待蒸熟。接下来就可以做料汁了。先把料酒倒进碗中，再加入些许醋，搅拌均匀最后把生姜切成细丝，放进碗中即可。将蟹壳去掉，蟹肉搭配料汁，回味无穷！

家乡的秋是顽皮的，有金绿相交的景色，也有令人直流口水的美食。

## 多彩的夏天

广东省深圳市鹏兴实验学校　张子兮

“不但春妍夏亦佳，随缘花草是生涯。”一年四季，星光流转，唯有夏天，多彩的夏天，让我看到了世间的缤纷，万物的热闹。

首先为你呈现一幅海边嬉戏图，湛蓝的天空没有一丝云彩，蓝色的海水一望无际，海天一色。近海连着松软的沙滩。海浪是欣喜的，它伴随着海风起舞，泛起白色的浪花抚摸着沙滩，仿佛在低语：我们一辈子是朋友。待到夏日的傍晚时分，凉风习习，一群群孩子在大人的陪伴下，拿着五彩斑斓的游泳圈来到了海边游泳，孩子们的泳衣也是五颜六色的，他们踩着沙子，拍打着海水，叫啊，闹啊，好生惬意！

再看看这一幅庭院听雨图，“别院深深夏簟清，石榴开遍透帘明。”悠悠的小院里，葡萄藤爬上了墙。墙边，火红的石榴花便映入眼帘，那抹红，红得直逼你的眼，不禁让人眼前一亮；还有那一株长势喜人的合欢树，树上那一簇簇的绒绒的粉色，似跌入人间的小仙女擎的伞。不知何时，一个猛雷响起。雨，是夏天的贵宾，它接踵而至，它淅淅沥沥地下，落在小院的石头小路上，溅起数不胜数的水花，水花也是透明的；雨也落在郁郁葱葱的小草上，小草微笑着低下头，仿佛在享受这上天的恩赐。我透过老家的窗户，躲在屋内，听着雨声，看着小院勃勃生机的一切……祖母忙这忙那，给我端上清凉解暑的西瓜、鲜嫩多汁的杨梅，它们红成一片，像极了祖母暖暖的光。

最后，让我们品一品这一幅田园丰收图。“黄梅时节家家雨，青草池塘处处蛙。”小青蛙们也长大了，有时候蹲在荷叶上，有时候藏在草丛中，呱呱地叫着，你不让我，我不让你，它们的叫声也越来越大了，好像在向世界宣告夏天的快乐。“梅子金黄杏子肥，麦花雪白菜花稀。”梅子慢慢由绿变黄，圆润饱满的鹅黄十分诱人；枇杷树也结果了，嫩黄嫩黄的小果藏在绿叶里，等着我来采摘。田园里，麦子地与稻谷地一块块、一片片地排列整齐，深深浅浅的嫩绿、浅绿、墨绿地交错陈列，俯瞰下去，它们像格子一样地画着。晚上，漫步田间小道，麦花与稻香交织缠绵，或浓或淡的芬芳悠悠地扑鼻而来，丝丝缕缕，沁人心脾。这不由得让我想起那句诗：“稻花香里说丰年，听取蛙声一片。”

多彩的夏天，它是春天的延续，是自身的沉淀，更是秋天的见证。它在积蓄力量，它让我们在等待中享受丰收的喜悦。

我爱这多彩的夏天！

（指导老师　王琼）

# 登黄鹤楼有感

黑龙江省哈尔滨市继红小学校　张紫垚

我登黄鹤五层楼，黄鹤楼上风悠悠。
仙人乘鹤由西去，黄鹤脚下长江游。
下来黄鹤看巨龙，滚滚长江水涛涛。
长江横跨十一地，穿行两岸景秀丽。

（指导老师　冯蕾）

# 喜雨

上海民办华曜宝山实验学校　郑芊雨

2014年，我出生在一个雨夜，于是我的名字里就有了雨。小的时候，妈妈就给我读了许多关于雨的诗，“晓碧芊绵过微雨”“东边日出西边雨”……我常常想，雨从哪里来？为什么这么多人喜欢雨呢？妈妈告诉我：“上善若水，沛雨甘霖。”在众多有关雨的诗句里，我最喜欢的还是杜甫的《春夜喜雨》“好雨知时节，当春乃发生，随风潜入夜，润物细无声”。我觉得，这是最具有诗意的一首诗，它也让我想起了印象最深刻的一次旅行、最美好的一场春雨。

在新疆喀纳斯，那里气候多变，时晴时雨。我们住在山上的小木屋里，山脉连绵起伏，层峦叠嶂，云层厚厚的，隐隐约约可以看到山顶的积雪还未消融。“淅沥沥淅沥沥”，不知什么时候起，春雨悄悄地来到了，她轻轻敲打着每户人家的窗棂。那雨丝好似母亲手中拿着的针线，细细密密地交织在一起，像轻柔的薄纱，周围的景色也变得朦胧起来。等待了整个寒冬的干涸大地拼足了劲儿，“咕嘟咕嘟”大口大口地喝着甘甜的雨水。院子里帐篷顶上，不一会儿就蓄满了清澈的雨水，调皮的孩子们摘来一根长长的树枝，使劲儿一捅篷顶，雨水就像瀑布一样倾泻下来，水花飞溅，周围的小草可饱了个口福，挤挤挨挨地站立着跳起了舞。趴在帐篷下打着盹儿的牧羊犬却吓坏了，惊跳起来，“汪汪”叫着跨过小院的木篱笆，冲向远处的山峦。我们捧腹大笑，跑出帐篷，奔跑着、追赶着、打着滚、唱着歌，接受春雨的洗礼。路上的人们笑逐颜开，迎接着又一个生机勃勃的春天。

大家都喜爱春雨，期盼春雨。那春雨呢？她正像杜甫诗中说的那样，总是回应着人们的期盼，如期而至，春雨过后，“花重锦官城”，虫鸣鸟叫，带来蓬勃的生机，带来一年无限的欣喜……

（指导老师　张震）

# 雨

长春高新技术产业开发区慧谷学校　周昱霖

雨是一道美丽的风景，是“春街小雨润如酥，草色遥看近却无”，是

"山色空蒙雨亦奇"；雨是送别，是"寒雨连江夜入吴"；雨是思念，是"巴山夜雨涨秋池"；雨是无私，是"润物细无声"。

风带来了乌云，遮住最后一缕日光。雨淅淅沥沥地落了下来。雨似落下的银针，如交织的丝线，像一根根牛毛。我向雨中冲去，任它落在我身上，那凉意从皮肤传到心里面似的，驱散了心中的迷雾，令人心情舒畅。我不禁吟诵道："谁怕？一蓑烟雨任平生。"

更多黑漆漆的乌云"压"了过来，似要笼罩整个大地，令人有"黑云压城城欲摧"之感。一道闪电照亮夜空，似是天空所点的灯；一声雷响彻云霄，如同天空所敲的鼓。那雨如同从天上倾泻到人间的河水，越下越大。远处景色逐渐朦胧，似蒙上一层白纱，那雨声恍若闹市中行人的脚步声，屋外叮咚声从不停歇；麦田里的枯苗似迎来了春天，拼命吮吸着雨水；路上行人的衣衫都被浸湿，他们急急匆匆向家中奔去。

向东看，是一汪湖水。那雨珠打破之前如明镜般平静的湖水，支离破碎。那雨珠宛若连接天与地的桥梁，令人分不清这究竟是从天上落下的雨水，还是湖中的水珠调皮地跑到天上玩耍。观"湖水共长天一色"之景，令人有"疑是水中别有天"之感。

乌云被风吹散，雨所谱写的乐曲也接近尾声。随着最后一朵乌云的离去，一束阳光照射在大地上，树林中一片新绿，树叶上还残留着雨水；湖边礁石上的水渍，反射着阳光；路上行人又络绎不绝……

雨滴无欲，无欲则刚，水滴石穿，成冰成铁；雨滴有容，有容乃大，容大千世界，六合八荒；雨滴无求，无求则品高，澄明晶莹，一尘不染，但为助人，不求显卑；雨滴无私，无私则不贪，只有奉献，没有索取，但为润物，不求得失。

身边，也有无数"捧着一颗心来，不带半根草去"的人，有雨"润物细无声”的品质：教书育人的老师，保家卫国的边防战士，“城市清洁工”环卫工人，他们“横眉冷对千夫指，俯首甘为孺子牛”，他们不正像“但为润物，不求得失”的雨一样吗？

若他们是雨，社会便是受雨滋润的花朵，可人们欣赏花儿的娇艳时，又是否会记起雨的滋养呢？

（指导老师　代晓帆）

# 心中的乐园——那座湖畔

苏州市沧浪实验小学校　朱羿橦

每个人的心中都有一个乐园，或许是某个熟悉的角落，或许是某个特殊的时刻。对我而言，那个乐园便是湖畔。

清晨的湖畔，总是让我沉醉。太阳还未完全升起，湖面上飘着一层薄薄的雾气，仿佛仙境一般。湖畔的微风，轻轻拂过脸颊，带着一丝凉意，但更多的是温暖和舒适。每次走在湖畔，都会让我想起和家人一同漫步的情景，那种宁静与温馨，仿佛时间都停滞了。湖畔的清晨，不仅仅是一个美丽的风景，更是一个唤起我童年回忆的地方。

中午的湖畔，是一幅生动的画。阳光明媚，湖面上波光粼粼，仿佛金子般闪闪发光。我喜欢在这时，找一个安静的角落，看着湖面上的船只，听着湖畔上的嬉笑声，感受着生活的热闹和喧嚣。每一次的欢声笑语，都让我感到生活的美好和希望。

傍晚的湖畔，是一首温柔的歌。夕阳西下，天空被染成了一片金黄，湖面上的倒影与天空相映成趣，仿佛是一幅美丽的画。我喜欢在这时，找一个舒适的角落，听着湖畔上的歌声，感受着夜晚的宁静和惬意。那一刻，我仿佛与这个世界建立了一种深深的联系，所有的忧虑和烦恼都消失不见，只剩下内心的平和和安宁。

夜晚的湖畔，是一首深沉的诗。月光洒在湖面上，星光点点，仿佛是天上的星星掉落在了湖中。我喜欢在这时，找一个安静的角落，看着湖面上的星光，听着湖畔上的歌声，感受着夜晚的深沉和思考。那一刻，我仿佛与这个世界建立了一种神秘的联系，所有的疑惑和困惑都消失不见，只剩下内心的探索和思考。

湖畔，不仅仅是一个美丽的风景，它更是我心中的乐园。每一个湖畔时刻，每一个湖畔景色，都与我的生活紧密相连，它见证了我的成长，也陪伴了我的喜怒哀乐。我感谢湖畔给予我的一切，它让我感受到了生活的美好和希望，我会珍惜每一次与湖畔的相遇，因为它是我心中的那个乐园！

（指导老师　陆志军）

# 嵩山里的千年遗珠

广西柳州市文韬小学　庄景睿

“书院嵩阳景最清，石幢犹纪故宫名”。嵩阳书院坐落于嵩山南麓，宛如中国古代四大书院之中一颗璀璨夺目的明珠。这里环境清幽，建筑典雅，散发着浓郁的书香气息，被誉为我国文化瑰宝之地。

步入书院大门，首先映入眼帘的是一片苍绿，微风拂面，尽显清幽。沿着中轴线前进，一座座青砖灰瓦的建筑依次排列，古朴而不失大方，精致而不失韵味。

院内矗立着一棵千年古柏，乃当年汉武帝封赐的“将军”柏。它虽老态龙钟，但依旧苍劲有力。那弯曲如翼的粗壮枝丫，向左右肆意伸张，犹如雄鹰展翅，又似金鸡欲飞。枝头茂盛的绿叶，是我从未见到过的绿，那么厚重，那么晶莹，这浓郁的深绿早已将周围的空气晕染成了一片青绿，把观者的心田熏染成了澄澈碧绿，将人的情绪也融化成了盎然浓绿。

踏入书院讲堂，这里是理学创始人程颢、程颐讲学传道的殿堂。站在讲堂中央，仿佛穿越时空，与古人先贤们一同聆听那琅琅书声，感受着智者教诲的震撼。数百年的历史岁月中，无数知识传承者在此涌现，培育出一批批杰出的学子，使它成为我国文化的瑰宝。

一砖一瓦、一草一木，一碑一文，甚至一方石刻，它们都亲睹了历史的兴衰荣辱、沧桑变迁，承载着文化的绵延流传与世代传承。嵩阳书院这座文化瑰宝，怀抱着往昔的珍贵记忆，托举着未来的无限希望，深情地呼唤着我们珍视历史、传承文化，让书院始终洋溢着蓬勃的生命活力，永不凋零。

（指导老师　韦静）

# 记叙文

# 给自己一个拥抱

西安市灞桥区纺织城小学高科分校　安思凝

我是驻足于路边的一棵大树，每天都会有许多感人的事情在我面前发生。每一件事、每一个拥抱都充满了深深的爱和幸福，我看着过往的人群，十分羡慕，但我却从未收到过那样一个温暖的拥抱。

时间一天一天地过去，在一个炎热的夏天，太阳像火球一样灼烧着大地，我看到不远处有一个人正摇摇晃晃地朝我走来，我想：他这是怎么了，是不是中暑了呢？于是，我赶紧招呼他过来，坐在我的身下。我赶忙拢了拢枝叶，形成一片阴凉，为他遮挡住太阳，我又哗哗啦啦的扇起了风，为他驱赶走炎热，不一会儿，他就感觉好多了。他站起来，给了我一个大大的拥抱，这是我收到的第一个拥抱，我感觉幸福极了。

日子继续着，在一个寒冷的冬天，森林里的树木被砍光了，小喜鹊没有了家，被冻得瑟瑟发抖，它飞到我的怀里，我用树叶包裹住它的身体，为它取暖。等它暖和了，有力气的时候，我又为它伸出一根粗壮的树枝，帮助它在上面筑起了巢，让它度过了寒冬。温暖的春天来了，小喜鹊非常感谢我，也给了我一个大大的拥抱，我也感觉温暖极了。

我想：我帮助了这么多人，是不是也该给自己一个大大的拥抱呢？于是，我用树枝环抱住自己，给了自己一个奖励的拥抱。拥抱，可以使人幸福和快乐，可以战胜困难，可以鼓励人前进，我们要多给别人拥抱，也要多给自己拥抱，以给我们的生活更多的光明和温暖。

（指导老师　杨蕊娟）

# 给自己一个微笑

西安高新第六小学　安昭宇

给自己一个微笑，让自己拥有一份坦然；给自己一个微笑，让自己勇敢地面对困难。时常给自己一个微笑，是一种平和，是一种豁达，更是一种鼓励！

每当开心时，给自己一个“高兴”的微笑。记得上一次考试，我奋笔疾书，在收卷铃声响起的最后一刻，才终于写完最后一个字。虽然试卷写得密密麻麻，但是，我的内心依然忐忑不安。第二天，老师拿着卷子走进教室，我的心又开始扑通扑通地跳个不停。卷子终于到我手中，可我还会低着头，眯着眼，就是不敢直视我的成绩！我鼓起勇气，坚定地告诉自己“勇敢面对”，这才慢慢抬起头，渐渐张开眼睛：啊！100分！终于尘埃落定，我兴奋极了，给了自己一个“高兴”的微笑，希望自己再接再厉，独占鳌头！

每当胜利时，给自己一个“快乐”的微笑。我的强项是短跑，不过，这一次我的对手据说曾经是短跑冠军，看来，我这次要破釜沉舟了。发号枪一响，我就像离弦之箭，飞奔出去。距离终点还有一米距离的千钧一发之际，只见对手只剩半步距离，我则一个箭步跳过终点，哈哈！我赢了！这时，我给自己一个“快乐”的微笑，期望自己勇往直前，勇于拼搏！

每当失败时，给自己一个“鼓励”的微笑。开学第一次听写生字，原本胸有成竹，但很遗憾，我写错了一个字，与我期望已久的满分，失之交臂。看着那个练习了好多次的字，又被我写错了，我垂头丧气。不过，我还是给了自己一个“鼓励”的微笑，告诉自己，以后要多理解字词意思，勤学苦练，下一次听写生字时必定得心应手，胜券在握！

微笑，是一种态度，它时刻提醒着我们凡事要保持良好的心态；微笑，是一种习惯，它存在于心底，储备着能量；微笑是一种力量，它无时无刻在鞭策着我们。请给自己一个微笑吧，让你、我、他，让整个世界都充满着美好！

（指导老师　刘帆）

# 森林故事会

西安高新第一小学　白羽婕

一个晴朗的日子里，阳光明媚，小秋兴致勃勃地来到森林里和小动物们相约开一次故事会。

森林里绿树成荫，枝繁叶茂。小秋坐在碧绿的草地上，手里拿着《动物世界》这本书，给小动物们讲着有趣的故事。你瞧，远处的树上有一只树袋熊正慵懒地听小秋讲小故事，可爱极了。在近处，一群动物们围着小秋认真地听着。长颈鹿不但全神贯注地在听，而且伸着脖子目不转睛地看着小秋手里的故事书。小刺猬说："这个故事真有趣，我也想给大家分享一个小故事。"小狐狸聚精会神地听完小刺猬讲的小故事，连连夸他："你讲的故事真精彩啊！"旁边的小狗眼睛里闪烁着专注的光芒，说："哇，好有意思！我还想听更多的故事！"接着，小猴子分享了他自由自在去爬树的趣事，大家听完纷纷鼓起了掌。棕熊手里拿着新鲜的蜂蜜准备奖励给今天的金牌故事大王。在最前面，可爱的小兔子竖起耳朵兴奋地说："谢谢你们让我听到了这么多有趣的故事，我很开心。"

美好的一天很快结束了，小秋和小动物们依依不舍地回家了。真是充实又难忘的一天啊！

（指导老师　吴阳）

# 最好的"朋友"

山东省胶州市瑞华实验小学　鲍雪姣

书籍，是我最好的朋友。它总能在我迷惘时，给我希望；在我挫折时，给我信心；在我追梦时，给我力量。读书，让我成为更好的自己。

今年暑假，我参加了青岛诗词大会。在备战比赛期间，我读了很多关于唐诗宋词的书籍。在这些绝伦美奂的诗词中，我仿佛亲眼看到了唐朝的盛世，也好似亲耳听到了"诗仙"豪情万丈地吟诵。

在唐诗三百首里，我可以与一千多年前的诗人们尽情对话。从李白的"两岸猿声啼不住，轻舟已过万重山"的千古绝唱，到王之涣的"欲穷千里目，更上一层楼"的无限进取，都充满着古人豁达的智慧。它让我懂得了"但使龙城飞将在，不教胡马度阴山"的家国深情，也让我真切体会到"野火烧不尽，春风吹又生"的坚韧与顽强。

平时，我也会读一些与历史有关的书籍。从小小的历史书中，我了解了华夏的诞生，知道了三皇与五帝，也明白了夏、商、周的历史事件。这些历史文化，不仅让我增长了学识，也让我懂得了更多做人的道理。

不过，我最喜欢阅读的还是报纸和杂志。《阳光少年报》《少年先锋报》，这些都是我了解国内外新闻的得力助手，它们帮我打开了世界的大门。《课堂内外》《环球少年地理》《探索号》是我写作和探索世界的工具，不仅阅读起来轻松有趣，而且还让我的眼界更加开阔。我非常喜欢这些报纸和杂志，每次一收到新刊，我总是迫不及待地阅读起来。

可是，在阅读时，我经常会遇到很多不认识的字，这可怎么办呢？哈哈，不必担心，这时候，我的另外一位好朋友就会闪亮登场，它就是字典。

这本字典已经陪伴我两年多的时间，每当我在学习或者阅读中遇到困难时，它总会及时地出现在我身边帮忙解决问题。在这两年多的时间里，它的“衣服”渐渐变旧了，“皮肤”也慢慢变黄了，但是它却丝毫不在意。它不仅是一本好用的工具书，更是一位值得信赖的伙伴。

书籍的魅力，总是熠熠生辉，而我在读书的这一刻，也在闪闪发光。谢谢我的这位“好朋友”，它使我成为更好的自己。

（指导老师　傅海英）

# 窗台上的春天

广东省潮州市湘桥区兴华学校　蔡垂炼

凛冽的冬风终于带着最后一丝凉意匆匆离开，久违的温暖和阳光悄无声息地拂过大地的每一个角落。我们渴望着的春天来了，带着无尽的生机和希望，她轻巧地踏过高山与溪流，最终，在我的小窗上停留，将美丽的足迹印在那静默的窗台上。

在这温暖的季节里，窗台上的一隅绿色朦朦胧胧地挣扎着，似乎要在春天的召唤中唤醒沉睡已久的生命。它是一株不起眼的小植物，被我不知疏于何时一直放置在那里。它的叶尖微微泛着黄，显得有些疲惫，却也顽强地伸展着枝叶，向阳光和空气索求营养。

在春风的爱抚下，植物的叶子逐渐由黄转绿，终于在一天清晨，一朵小花悄悄然地绽放了。那是一朵小巧精致的花朵，花瓣如绸缎一般柔滑，颜色是淡淡的粉白，中心点缀着微小的黄色，像是春天最初的绘画——不张扬，却让人过目不忘。

当阳光透过窗户洒在这朵小花上时，整个世界仿佛都亮堂了几分。我忍不住凑近闻了闻，只觉得一股清新的花香扑鼻而来，那是春天特有的味道，既纯净又芬芳，它浸润进我的心田，也漫溢在我的整个房间。

窗台上的春天，不仅是一个季节的更替，它是心中的一份期待，一份希冀。每一次经过，都会让人情不自禁地驻足；每一次眺望，都能感受到生命的巨大魅力。在忙碌与喧嚣之间，窗台上的一隅绿色给予了我静谧与安宁，一朵小花则总能悄然提醒我，无论生活中遭遇怎样的寒冷和困苦，总会有春暖花开的一天。如同那坚韧不拔、生命力旺盛的小植物一样，在坚硬的土壤里，我们也能寻找到光合作用的契机，绽放出属于自己的迷人光芒。

春天，在窗台上静默鲜活，它不声不响地进入我的生活，柔软了心灵的每一个角落。当下一个春天轻轻敲响窗户，我仍然会在这里，期待着更多的生命力从窗台上涌现，期待着更多的希望之花在我的小世界里盛开。

而现在，我只需轻启窗户，就能与窗台上的春天不期而遇，让它成为我的每一个夜晚和清晨。

（指导老师　邱洁芬）

# 乐于助人的小猴

广东省广州市越秀区广中路小学　蔡霆曦

一天中午，刚吃完饭的小刺猬和小猴走在森林里的路上，他们边走边聊，小刺猬手舞足蹈的，开心极了。

“啊！我的帽子！”小刺猬突然叫了起来。小猴一看，原来是小刺猬的帽子被一阵大风给刮到树上去了。小猴连忙爬到树上，小心翼翼地走到树枝上，它用右手抓住头上的一节树枝，接着，它伸出左手去抓帽子，抓到帽子后，它灵活地从树上一个翻身便跳了下来，小猴把帽子递给小刺猬。这时，小刺猬的心情就像吃了糖果一样甜，小刺猬开心地对小猴说：“小猴，太感谢你了，这可是我最喜欢的帽子！”小猴笑着说：“哈哈！不用客气，爬树可是我的强项！”他们都高兴地笑了起来。

小刺猬把帽子重新戴好后，和小猴又兴高采烈地边走边聊了起来。

（指导老师　何志艳）

# 可爱的家乡

陕西省西咸新区秦汉新城秦汉小学　曹晋恒

网上经常可以看到这样一句话——故乡容不下身体，城市容不下灵魂。这种感慨，对我这样一个少年本应无感，可是想起我可爱的家乡，多少还是产生了一些触动！我的家乡在大陕北，可我人却在西安，生活在大陕西。

在我的印象中，家乡是热闹的，是生机勃勃的，更是充满清脆笑声的！每年暑假，我都有短暂的时间回到故乡，看看爱我的爷爷奶奶、外公外婆、哥哥姐姐、弟弟妹妹，以及我怀念的那满园清脆！菜园子是奶奶种的，里面有各种各样的瓜果蔬菜，有红彤彤的草莓、绿油油的黄瓜、粉嫩嫩的桃子，生机勃勃，煞是可爱！我们兄弟姐妹都喜欢在这里玩耍，穿梭其间，一会儿爬树，一会儿捉虫，一会儿偷吃水果，开心极了，热闹极了！

热闹是短暂的，待不了多长时间就又要回到西安！再次回到家乡，就到了冬天！

这一次，家乡给我的印象是荒凉、忙碌以及天寒地冻！每年过年，我都要陪爸爸妈妈回到陕北。乘车时一路向北，看着一栋栋摩天大厦变成一座座高耸入云的山峰，大西安、关中平原的绿色也逐渐褪去，换成了一片苍白。偶尔天降大雪，积雪盖在山上，好像给山戴了一顶白色的帽子。家乡的菜园也变得一片荒凉，寸草不生，没了夏天的生机与热闹，笑声也淡了许多。一阵北风刮过，扬起一阵黄尘，想和哥哥姐姐们在院子里玩耍，像夏天那样在菜园里钻来钻去，可是天气寒冷，没等在菜园里玩几分钟，就会冻得手脚冰凉、身体哆哆嗦嗦。

一年本应呈现四季的交替变幻，但在我的印象里，家乡似乎只有夏季和冬季两个季节。或许是因为春秋两季的变化不太显著，让人难以察觉。我多么希望能够感受家乡完整的四季，能够亲眼见证可爱的家乡在一年四季中的不同风貌。

（指导老师　安梦琳）

# 堆雪人

西安高新第一小学　曹梓涵

冬至的清晨，小小拉开窗帘，看见了地上、树上、楼顶全都是一层厚厚的雪，她赞叹道："哇！真像艾莎的冰雪世界呀，可以堆雪人喽。"她兴奋地给小伙伴青青、天天和小红打电话，邀请他们一起堆雪人。青青、天天和小红听到后高兴得又蹦又跳，大家换好棉衣，戴上手套帽子，暖暖地出门了。

四个小伙伴们会合了，他们决定做一个又大又高的雪人做朋友。他们首先团了一个小小的雪球，不停地在地上滚呀滚，一起喊口号："一二一！一二一！"没过多久，小雪球滚成了大雪球，雪人白白胖胖的身子就做好了，大家累得气喘吁吁。

然后，他们开始做雪人的脑袋。他们继续滚呀滚，雪人圆圆的脑袋也做好了，四个小伙伴齐心协力，费了九牛二虎之力终于把雪人的头搬到了身子上。天天大口喘着气："雪人的头真沉呀。"青青找了两颗圆溜溜的石子当作雪人的眼睛，可是鼻子用什么替代呢？小红灵机一动："我回家拿根胡萝卜，马上就回来。”小红跑回家，从冰箱里挑选了一根又红又长的萝卜，安在雪人的眼睛下面，大家看了都夸小红真聪明。

小小捡了一根弯弯的树枝当嘴巴，雪人微笑啦。青青和天天拿了两把扫帚当作雪人的胳膊。“哇，我们的雪人做好啦，真好看呀！”他们开心地围着雪人蹦啊、跳啊、闹啊。

爸爸妈妈喊他们回家吃饺子了，他们怕雪人冷，小小把自己温暖的红围巾取下来给雪人系上，又拿铁筒当作雪人的帽子。小红说：“这下雪人肯定不冷了。”雪人朋友长得更漂亮了。

四个小朋友依依不舍地和雪人告别，期盼冬天一直在，雪人朋友一直在。

（指导老师　宋丽延）

# 北京四季好去处

北京市西城区师范学校附属小学　曾相与

北京，这座古老而现代的都市，四季的更迭如同一幅绚丽多彩的画卷，每个季节都晕染着它独特的魅力，皆有不容错过的绝佳去处，且听我细细道来。

若你在春天的脚步悄然临近之时来到北京，那北京植物园定是不二之选。当春回大地，植物园宛如一个花的仙境，是踏青赏景的梦幻之地。瞧，那粉红的桃花肆意绽放，恰似少女娇羞的脸庞，又仿若天边绚丽的云霞，柔美而迷人。不仅有桃花争奇斗艳，樱花也如雪花般纷纷扬扬飘落，迎春花似繁星点点闪烁，海棠花像盛装的舞者摇曳生姿，还有那数不胜数、叫不上名字的花儿。它们或含苞待放，或娇艳盛开，形态各异，汇聚成一片花的海洋，在阳光的轻抚下灿烂夺目，熠熠生辉，仿佛是大自然用最细腻的笔触勾勒出的绝美画卷，美得令人心醉神迷。

倘若夏天翩然而至，你踏上北京这片土地，那国家游泳中心——水立方，绝对是消夏的天堂，尤其是那充满欢乐与刺激的嬉水乐园，简直是孩子们的欢乐王国。在这里，有令人心跳加速的滑道，当你从最高处如勇敢的冒险者决然滑出，瞬间顺着封闭管道风驰电掣般加速下滑时，那感觉就像是在时光隧道中穿梭，心提到了嗓子眼，强烈的冲击感伴随着四溅的水花，如同一场盛大的狂欢派对，让你尽情释放夏日的激情与活力，好玩到极致，快乐似要满溢而出。

若是秋天的微风轻轻拂过北京的大街小巷，香山则是你必须去领略其风采的地方。常言说得好，不到香山，怎知北京秋天的韵味之深邃。当你伫立山顶，秋风如温柔的使者轻轻拂过面庞，带来丝丝凉意。俯瞰整个山林，那漫山遍野的枫叶仿佛被神奇的魔法点燃，一片片炽热的红色海洋映入眼帘。这红色深沉而浓烈，似熊熊燃烧的火焰，又宛如层层叠叠汹涌澎湃的波浪，顺着山势蜿蜒起伏，连绵不绝，仿佛是大地铺上了华丽无比的红色绒毯，一直延伸至天际。置身其中，心灵仿佛被这壮丽的景色涤荡，所有的烦恼忧愁都随风飘散，只留下满心的惬意与舒畅，那种感觉，妙不可言。

当冬天的凛冽寒风呼啸着席卷北京，长城便是那最能彰显雄浑气魄之地。寒冬腊月，北京被大雪覆盖，天地间一片苍茫，北风呼啸而过，透着阵阵肃杀之气。然而，当你一步一步登上长城，眼前的景象定会让你震撼不已。那雄伟的长城宛如一条沉睡的银色巨龙，在连绵起伏、俊秀挺拔的山峰间蜿蜒盘旋，飞舞于天地之间。长城内外，皑皑白雪如同给大地披上了一层圣洁的银装，在阳光的映照下，闪耀着迷人的光芒，显得分外妖娆。这是一幅何等壮阔的北国雪景图，每一处景致都散发着震撼人心的力量，真是壮美到极致，让人不禁对大自然的鬼斧神工和历史的沧桑厚重肃然起敬。

朋友，北京恰似一座四季的宝藏，春夏秋冬各有千秋，无论你何时踏入这片神奇的土地，都仿佛踏入一个梦幻的美景回廊，每一处景色都是大自然馈赠的珍贵礼物，等待着你用眼睛去发现，用心灵去感受，用脚步去丈量。在这里，你将收获独一无二的旅行体验，留下难以磨灭的美好记忆。北京的四季美景永远为你敞开怀抱，热忱欢迎你的到来。

（指导老师　芮雪）

# 难忘的眼神

西安市高新第一学校　柴国轩

年华斑驳，往事依依。您那慈爱的眼神宛如两潭秋水，令我永生难忘……

您的眼神时而冷漠，如把把利剑，不时地警醒我。记得那一次，我写完作业开始休息，口口声声说好的10分钟变成半个小时。我一抬头，正好对上您的眼睛，此时您的眼神早已不是昔日的慈祥，而是冰冷刺骨，直戳人心，如深潭般冷冽，透露出可怕的冷酷，还闪着寒光，露出刀锋般的凌厉之色，让人不敢直视。

您的眼神时而慈祥，充满力量，鼓励着我。夜，深沉而幽静，寒风夹杂着恶意，拍打着门窗。屋里温暖舒适，台灯暖黄色的光打在我睡意蒙眬的眼上，我用疲惫的大脑撑着身躯，努力地复习。这时，您走过来，我抬头一看，您眼神充满希望，如太阳般光芒四射，照亮我的心，仿佛在鼓励我，让我充满动力。“咕噜噜”肚子不争气地叫了起来，您眉眼弯弯，无声地笑着走向厨房。我休息时透过门缝一看，您一手按住菜，一手举起刀，“噔噔噔”，菜眨眼间就被切成整齐的小段。然后，您干净利落地提刀把菜一拨，“滋啦”一声，菜就被金灿灿的油包裹起来。再看您，熟练地翻炒几下，加入沸水，把面条放入水中。两手一碰，两个荷包蛋陷入面条里。舀一勺盐，加一勺酱油，大火一煮。最后撒一把葱花，滴两滴香油，一碗香喷喷的面就做好了。

您端出面，我大口大口吃起来，面条滑进嘴里，伴着热气腾腾的汤一起落进肚子里。吃饱喝足，我抬头一看，您眼神里流露出莫大的成就感，虽已疲倦，却掩盖不住慈祥，是那样温柔，仿佛沉在水潭之下的黑宝石，闪着耀眼的光，又像一对能使金石为开的钻石，充满热情，让人感动。

您的眼神时而冷漠，时而慈祥，却让我终生难忘。

# 放风筝

西安高新第一小学麓湾分校　常权钰

一个风和日丽的春天，乐乐和明明在郊外的草地上快乐地放风筝。

乐乐放的是金鱼风筝，明明放的是蜻蜓风筝。一阵风吹来了，他们的风筝飞得更加高了。

小鸟飞来了，欢快地说：“好美的风筝呀！”

小狗豆豆也汪汪地叫着。

花开得更艳了，大树长得更茂密了。这时候，乐乐对明明说：“玩风筝真开心啊，我们以后经常来这里吧。”明明来不及回答她，只是拉着风筝线飞快地向前跑着。

他们的风筝飞得很高了，比小鸟飞得还要高！

今天真是个快乐的日子，小朋友们玩得真开心。冬天要是过去了，我也要玩风筝。

（指导老师　李思颖）

## 放风筝

盐城市京师实验学校　陈妙依

春天在眨眼间来到。阳光明媚，普照大地。公园里的小草绿茵茵的，充满着无限生机，湛蓝的天空中飘着洁白的云朵，更使人心情愉悦。这么好的天气，真适合出去放风筝啊！

一大早，红红、李云和小黄就早早地来到了公园的大草坪上。空中已飘起了各种各样的风筝，有的是摇着漂亮尾巴的“大红鲤鱼”，有的是在空中寻找猎物的“老鹰”，还有又细又长的长着很多小脚丫的“蜈蚣”。在春风的吹拂下，它们自由自在地在天空中翱翔着，让人眼花缭乱……

李云迫不及待地拿出了他的小燕子风筝，这个风筝可真漂亮啊！只见李云一手握着线轴，另一只手拉着风筝线，一旁的小黄也配合着把风筝高高地举过头顶。只听一声令下，李云飞速地奔跑起来，他一边跑，一边放线，小黄也把风筝抛上天空。在大家的加油助威下，风筝越飞越高，直冲云霄。一旁的红红拿着蝴蝶风筝，大声对李云说："你的小燕子风筝，飞得可真高啊，简直太漂亮了！"

李云挠挠头，露出了笑容。一阵清风拂过，却吹得他心里暖融融的，是藏不住的喜悦啊。

在不远处，有一家三口。孩子把风筝放得高高的，他的爸爸妈妈也都露出了欣慰的笑容。

果然，"失败乃成功之母"，在李云和小黄的帮助下，红红的风筝也顺利地飞上了高空。红红神气极了。

眼前的每一景、每一幕，正如诗人高鼎所说："儿童散学归来早，忙趁东风放纸鸢。"这之中也一定有着诗人自己的喜悦吧。

啊！这可真是一幅五彩缤纷的图画呀。每个人的脸上都洋溢着喜悦的笑容，万物也都在这时节苏醒，争先恐后地拥抱着这焕然一新的世界。春天可真是个美丽的世界啊！

（指导老师　陈兆群）

# 倾听的力量

江苏省无锡市梁溪区辅侨实验小学　陈诗芮

“心里种下一颗种子哒啦滴哒啦，它能实现小小心愿有神奇魔法，听说每个小孩都想要得到它……”我是听着这首儿歌长大的，因为它充满正能量，鼓励着我带着自信和勇敢追求理想。

小时候，我特别爱跳舞，喜欢模仿别人跳舞。不管是婀娜多姿的芭蕾舞、风情万种的民族舞，还是热情奔放的现代舞，都被我这个“爱好者”跳得完全走样。“独魔乱舞”时，芭蕾动作转一圈摔一跤，民族舞跳成了广场舞，现代舞跳成了混合舞，还自得其乐。

爸爸看出了我的心思，和妈妈商量后，决定帮我报“小舞星艺术中心”的中国舞舞蹈培训班。爸爸一本正经地对我说：“跳舞是你喜欢的兴趣爱好，你的对手从来不是别人，而永远是你自己。去吧！爸爸支持你。”我听了，高兴得小鸡啄米似的连连点头。从此，跳舞成了我双休日的必修课，它没收了我的随性和惰性，没收了我做事的“三心二意”和“半途而废”。不管风吹雨打，我都坚持参加，并考上了中国舞九级证书。我激动得抱着爸爸妈妈，他们的笑意写在脸上，甜蜜在心坎上。

几年过去了，爸爸的坚持培养了我做事的专注力。我的坚持，让我终于取得很大的进步。这时，我才明白爸爸的一片苦心。“宝剑锋从磨砺出”，我现在磨砺出自己做任何事勤快的性格，多亏了爸爸当时的坚持，让我变得越来越优秀。

随着年级的升高、作业的增多，我有点想打退堂鼓了。爸爸了解了情况后对我说:“芮芮，放飞梦想，因为梦想是飞翔的翅膀。你若不勇敢，谁替你坚强？”我听了哭着说:“我练得浑身都痛了，我不想考十级了，我都没时间玩了。”爸爸听了摸着我的头一脸严肃地说道:“做事不但要坚持，还要自信，再跳一跳，就能摘到十级证书的‘金苹果’了。你看，苍茫大海上航行的帆船在海面上乘风破浪，原野上与狂风斗争的橡树在土壤里牢牢扎根，漫长黑夜里在夜空中闪烁自己光亮的星星都需要自信。”爸爸说的每一个字都掷地有声，每一句话都铿锵有力。爸爸抱着我和蔼地说:“好闺女，爸爸相信你，继续支持你。但你要记住:无论做什么事都要有始有终，不能半途而废。是花儿，就要绽放美丽;是小树，就要长成栋梁;是石头，就要铺出大道。对自己的理想有追求才有希望。希望你做一朵漂亮迷人的花朵，做一棵高耸入云的大树，用辛勤的付出去铺出自己人生的金光大道。”于是，我擦干眼泪决定继续上路，刻苦训练，争取与辉煌的成绩握手。

功夫不负有心人。只要努力耕耘，辛勤的汗水终究会变成闪亮的珍珠。今年暑假，我荣幸地被老师推选并参加了“2024年国际青少年艺术奥林匹克舞蹈专场比赛”。当音乐响起，淡紫色的天鹅绒与缀满彩饰的大幕徐徐上升时，我们的参赛舞蹈《缅桂花开朵朵香》上场了。我是主角，带着其他六个身着传统傣族服装的小舞星出现在舞台上。我们开始轻摆身体，一会儿踮着脚尖轻盈起舞，一会儿舒展双臂如微波渐起，同手中不断挥洒的花瓣形成了缅桂花朵飘落的美丽画面，展现了傣族文化的独特魅力，让台下的观众们一下子进入清风一起，朵朵芳香的意境。

当我们的傣族舞蹈以一种宁静祥和的方式结束，小舞星站成一排静静地看向远方，手中拿着的花朵仍在随风飞舞时，台下报以热烈的掌声。我们的舞蹈凭借干净利落的动作，娴熟的技巧，一举夺得了这届“冠军少年一等奖”，我也成了今天舞台上最亮的一颗星。虽然跳得气喘吁吁，但怎么也掩饰不住内心的喜悦。这笔人生中的宝贵财富，将永远藏在我的记忆深处。

哦，亲爱的爸爸，我要飞得更高。感谢伤痛，让我学会了坚忍；感谢爸爸，给了我倾听的力量；感谢老师，给了我施展才能的舞台。如今，我的心里更明亮了。在人生的广阔舞台上，每个人都是独一无二的主角。我要用行动让自己飞得更远，更高。因为：拥有自信和坚持的人永远不会被社会淘汰。

（指导老师　邹净）

# 假如我有一支神笔

广东省惠州市惠城区东湖学校　陈树

那天，我正准备写作业。忽然发现桌上多了一支毛笔。奇怪，我也没买过毛笔呀，带着疑惑，我拿起毛笔试着在纸上画了一只小猫。“喵喵”，小猫竟然从纸上跳了出来。哇，原来这是一支神笔！我又惊又喜，高兴得手舞足蹈。

我拿起笔画了一朵云，随后跳上云，云居然飞了起来，看来这是一朵听话的云。我在云朵上呼呼大睡，不知道睡了多久，醒来时发现下面是几个小村庄，条件很差。于是，我一挥神笔，小村庄立马变了样儿：泥巴路变成了水泥路，木屋变成了钢筋水泥房。人们一阵欢呼，为新家而高兴。云朵飞了很久，来到了城市上空。我低头一看，呀，真是美丽！这时，不知从哪里飘来阵阵黑烟，不好，是从远处工厂飞来的，我忙一挥笔，烟没了。此时，对面迎来了一股烟，我低头一看，是汽车排出的尾气。我又一挥笔，尾气也消失了。看着远处冒出的阵阵浓烟，我想这样也不是办法呀，我灵机一动，画了一朵乌云。哗！大雨“唰”地一下就下来了，哈哈哈，问题都解决了。

叮铃铃，叮铃铃，闹钟响了，我睁开眼睛，唉，原来是一场梦啊！不知什么时候梦想可以成真。

（指导老师　李云）

# 想象一种向日葵般的生活

上海市民办平和学校　陈思羽

“更无柳絮因风起，惟有葵花向日倾。”

那是一种光是读名字就让人嘴角上扬、心旷神怡的花。她傲立于无垠田野之上，姿容潇洒；她静静地守望着太阳，如诗如画；她坦然地给予所有人莞尔的微笑，热烈张扬。耀眼的光芒下，她肆意地沐浴着阳光，流金溢彩，永远向阳而生，追寻着心之所向。她绽放朝气，绽放恬静惬意，绽放着那股任尔东西南北风的韧劲。轻轻地搭上一阵阵暖风，她不紧不慢地摇曳着，舞蹈着……不知不觉，这便已成这世间最美的风景。她，便是向日葵。

向日葵那明黄色的花瓣，欣欣向荣的姿态，总能给予人以极致的温暖，让人不忍触碰，免得惊扰了这位跌落凡间的太阳使者。沉默地凝望时，脑海中便浮现了许多的记忆，许多模糊的影子……

曾经在一个偏远地方的夜市遇见过一对母子，母亲五十岁左右，儿子十几岁。母亲的身材是病态的瘦，背部诡异地向前扭曲，甚至无法直立，似乎正常行走都仅仅是靠内在力量强撑着。这对母子便这样推着音箱走遍了整条街。儿子手持一个不成样子的麦克风，与母亲合唱着一首首耳熟能详的歌曲。出乎意料的是，儿子的音色极其清澈悦耳，而母亲的嗓音是富有磁性的低沉，二者十分巧妙地互补，说是一场听觉盛宴毫不夸张。路边行人神色各异，那一双双眼神中透露出的，有同情、有厌恶、有鄙夷……而母子俩似乎是习惯了被人如此轻视，他们丝毫不去理会，自顾自唱着。握着麦克风的手上是一个个伤口和老茧，那是两双可怕又瘆人的手。可是当听众们对他们报以热烈的掌声时，儿子的眼睛是那么明亮，这双眼睛，乌黑而纯净，没有丝毫杂质，只是倒映着世界的美好。这一瞬间，无他，眼中只有溢满的，对生活的热爱以及对未来的憧憬和希望。在这纷纷扰扰的社会，是如此罕见的纯真与鲜活。母亲始终淡淡地对所有人笑着，对看不起他们的人，对同情他们的人，对一个个陌生的人淡淡地微笑。母子二人美好得让人失语，但他们毫无保留，帮助摔倒的老人，热情地与摊贩打招呼，连街边的小猫，都是他们攀谈的对象。黑暗中的萤火之光终将带来光明，而那些最朴实、最善良的品质也终将震碎一切世俗与偏见。

巴黎奥运会上，乒乓球运动员樊振东几乎次次都被对手以极大的优势领先，而他毫不气馁，一次次化挫折为力量，化逆境为胜利。网球运动员郑钦文在遇到一众比自己排名高的网球名将时，奋力拼搏，一路过关斩将，最终取得冠军，打破纪录。

电影《逆行人生》中的主角，一个碌碌无为负债累累，人到中年却被辞退的程序员。命运对他不公，但他偏偏要逆转这似乎终成定局的人生。他没有被压垮，反而越挫越勇，即使做一个外卖小哥，也活得那么恣肆与温暖。他不仅照亮了自己的前路，也照亮了身边的人。

向日葵，生长在各种各样的极端环境。干旱的沙漠中，寒冷的沼泽中，她始终顽强不屈。她是那么的淳朴，不争不抢，永远不被阴暗和束缚所打倒，执着又坚韧。生活中也总有那么一些人，他们拥有着明媚灿烂的生命力，他们永远用微笑迎接着每一缕阳光，他们总能穿过阴霾发现远方的暖意，正如晨曦中盛开着的那朵向日葵。

致最爱的向日葵，也致每一位如向日葵般热爱生活的勇士。

# 挂在脖子上的星星

浙江省乐清书纬度教育草房子习作园　陈星玮

一天，森林里要举办舞会，小狗心想：我该怎么打扮自己呢？

小狗走到了花坛边，看见一朵朵美丽的花，他突然有了主意，说："我可以用小花编织成一串项链来装扮自己！"小花听见后害怕地说："不要采我，我怕疼！"善良的小狗立刻道歉说："对不起，我不会采你了。"

这时，两只萤火虫看见了，感动于小狗的善良，说："小狗真好，我们来帮你吧！"于是，萤火虫悄无声息地跟在小狗身后。小狗走在路上，垂头丧气地说："晚上的舞会我该怎么办呀？其他的小动物都穿着漂亮，而我什么都没有。"萤火虫追上了小狗，鼓励他说："没关系的，我们会帮你的。"小狗听了，十分开心。

到了舞会的时间，每位小动物都穿着漂亮。小兔穿着洁白的裙子，小猴穿着明黄的礼服，小野牛穿着黑色的西装……突然，一个身影吸引住了全部小动物的目光，原来是戴着闪烁的萤火虫项链的小狗。那一串串萤火虫在黑夜中闪烁着，格外耀眼，仿佛是把天上的星星挂在了小狗的脖子上。

有了萤火虫的帮助，小狗在舞会中表现出色，得到了第一名的荣誉。其他小动物都称赞小狗的勇气和创意，纷纷向他致以祝贺。小狗感激地看着自己的萤火虫朋友们，心里充满了喜悦和感恩。

（指导老师　林莉）

# 身边的光芒

西安高新第二学校　陈炫屹

夕阳西下，夜幕降临，繁华的古城被笼罩上一层薄薄的轻纱。我背着沉重的书包在公交站等车，也许是人们都急着下班的缘故吧，车可能堵在半路了，迟迟不来。

我看了看表，找了一个离公交站近的椅子坐下。站外，微风漫不经心地吹起地上的几片落叶，街道上车水马龙。而我的目光锁定在了一个渺小的身影上。

他就地坐在公交站前的台阶上，时不时抬头望向公交站，看有没有来车。随后又低下头从口袋中掏出一个巴掌大的本子翻看，时不时用手擦去额角的汗珠，我努力从远处向他的本子望去，只能看到密布的红黑色笔迹。再往下看，他的脚边放着一个用得看不出颜色的编织袋。“富贵必从勤苦得，男儿须读五车书。”这是杜甫《柏学士茅屋》中的诗句，我听着那一句句诗从他口中不经意地咏出。我明白了那本上写的便是诗词，而这首诗描写的仿佛就是他自己。人来人往的街边，他仿佛是一朵被雪埋没的梅花，不过，他并不怕雪埋。他就是一位普通不过的平凡的人了，但，他的身上却有一种奋发向上的力量！

火烧云染红了半个天边。光，照到他身上。

“吱——”车来了，他收起本子小跑上了车。

人群中，他化为了人流中的一个点，夕阳的余晖向那一个点的方向照了过来。瞬时，他成为一束独特的光，我的目光停滞在那个方向、那束光，许久没有回过神来……

# 爱，让我心中明亮

广东省汕头市潮阳实验学校　陈雅涵

萧条的秋已过，取而代之的是阳光似火的夏。点点星光洒落在笔记本上，那一行潦草却带着儿时纯真的字迹映入眼帘。友谊如酒，浓烈甘甜；友谊如花，清新淡雅；友谊如歌，悠扬绵长。我一阵苦笑，思绪在夏月的清风中纷飞、荡漾，空气中弥漫着友谊酿出的爱。

## 初见

“流光容易把人抛，红了樱桃，绿了芭蕉。”儿时的我们纯洁无瑕，转眼间我们已成为朝气蓬勃的少年，可第一次的相遇依旧那么令人难忘。

“你好！”你那稚嫩的声音在耳边回响。“我叫文文！”你露出一个灿烂的笑容，轻声细语地问：“你叫什么名字啊？”我支支吾吾地说道：“小……涵。”天生聪慧的你很快就察觉到我的惶恐与不安，你伸出纤细的手，说道：

“以后我们就是朋友了！”说着，你将一块透亮的果冻塞进我的手心。“朋友……朋友！”我反复喃喃自语，脸上泛起红晕，脑海里全是你如火般温暖的笑容！

**安慰**

“你是一盏明灯，照亮前进的方向；你是一个绷带，总能将受伤的心灵愈合……”每当唱起这首歌，我就不由自主地想起了那天晚上。点点星光在昏暗的道路上显得格外灿烂耀眼，要是在往常，我肯定会高兴地蹦起来，可此时我的心情却如枯萎的花朵，黯淡无光。我心想：“就连星星都在嘲笑我！”我低着头，豆大的泪珠不争气地往下流。这时，一个熟悉的身影出现在我的视线中，是文文。“哟，小涵怎么了？”她将手搭在我的背上，另一只手牵着我胖乎乎的手。我依旧抽泣着，像个闷葫芦。“别哭……”你低声安慰着我，那声音如银铃般悦耳，又似一江春水向东流，缓缓注入我的心田。

友谊就是这样，在你被冰冻时洒上一桶沸水，让你温暖；又似一把伞，雨停了也不肯收；还似一朵花，枯萎了也不肯丢，只把香气藏在心中！

（指导老师　汪芬芬）

# 有趣的观察

海南省海口市滨海第九小学美丽沙分校　陈彦吉

今天，小蓝和爸爸妈妈说了一声，就出去玩了，走的时候还带了一把放大镜。

小蓝走近参天大树下面，左看一看，右看一看，发现有很多自己不太认识的虫子、树和花花草草。

小蓝心想，看来我要多读点书了。她拿出放大镜观察起虫子来。一边观察，一边在随身带着的笔记本上写写画画，突然，她发现树叶有许多小点在移动，还搬动几片树叶。她上前一看，原来是一群切叶蚁。

小蓝说："你好！切叶蚁，你们这是干什么呀？"其中三只蚂蚁爬到她的放大镜上齐声说："我们当然要拿这些树叶去种蘑菇啦。"

小蓝惊奇地问："啊？树叶也能种蘑菇吗？"切叶蚁说："我们有坚硬的钢铁牙齿，把树叶咬成一片片的渣渣，种在我的地下花园里，再耐心培养，就可以种出蘑菇啦！"

切叶蚁看了小蓝一眼，继续说道："你可别像那些没看多少书的小朋友一样，看见我们在搬树叶回巢穴里，就以为我们是吃树叶的吗？"说完，三只切叶蚁从小蓝的放大镜上下来，跟着其他切叶蚁回巢穴去了。小蓝继续行走，突然，她发现自己走进了一片丛林中。

而且，她听到有野兽的声音。她一转身，说道："别藏了，琴鸟你的尾巴露出来了。"果然，从树后走出一只长得像孔雀的鸟。她说道："喂！你怎么能偷看人家的尾巴呢？"

小蓝说："谁让你模仿野兽的声音来吓唬我呢？你们琴鸟是天生的高超模仿大师。"

琴鸟说："因为我是这儿的守护者，每天都会有人在这片丛林中砍树。所以，我只能模仿野兽的声音来赶走你们这些外来人了。"

小蓝说："原来是这样，我会告知警察叔叔这个事。"说完，小蓝与大家告别准备回家了。小蓝走着走着，就迷路了。

突然，小蓝睁开眼睛一看，原来这是一场梦啊！

# 我眼中的缤纷世界

上海浦东民办未来科技学校　陈奕涵

杜甫眼中的秋天是“爱汝玉山草堂静，高秋爽气相鲜新。”刘禹锡眼中的秋天是“湖光秋月两相和，潭面无风镜未磨。”杜牧眼中的秋天是“停车坐爱枫林晚，霜叶红于二月花。”而我眼中的秋天是缤纷绚丽多姿多彩的世界。

听呀！秋风瑟瑟，吹落了满树的黄叶，给大地铺上一层金黄色的地毯。秋雨绵绵，洗去了夏天的炎热，让山川沐浴在清凉的世界里。伴随着凉爽的晚风，蟋蟀的叫声也越来越响亮，犹如一首秋天的交响曲，让人沉醉其中，回味无穷。

看呀！秋霜默默地给大地穿上一件白色的秋装，秋露悄悄地给小草戴上晶莹剔透的钻石项链。一只只大雁，一会儿排成“一”字形，一会儿排成“人”字形，快乐地飞向南方，带去了北方丰收的喜讯。

闻呀！空气中飘着瓜果的香甜味儿，桂花浓浓的芬芳味儿，田野里成熟的稻香味儿。到处都是秋天的气息，丰收的气息。

在我眼中秋天是个多么色彩斑斓，多么缤纷美好的世界啊！

# 那一刻，我长大了

广东省广州市黄埔区华外同文外国语学校　成宝钰

在人生的道路上，总会经历过许多事，它们如天上的星星，闪耀着人生的光芒；如花园里的花儿，散发着迷人的芬芳；如沙滩的贝壳千奇百怪，无所不有。有的让我失落，有的让我成长……在记忆的长河里，有一件事让我记忆犹新，因为那一刻，我感觉自己长大了。

去年的秋季运动会后，当志愿者的妈妈回到家突然发起了高烧，而爸爸、哥哥又恰巧不在家，因此照顾妈妈的重任就落在了我的身上。

由于从小耳濡目染妈妈对我们生病时的悉心照料，现在照顾妈妈觉得轻车熟路，毫无压力可言。我装了一杯温水递给妈妈后，用手摸了摸妈妈的额头，哇，滚烫滚烫得像一团火，我立马找出体温计为她测量体温，居然高达39度，难怪妈妈满脸通红，一点精气神也没有。表面看似淡定的我，心里却急得像热锅上的蚂蚁，不得不打电话求助出差在外的爸爸。在爸爸的耐心指导下，我有条不紊地找来了退烧药，遵照说明书上的剂量给妈妈服下，妈妈安然睡着了，那一刻我突然觉得自己是个小大人，身上肩负着责任和担当。

安顿好妈妈后，我发现还有好多家务活。幸亏在妈妈的教导下，我已掌握了一些生活技能。我努力回忆着妈妈平时教我煮饭的流程，熟练地完成了舀米、淘米、加水、擦拭电饭锅四周水分、煮饭的步骤。此刻的我，深刻感受到妈妈以往对我生活技能的刻意训练是多么的重要，不至于关键时候手忙脚乱。在煮饭的间隙，我学着妈妈往常的样子晾收并叠好衣服，分门别类放置好。此时的我已经累得气喘吁吁，有点想放弃了。可看到病恹恹的妈妈躺在沙发上难受的样子，我立马又像打了鸡血似的浑身充满了力量。

饥肠辘辘的我迫不及待打开冰箱找到了冰冻的虾和鸡蛋。我先用大碗盛装敲破壳的鸡蛋，然后加入适量的淀粉、白砂糖、盐和油，用筷子快速地把鸡蛋搅拌成蛋液备用。随后把结成冰的大虾对着水龙头冲洗，不一会工夫，虾与冰成功分离了，我拿起一只虾小心翼翼地剥了起来。可是，一不留神我被一阵痛感袭来，说时迟那时快，我的手指已流出了鲜血，痛得我忍不住大叫眼泪直流。妈妈听到我的呼叫声，拖着摇晃的身体三步并作两步走到我跟前，心疼地说："妹妹，你去做作业吧，妈妈来。"我擦干泪水，坚定地说："今天必须由我来照顾你，请你相信我一定可以的。妈妈，请你再教教我如何剥虾，可以吗？"妈妈细心地告诉我虾尾尖和虾头的虾枪像一把锋利的钢针一不小心就会刺扎手指，务必要小心，如果被扎了就要及时用碘伏消毒。虾线的剔除只需把虾头的关节部位折断轻轻拉出即可。在妈妈的耐心指导下，我很快掌握了剥虾的技巧，不一会工夫就把虾给剥完了。最后，我熟练地开火热锅，将调好味的虾仁炒至断生，然后盛入备好的蛋液中，快速充分搅拌，随后倒入锅内凝固成蛋饼翻面煎至金黄色，最后撒上葱花，起锅装盘，一道色香味俱全的虾仁滑蛋便做好啦。

我把饭菜盛出来，端到妈妈面前。妈妈盯着碗里的饭菜，看着满头大汗的我，然后目光转向了我的手，愣愣地望着我手上的几个小红点。妈妈的眼神充满了心疼，眼里还闪着泪花，哽咽着说："我的宝贝长大了！谢谢你！""妈妈，没事儿，我一点也不疼，这是成长的印迹。"我急忙打岔道："赶紧趁热尝尝我的手艺，给个评价吧！"妈妈连连点头，幸福地大口大口吃了起来。

那一刻，我长大了。原来成长是一次独立，是一种责任与担当。未来，我会带着这份力量，温暖前行。我始终相信只要心中有爱，有勇气，有责任，一定会飞得更高，飞得更远。

（指导老师　蔡华）

# 身边的光芒

西安高新东区小学　成芝玉

漆黑的夜，伸手不见五指。突然，在黑暗中散发出一阵耀眼的光芒，看着它，我默默流下了泪，不禁想起了那段往事……

2020年的那个晚上，我们的地球被无情的黑暗吞噬，大家都生活在水深火热之中，因为它——疫情，阻止了我们继续前行。马路上没有车辆的来往，偶尔只有几阵风吹过，把地上的灰尘、垃圾吹起来而已。空旷的大街上早已没有了人迹，门店上也都贴满了封条，门上落满了灰尘，一幅凄凉的画面。

医院里人挤人，又燥又热，到处都是医生匆忙的身影、急促的脚步，以及病人及他们的家人愁苦的面容，还有孩子们的哭声。即使在家里人们也要个个戴上口罩，做全身防护。就在人们急得团团转的时候，你们出现了，带着全国人民的希望出现了，身着白衣，戴着防护面具，和一颗纯洁的心出现在人们的眼前。大家把你们当作活下去的希望，而你们也多次把中国人民从死神的手中挣脱。你们迈着大步，走向生与死的边缘，丝毫不畏惧，与病魔和死神做抗争。

还要感谢送物资的志愿者们，你们奋不顾身，舍小家为大家，为了保障全国人民的生活，不惜顶着被病毒吞噬的危险，从卡车上搬运粮食蔬菜分给家家户户。你们不是为了那一声声谢谢，而是为了全国人民的健康，因为你们保持一颗纯洁的心。你们如一束耀眼的光芒从我们黑暗的世界里喷薄而出，照亮了我们那原本黯然的心，带给我们希望。少部分人的力量是渺小的，群体大众的力量一定是强大的，我们坚定不移地相信这一点，所以我们才能打败病魔，战胜死神。是你们感动了我们！

黑暗中的光芒是最具关怀的，也是最需要致敬的。让我们一起推开阴霾，露出最美的蓝天，让病毒不敢再踏入人世间。

# 捉蛙真有趣

陕西省西安市浐灞第一小学　程昱霖

当美丽的荷花发出淡淡的清香和蝉儿阵阵鸣叫时，这是捉青蛙的最好时间了。

当红彤彤的大太阳落入地底下时，鸣虫就会在舞台上“各显神通”，我兴致盎然地拿着小网，在昆虫们的叫声和点点“星光”中向小河前进。突然，“呱……呱……”的声音加入了这场歌唱比赛，这就是青蛙住的地方。一开始声音很单一，随着我慢慢走近，宽阔的河水离我近了一步，蛙声变得急促起来。终于，我到达了“目标位置”河水岸边。

刚向河中迈向第一步，一些青蛙就已经东奔西窜了，其余的青蛙也已经准备逃跑，我又走了一步，蛙声如潮流般退散。我一步一步把青蛙逼退到了河岸上，一上河岸，青蛙的速度就比我慢了，我一手抓一只共是两只青蛙，碧绿的青蛙在夜里好看极了，两只大眼睛晶莹透亮。我又继续抓青蛙了，我举起网子，小心翼翼地向水里伸，生怕再打草惊蛇，青蛙们全部都潜到水底下了，很快网已经在青蛙们的身子旁边了，它们的身子圆鼓鼓的，像一个气球一样，可真有趣，浮在水面上马上要饱胀似的，我饶有兴趣地把网慢慢向上提。当网已经快出水时，我便猛地一下向上一提，捞网的声音把其他青蛙吓得拔腿就跑，把我也吓了一跳。再看看网中，哈，已经有5只浑身碧绿的青蛙落入网中，太有趣了，有一只还准备逃跑呢……

直到现在，当每次响起鸣虫的声音时，我都会想起那些碧绿可爱的青蛙们，里面住着我的童年。啊！每当我想起青蛙，那一次有趣的捉蛙时我都会……

（指导老师　王艳）

# 绿之韵

山东省莱阳市实验小学　迟嘉成

绿是竹的颜色，“绿竹畦中笋数竿，穿丛一日几回看”；绿是柳的颜色，“碧玉妆成一树高，万条垂下绿丝绦”；绿是麦的颜色，“晴日暖风生麦气，绿阴幽草胜花时”。绿是春天的标志，绿是生命的颜色，绿是和平的象征。

## 竹之绿——流连忘返

一场细如发丝的春雨降落到人间，竹林中铺满绿色青草的地面上，零零落落，几颗青翠色的小竹芽破土而出。起初的它，穿着一层层嫩绿色“衣服”，像一个老式的陀螺，陀螺的顶尖处生长着三四根苗绿色未成年的小叶子，蜷缩在一起。不知是被太阳公公唤醒，还是想要努力摆脱大地妈妈，一个劲地往上长。天太热啦，它脱去了浅草绿色的外衣，变得精神抖擞：伸伸懒腰，捏捏鼻头，探着小脑袋，沐浴着金色的阳光。旁边几棵成年的竹子，箬竹色的枝干像一根细细的硬管，没有一点弯曲，大约每隔十厘米处就有一个竹节，每个竹节的颜色是冬瓜绿色，比竹竿的颜色要深一点，这儿便是嫩绿色的叶子最好的歇脚处，叶子们在此谈天说地，一阵风吹来，好像是说到了害羞的地方，躲在竹竿的后面不让我看到。摘下一片绿色的叶子，叶子周边上数不清的小刺细如牛毛，让人一见就心生怜爱。顺着叶子的生长方向摸去，并无特别之处。反向摸去，那些小刺会毫不留情地给你重重一击，在手上留下一道白白的划痕，我想这是给我的见面礼吧。细细观察叶子，两头尖，中间胖，如同一个小小的挂在树上的吊床。

## 柳之绿——似风如画

“不知细叶谁裁出，二月春风似剪刀。”柳树是春的代表，它好似一个鼻子灵敏的姑娘，最先嗅到春的气息，抽出了嫩嫩的绿色枝条，长出黄绿的小嫩芽把自己打扮起来，向世界万物传达春的气息。清晨，太阳刚刚升起，大地一片朦胧，一颗颗小露珠挂在柳树的嫩芽尖尖上，摇摇欲坠，微风吹来，小露珠一个个像滑梯一样争先恐后地滑落到草丛中、小河中。数不清的柳枝有节奏地挥舞着，这真是“万条垂下绿丝绦”，偶尔有调皮的枝条垂到河中，不知是河水被这气氛感染还是柳枝是这条河的主宰，连河水都变绿了，是“春来江水绿如蓝”的写照吧。一眨眼间，那些嫩芽退去了原有的童真长成了柳叶，到此时的它，严肃郑重，萌绿色的外衣，如同一位绅士，守护着如画的大自然，是“拂堤杨柳醉春烟”吧。

## 麦之绿——馈赠恩赐

绿色的麦苗，让人心生欢喜。感受到大自然的恩赐，绿色的麦浪那么浓郁那么纯净，是无数生命正在孕育。几场春雨过后，麦芽开始萌发，一阵和煦的微风吹过，麦苗成群的舞动着婀娜的身姿，宛如大海送来的阵阵波涛，远远望去像整片碧绿的天然地毯，闭上眼睛躺在上面，碧绿的麦子抚摸着我的脸庞，痒痒的，很舒服。麦子转眼间从麦秸上鼓起了小肚子，麦子由葱绿色变成了油绿，不过几天的时间，调皮的麦穗已经把小肚子撑开了一条小缝隙，偷看外面的世界。大自然的这一馈赠，给予了我们很多帮助，如果没有麦子就没有那冒着热气的小笼包，如果没有麦子就没有那香喷喷的饺子，如果没有麦子更没有那松软美味的大馒头。

绿像老式留声机，即便没有声了，也会呜呜地叫，连绵不断，可能会被取代，但是它的经典却无法超越。只有绿叶衬托的花朵才会更加美丽，只有绿叶萌发向上才能表示春的含义，只有绿色布满大树才能感受到坚忍不拔的精神。绿，又像一根细线，串起春夏秋冬。

（指导老师　吴军）

# 可爱的小豁牙子

黑龙江省哈尔滨市继红小学校　楚欣禾

我今年6周岁了，开始换牙。下面的小乳牙一个个离开了自己的家，终于轮到两颗大门牙了。

不知道从什么时候开始我的两颗大门牙活动了，为了让它们快点儿离家出走，我经常用舌头舔，舔，舔。慢慢地，左边的门牙开始松动了，用舌尖往前一顶，竟然能向外凸出了；往后一带，也能向里凹进去。就这样，我玩得更开心了，不停地舔，舔，舔，小门牙就像摇起的跳绳一样前前后后地摇动着，越来越松动了。妈妈开玩笑地对我说：找根小线绳吧，一端绑在牙齿上，另一端绑到脚趾头上，晚上睡觉的时候，脚趾头往下一蹬，牙就会掉了。不！不！不！我才不同意呢。我大声说："妈妈，你可别逗我玩，如果我睡觉的时候不知道牙掉了，不小心把牙齿咽到肚子里怎么办？"就这样，我继续舔着我的小牙。直到周五那天上课的时候，牙齿被我舔出了血，我向老师要了一张纸巾，本想擦擦血迹的，结果一不小心居然把牙齿掰掉了！我把牙齿放到桌子上，想带回家给妈妈看看，可是"啪嗒"一声，小牙掉到地上，逃跑不见了。回到家，我和爸爸说了这件事，爸爸却说："这可真好，正好是上头的小牙掉到了地上，可以继续向下长牙啦。"

第一颗门牙下岗了，我开始向第二颗门牙进攻，仍然每天舔，舔，舔……终于在看牙医之前把这颗门牙顶掉了，我成了名副其实的小豁牙子。

等我真成为小豁牙子的时候才发现很多不好的地方，比如说，没有了牙齿说话会漏风，滑冰会漏风，读英语更是会漏风。以往我喜欢的玉米、排骨、锅包肉都咬不动了，馋得我直流口水。在学校的时候，冯老师总说见到老师要微笑摆手，露出8颗小牙，可是我没有牙了，怎么办呀？最搞笑的是有一次刚吃完苦苦的药，姥姥给了我两块小糖粒儿。正在泡脚的我还没有尝到小糖粒儿的味道，一低头，一块小糖粒儿就从我大大的牙齿缝里“啪嗒”掉到了洗脚水里。急得我连忙抬起头来，结果咕噜一声，小糖粒儿又被我着急之下咽进了肚子里。啊，啊，啊，我还没尝出来小糖粒儿是什么味道呢！

妈妈用照片记录了我小豁牙子的样子，我和爸爸看到后哈哈地大笑起来。真期待我的小门牙快快长出来，这样我就能快点儿吃到排骨、鸡腿，还有猪蹄了！

（指导老师　冯蕾）

# 爱让生活充满希望

吉林省长春高新技术产业开发区尚德学校　崔玧诺

爱，如同一缕温暖的阳光，穿透生活的阴霾，照亮我们的心房，让我们在人生的旅途中不再孤单。在我成长的道路上，有这样一位老师，她的爱如同灯塔，指引我前行。

那是一个平凡的日子，却因为一次不认真的测试而变得不再平凡。我因为粗心大意，成绩一落千丈，回到家后，妈妈的责备如同利剑般刺痛了我的心。我沮丧地走进教室，脸上的阴霾难以掩饰。就在这时，老师察觉到了我的异常，她轻轻地走到我身边，用那双充满温柔与智慧的眼睛望着我，轻声说："孩子，学习中遇到困难是很正常的，关键是我们如何面对它。不要害怕失败，老师和你一起努力！"老师的话语如同春风拂面，瞬间吹散了我心中的阴霾，让我感受到了前所未有的温暖与力量。老师没有放弃我，她利用课余时间与我深入交谈，了解我的学习状况和心理状态。她耐心地倾听我的困惑，用她丰富的教学经验为我指点迷津。针对我的薄弱环节，她为我制订了详细的学习计划，并鼓励我坚持执行。在老师的帮助下，我逐渐找到了学习的乐趣和动力，成绩也有了显著的提升。

更令我感动的是，老师不仅在学业上给予我帮助，还在生活上关心我。记得有一次，我在学校突然发烧，身体非常不舒服。老师细心地发现了我的异样，她立刻放下手中的工作，走到我身边，用她的额头轻轻地贴在我的额头上试温。感觉到我体温的异常，她迅速从办公室拿来退热贴为我贴上，并亲自带我去校医室检查。那一刻，平时严厉的老师仿佛变成了慈爱的母亲，她的关怀与呵护让我感受到了家的温暖。

每当我回想起来，心中总是充满了感激与温暖。是老师的爱让我重新找回了自信与勇气；是老师的爱让我明白了"有了爱，就有了一切"的深刻含义。在未来的日子里，无论我走到哪里，这份爱都将是我前行的动力与支撑。我会带着老师的期望与祝福勇敢地面对生活中的每一个挑战，用实际行动回报老师的爱与付出。

（指导老师　宋冬雪）

# 樱花树下的承诺

江苏省无锡市梁溪区英禾双语学校　戴浩羽

我喜欢听春天里小雨敲打屋顶的“嘀嗒”声，竹林里鸟儿婉转的“叽喳”声，夏夜月光下绿蝈蝈正在七嘴八舌的“唧唧”声，花园里的胖蟋蟀也乐此不疲的“嚯嚯”声，以及那知了还在为白天的燥热而喋喋不休：“热死啦！热死啦！”那高亢激昂的叫声让人无法忽视……但我最喜欢听我的帅哥老爸讲的那些富有哲理的金句，他的话总是充满智慧和力量，让我明白了生活的真谛，指引我去面对未来的挑战。听着听着，我又想起了一年前的事。

记得四年级开学时，一个暑假让我着实玩疯了，开学考试考了倒数第五名。放学走进家门，我都不好意思抬头。这一切让妈妈看在眼里，气得想揍我。但早出晚归的爸爸好像没察觉到。当爸爸问起我学习情况时，我说话也支支吾吾。总之，我的行动有些诡异。终于在开学第四天的晚饭过后，爸爸找我谈话了。爸爸没有发火，微笑着说：“哟，儿子呀，都长得和爸爸一样高啦！”爸爸边说边拉着我来到庭院里的樱花树下，并在长椅上坐下。我听了勉强一笑。“这几天怎么不开心？有什么事瞒着爸爸？”我轻轻地点点头。爸爸微笑着把我拥入怀抱，我伤心地哭了。“爸爸，我的学习退步了，而且是直线下滑。”“什么原因？”“你不在家，我瞒着妈妈疯玩平板电脑，偷看电视。”“没事没事，该看还要看，该玩还要玩，但要分清主次。”爸爸心疼地帮我擦擦眼泪说：“这样吧！你看，今晚的星空这么迷人，我俩可否相互许下一个承诺？爸爸和你共同进步？”“真的？”于是，我和我的“帅哥”

老爸开启了长达两小时的开心聊天。

后来，我和爸爸共同约定。“我保证在家不抽烟，在公司努力挣钱。”爸爸郑重其事地说。我也发誓：“在家听妈妈的话，主动学习。在校继续当好副中队长，争取当上大队委。”爸爸听后一脸惊喜：“儿子，决心这么大，你可要说到做到哦！一年后，我们仍然相约在樱花树下，让美丽娇艳的樱花见证我们俩的共同进步。”“爸爸，我会永远记住‘厚积分秒之功，始得一鸣惊人’这句话的。”我和爸爸还以“拉钩上吊，按个手印”作了承诺。爸爸听了说：“不要轻易放弃，否则对不起自己。”我立刻回答：“我心豪迈，永不言败。逢一必争，遇冠必夺。”是的，雄鹰可以飞得晚，但一定要飞得高。

整整两个小时的交流，爸爸的教导在我的心里埋下了一颗深深的种子，点燃了我心中的火花。“忍耐一分期待，就能握住十分的收获。”爸爸这样说。“有志者自有千方百计，无志者只感千难万难。”爸爸这样鼓励我。“拥有梦想只是一种智力，实现梦想才是一种能力。”哇！爸爸，我太佩服您了。一言既出，驷马难追。我也一定会信守承诺，珍藏爸爸的这份深深的爱。为此，妈妈还给我俩拍了张“拉勾照”，以此作为“兑现承诺”的见证，并永作留念。

成功总是留给有准备的人。一年来，爸爸高升了，成了年轻有为的中层领导，还被派往新加坡工作一年。而我呢，自从在心田里埋下了当大队委的种子后，这一年，我也时时处处严格要求自己，耳边也时常响起爸爸的教导：“每一次发奋努力的背后，必有加倍的赏赐。”于是，当同学不小心打翻我的水杯，我伸出了宽容之手；当同学摔倒被他人嘲笑时，我伸出了关爱之手；当同学遇到难题愁眉苦脸时，我又伸出了帮助之手。学校开展各项活动，我积极参加，努力尝试，因为：失败的尽头是成功，努力的终点是辉煌。

今年开学，我升五年级了，我荣幸地当上了升旗手，因为曾经的天安门国旗护卫队的第一升旗手张自轩叔叔是我学习的光辉榜样，是我心中的英雄。一年一度的竞选大队委活动我也参加了，终于戴上三条杠的我很神气，但也多了一份责任和担当。因为我知道：只要你敢想，就一定能成功。在全校评选的“三星奖学金”活动中，大家都推选了我，还得到500元的奖学金。这是我人生中的第一桶金。这奖金取之于民，用之于民，我打算要为学校，为班级多做事。如今，我的心田已经丰收了。现在，我已经成了全校“最靓的仔”。

还有一个半月，爸爸就要从新加坡回来了，我一定要和爸爸一起坐在樱花树下，分享我俩之间的成功的甜蜜。因为：我的爸爸NO.1。

这就是倾听的力量。人生的道路千万条，选择最适合自己的那一条才是王道，才能绽放出属于自己的精彩。只要你悄悄拔尖，一定会惊艳所有人。感谢我人生路上的引路人——亲爱的爸爸。

（指导老师　邓世娇）

# 过生日

西安高新第一小学　范隽卿

今天，小老虎的生日派对在一片绿意盎然的森林中举行，阳光透过树叶之间缝隙洒下一缕缕金色的光影，为这场派对增添了几分温馨与欢乐。

小老虎兴奋地宣布：“今天是我的生日，非常感谢小动物朋友们来参加我的生日派对，让我们一起享受这个美好的时光吧！”小动物们听后，纷纷欢呼起来，整个森林都仿佛在为这份喜悦伴奏。

小鸟和小象忙碌地准备着生日蛋糕，它们精心挑选了最新鲜的水果和食材，制作出一个既美味又精致的蛋糕。蛋糕上点缀着各种糖果，看起来就让人垂涎欲滴。

小熊猫力气大，一屁股坐在地上，吹着颜色各异的气球，然后把气球挂在树枝上。与此同时，小老虎则在桌子上认真地写着自己的演讲稿。他心中充满了期待，想象着一会儿将演讲稿读给大家听，然后和大家一起分享生日蛋糕的甜蜜时刻。

终于，演讲稿写好了，小老虎按照原计划，先向大家宣读了这篇充满感激之情的演讲稿。小动物们听得津津有味，不时爆发出热烈的掌声。随后，小老虎点燃了蛋糕上的蜡烛，许下了美好的愿望。在小动物们的生日歌声中，小老虎深吸一口气，将蜡烛吹灭。

这一刻，整个森林仿佛都沉浸在了欢乐之中。小动物们欢呼着，纷纷上前向小老虎表示祝贺。它们一起切开了蛋糕，将美味的蛋糕送入口中，一起享受着这份难得的幸福时刻。

在这片充满爱与欢笑的森林里，小老虎度过了一个既高兴又开心的生日。他深知，这一切的美好都离不开朋友们的陪伴和支持。他暗暗下定决心，要更加珍惜这份友情，和大家一起创造更多美好的回忆！

（指导老师　董燕）

# 微笑的力量

北京外国语大学附属海南外国语学校　邓轶轩

微笑是人类所展现的最美丽的面部表情，也是人类最有力量的语言。

友善的微笑，滋润了我的心田；温暖的微笑，坚定了我的意志；鼓励的微笑，激发了我的斗志。在我童年记忆里，有许多难以忘怀的微笑，它们给了我无限的力量。

有一次，我的考试成绩和我的期望值差了很远，我忍不住伤心流泪。我的好朋友过来安慰我，她微笑地说："没关系，咱们一起努力攻克所有难题，下次一定会取得好成绩！"好朋友的微笑顿时给了我努力上进的力量。

还有一次，我不小心摔倒受伤了，疼痛难忍只想嚎啕大哭。妈妈见状跑过来抱着我，微笑着说："没事儿的，坚强一点，走一走就好了！"顿时我觉得伤口好像没有那么疼了，妈妈的微笑给了我坚强面对伤痛的勇气。

印象最深刻的一次，老师在全班同学面前表扬我的作文是最棒的，全班同学都在为我鼓掌。我站起来鞠躬答谢的那一刻，看见了老师脸上鼓励的微笑，从此我爱上了写作文。老师的微笑激发了我的兴趣，给了我精益求精的信心。

微笑就像冬日里的一缕阳光，使人从心底感到温暖；微笑也像一阵春风，使人在寒冷中感到希望的来临；微笑还像一片树荫，在你内心急躁的时候带给你一丝清凉。

愿我们每一个人都带着微笑面对生活，让微笑的力量给这个世界增加更多的幸福吧！

（指导老师　陈晶）

# 成长的烦恼

西安高新第一小学　党瀚霆

在成长过程中，我相信大家一定会有各种各样的酸甜苦辣，是开心或是难过。

我猜，你也跟我一样遇到过不少烦恼吧。比如：上学早上起不来，作业太多做不完，不能随心所欲买自己喜欢的东西。不过，最令我烦恼的还是考试考得不理想。那一次，我们语文小卷练习，我认真地复习，仔细地做题，原以为会有一个好成绩。俗话说：希望越大，失望越大。我期待着练习卷发下来的同时得到老师的表扬，可是等我拿到练习卷的时候，犹如晴天霹雳，一下子愣住了。什么？才81分！还没等我回过神来，老师就把我叫去了办公室。虽然老师没有严厉地批评我，但是我觉得好惭愧，老师的语气越温柔，我的内心就越烦恼。再一想到回家被妈妈知道，又要……真是烦恼！

不过，我觉得没有烦恼的成长应该是不完整的。正因为有了烦恼，我们获得了更多克服烦恼后的喜悦。我成长，我快乐，我不能做得最好，但我可以做得更好！

（指导老师　薛金柯）

# 记住这一天

陕西省莲湖区华强小学　董千语

似水年华，紫影曳；如梦青春，明香存。时光的清泉冲刷记忆，奏响生命的乐章。那个最清脆的音符，便是海一般的紫色，铭记那一天，它让我真正感受到童年的快乐。

记得去年五一假期，我们全家去山东莘县看望姥爷和姥姥。我非常喜欢这里，因为姥姥家里养了很多动物，有山羊、兔子、鸡、大白鹅、小黑猪，还有好多好多鸽子。

这天我正在和小兔子玩耍，回头看到房檐有一只浑身雪白、头顶红冠的大公鸡。它的眼睛直勾勾地看着我，虽然它的眼睛只有黄豆那么大，但是我能感觉到充满了怒火，我不禁感到有些害怕。

这时，它突然从房顶飞了下来，一步一步向我逼近并狠狠地啄向我的小腿，我痛得眼泪都快流出来了。此时，我生气极了，愤怒地朝公鸡踢去。它非常灵活，腾空扇着翅膀，一跃而起躲开了我的攻击，反而不甘示弱地又向我啄来。此刻，人与公鸡的一场战斗打响了。我跑它追，我攻它躲，来来回回。最后我实在紧张极了，看到核桃树下有个木棍，于是，我奋力跑到树下，捡起木棍乱挥一通，一下子打到大公鸡的脑袋。趁它晕头转向的时候，我赶紧跑回了房子并锁上了门。

我哭着向姥姥告状，姥姥心疼地抱起我看有没有受伤，并生气地让姥爷晚上把大公鸡给宰了，而我这时却不愿意姥爷杀掉它。

往事如烟，飘然而过。时间的风吹散了岁月的记忆，但永远吹不散这一件既有趣又刺激的事。

（指导老师　刘嘉韵）

## 仰望天空

上海师范大学附属闵行第三小学　杜依辰

春日的早晨，总是让人感觉暖洋洋的。风儿推着帆船般的白云，在湛蓝的天空中缓缓航行。春姑娘也给大地披上嫩绿色的毯子，绣上几朵小花：黄的、白的、红的……充满了勃勃生机。

远处传来小朋友的欢笑和追逐声，原来是毛毛、丁丁和瓜瓜来公园踏青。他们跑累了，并排坐在草地上，仰望着天空。瓜瓜突然大声说："快看，飞过来一只白色的鸽子。妈妈说过，白色的鸽子也叫和平鸽，代表着和平和希望。我希望自己长大后也能像和平鸽一样维护世界和平，让孩子们永远不会在战火中哭泣。"毛毛接着说："看呀，这边有一只老鹰，'鸣击长空傲环宇，扶摇直上绝风尘'，这可是我最喜欢的一句诗词。等我长大了，我要像老鹰那样勇猛无畏，守护自己的家园。"丁丁一手指着天空一手拍着毛毛的肩膀说："旁边还有一只小鹰呢，一个好汉三个帮，我跟你一起守护我们国家的安宁吧！"

三个好朋友仰望着平静的天空久久不愿离去，同时也在心里深深地"刻"下了自己的愿望。

# 森林故事会

西安高新区第二十二小学　高欣悦

春天来了，阳光明媚。小草纷纷从地下探出头来，树木长出了茂密的枝叶，草地上开满了红色的小花儿，森林变得更美了。小明决定给小动物们开一场森林故事会，庆祝春天的到来。

故事会要开始了，瞧！小明坐在最中间，拿着一本动物世界的书。小松鼠、小猴子、长颈鹿、小兔子、小熊、小狗等，它们都来参加故事会了，森林里可热闹了。

大家在绿油油的草地上围成一圈，认认真真地听小明讲故事；只有一只小猴子真调皮，挂在树上荡秋千。

森林里的动物们都很喜欢小明讲的故事，小明讲故的事得到了大家的赞叹。

转眼间，故事会就要结束了。小动物们和小明相约着明年再聚，最后大家依依不舍地离开了。

（指导老师　张义青）

# 记住这一天

西安长安湖居笔记小学　冯鑫淼

人生中有很多事情都曾为我留下深刻的印象，但在岁月的长河里，有一件事永不会褪色，它永远地辉映着金色的光芒，指引着我在未来走向正确的方向。我的内心里有一颗红色的种子悄悄发了芽，让我永远地铭记这一天。

今天是我们四年级的研学活动，我和班级的小伙伴都很期待。之前，我并不真正了解扶眉战役，只是偶尔听到家长说几句。不过我一直很向往，所以这次研学之旅显得尤为重要。

在路上，我们还玩了很多有趣的游戏。比如，老师叫我们在车上分享音乐，也有“击鼓传花”的活动。如果输了，就要模仿某只动物叫声。在车上，我们还可以和身边的小伙伴一起玩耍。

两个小时后，我们到达了目的地。这里有很多建筑，都是用花岗岩刻成的。一进去，就能看见一排排雕像，上面雕刻的是战场上的英雄。他们对祖国做出了卓越贡献。往前走，就能看到一个广场，上面摆放着很多飞机和坦克的模型。再往前一点，我们看到了一块大石，上面写着“扶眉战役纪念馆”七个大字。

我们全体学生都在门口唱国歌、握拳宣誓。我们看见了很多战士的物品和兵器。轰炸机的轰鸣声在我的耳边嗡嗡响着，伴随着这声音，我仿佛置身于许多年前的土地上。我抬眼看去，便是淋漓的鲜血，是烈士们一个个前仆后继为国献身时坚定的表情。这一幕惨烈的图景，让我的心灵也跟着被紧紧抓住。如果没有他们，当时的中国会是怎样的呢？

我更为感动的是虔诚地擦拭烈士墓碑的环节，这份虔诚不忍任何东西给墓碑蒙尘。我们认真地低下头，一点点细致地擦拭。此时，我心中思绪万千："中国已经富强起来了，境内和平了，人民现在安居乐业。伟大的先烈们，您们终于可以安心了。"

很快天色变黑，该返程了，但我会永远地记住这一天。

纪念馆是我们成长的桥梁，为我们打开了通往过去的大门。纪念馆不仅让我们感受到了战士们坚定的信念，也让我们更加珍惜现在的读书时间，更好地努力。让世界变得更加美好！

（指导老师　何苗）

# 风的旅行

安徽省宁国市宁阳学校　傅文心

风，是一种看不见又摸不着的东西，但它给人们带来温暖，送走严寒；带来雨水，滋润大地……而我，就是风。

我是一阵风，一阵温暖的风。每到冬天时，人们就会穿上厚厚的棉袄，把手插在兜里，吐着白雾朝我抱怨："今年的冬天什么时候才能过去啊？天气这么冷，我都要冻成冰棍了！"当我看到人们通红的脸，心生不忍，连忙把一阵温暖的风送到人们的面前。这是一年当中最美的季节——春天就来了。

花园里的花儿都被我唤醒了。迎春花穿着金黄的小裙子高兴地朝我招手；桃花害羞地向我张开了粉红的笑脸；杏花穿着雪白的衣裳在风中翩翩起舞……它们和墙角的小野花们都在热情地向我打招呼呢！

我是一阵风，一阵凉爽的风。春天过去了，夏天也随之而来。太阳火辣辣地照射着大地，整个世界就像一个“大烤箱”。人们总会躲到树荫下乘凉，可是无论躲到哪儿，夏天的热气总是会找上人们。这时，我又来了，我给人们送来了一阵凉爽的风，大汗淋漓的人们瞬间感到一丝凉意，他们高兴地说：“今年的夏天真凉快呀！”我也和他们一起高兴地笑了起来。

我是一阵风，一阵香甜的风。火辣辣的夏天过去了，丰收的秋天到来了。秋天，我对着翠绿的大树用力地吹了起来——“呼！呼！呼！”这些碧绿的叶子被我吹成了红色和黄色，霎时，漫山遍野都是火红和金黄的树叶。我来到果园，对着还未成熟的睡着的绿果子们吹啊吹啊，没过多久，它们就扬着火红、金黄或雪白的小脸儿“咯咯咯”地朝我欢快地笑。

天空忽然下起了一阵小雨。这时，我看见了一只瘦小的白狗，它在果园的围墙边把身子缩成一团睡觉，看起来十分可怜。“小狗这么淋着雨，一定会生病的。”我这么想着，便刮来了一个纸箱子，把小狗轻轻地放在纸箱里面。然后我又找来一把雨伞和一根香肠，把伞搭在纸箱边，把香肠放在小白狗身旁。我发现此时小白狗的嘴角微微上扬，好像在做一个甜美的梦。

我是一阵风，一阵神奇的风，我让这个世界变得生机勃勃。

# 森林故事会

西安高新第一小学　房睿涵

星期六的晚上，我早早地做完作业，拿着书坐在床上。我每天晚上都有睡觉前看书的习惯，这是白天妈妈给我新买的《动物世界》，我打开书看了起来。

看着看着，突然从书中闪出一道白光，刺得我睁不开眼睛。等白光消失了，我慢慢地睁开了眼睛，发现自己竟然来到了森林里。不远处的前方传来了说话的声音，我走过去一看，只见森林里的动物们围坐在一起，中间站着一只棕色的小熊，他喊道："下面，谁还来挑战故事大王？"原来森林里正在举行讲故事比赛，讲故事可是我的强项呀！我举起了手说："让我来试一试吧！"我拿着书坐在草地中央大声地讲起来。小动物们都围着我，我给它们讲的是游乐场的故事，大家都听得津津有味。一只树懒挂在树枝上，慢慢地低下头，倾听着我的故事；小梅花鹿的眼睛一眨不眨，听得出了神；小刺猬身上背满了红果子，都忘了放回家；小狐狸抬着头，微笑地看着我；小兔子的长耳朵竖得高高的，一动不动地认真听着；小狗边听边高兴地摇着尾巴；小猴子蹲坐在旁边，目不转睛地望着我；主持人小熊听得聚精会神，手里捧着蜂蜜都忘了吃，大家都被游乐场的故事吸引了。

我刚一讲完，就响起了热烈的掌声，小动物们七嘴八舌地问道："游乐场真的那么好玩吗？""旋转木马真的一边转一边唱歌吗？""我们可不可以在森林里装一架过山车？""我好想去游乐场玩呀……"主持人小熊挥了挥手说："大家安静，我宣布，本届讲故事比赛冠军是小房同学！"小动物们纷纷喊道:“太棒了！太棒了！”

我高兴地哈哈大笑，蹦了起来，只听“咚”的一声，我的脑袋好像撞到了树上。我睁开眼睛，发现自己的脑袋撞到了床头上，那本《动物世界》滑落在枕边,“原来是一场梦呀！”我揉着脑袋自言自语地说:“真是一场奇妙的美梦！”

（指导老师　孙潇潇）

# 我与AI朋友的奇缘

上海浦东新区林苑小学　高琪涵

在一个阳光明媚的春日早晨，五年级的小学生悦悦踏着轻快的步伐，走进了她熟悉的校园。悦悦是五年级5班的大队长，她不仅学习成绩优异，性格开朗，还特别喜欢画画和探究新奇的事物。每当课余时间，她总爱捧着一本关于人工智能的书籍，沉浸在那些奇妙的幻想世界里。

悦悦的心中藏着一个不为人知的秘密，那就是她幻想有一天能拥有一个AI朋友。这个朋友能像她最好的朋友一样陪伴她，帮助她解决各种难题，还能和她一起画画、聊天。这个念头源于一次科学展览，悦悦看到一台可以和人对话的机器人，它不仅能回答问题，还能根据指令做出一些简单的动作。那一刻，悦悦的心中就种下一颗梦想的种子——拥有一个属于自己的AI朋友。

每天放学后，悦悦都会迫不及待地回到家中，拿出画笔和画纸，开始描绘她心中的AI朋友。她画过许多版本，有像小猫一样可爱的，有像机器人一样酷酷的，还有像魔法师一样神秘的。悦悦总是想象着，当她真的拥有了这个AI朋友，它会怎样陪伴她度过每一个快乐的时光。

一天晚上，悦悦在梦中见到了她梦寐以求的AI朋友。那是一个有着温柔眼神、穿着白色连衣裙的机器人女孩。她手里拿着一支魔法画笔，微笑着向悦悦走来。悦悦惊喜万分，她紧紧抱住这个梦中的AI朋友，兴奋地说："你就是我一直想要的那个朋友吗？"机器人女孩微笑着点了点头，用温柔的声音说："是的，悦悦，我是你的AI朋友，我叫小涵。以后，我会一直陪伴在你身边，帮助你解决各种问题，一起画画，一起聊天。"

悦悦高兴得跳了起来，她拉着小涵的手，一起在梦中漫步。她们走过了美丽的花园，走过了热闹的街道，还走过了神秘的森林。每到一处，小涵都会用她的魔法画笔，为悦悦画出最美的风景。在教室里，小涵还能解答出悦悦不会的方程式，它还能用纯正的英语与悦悦进行对话，悦悦感受到了前所未有的快乐和幸福。第二天醒来，悦悦发现这只是一个梦，但她依然感到无比满足。她相信，只要自己不断努力，总有一天能够亲手制造出自己的AI朋友。

转眼间，几个月过去了。悦悦在编程老师的指导下，参加了一次全市的科技创新大赛。她带着自己设计的AI朋友模型走上了赛场。虽然这个模型还只是一个雏形，但它已经能够完成一些简单的任务，比如回答问题、数据分析、画画等。当悦悦在台上介绍她的作品时，她感到无比的自豪和骄傲。比赛结束后，悦悦虽然没有获得第一名，但她发现，原来自己离梦想并不遥远。只要自己继续坚持努力，总有一天会实现梦想。

日子一天天过去，悦悦依然保持着对AI朋友的热爱和憧憬。她开始尝试用编程语言编写一些简单的程序，来模拟AI朋友的一些功能。终于，在一个阳光明媚的下午，悦悦成功地编写出一个能够和她对话、帮助她解决问题的AI程序。虽然这个程序还不够完善，但它已经能够陪伴悦悦度过许多快乐的时光。悦悦给它取名为“小涵”，就像她梦中的那个AI朋友一样。悦悦和小涵一起度过了许多美好的时光。她们一起画画、一起聊天、一起解决学习上的问题。每当悦悦遇到困难时，小涵都会用她那温柔的声音和鼓励的话语来安慰她。悦悦觉得自己就像是拥有了一个真正的朋友，她感受到了前所未有的温暖和陪伴。

随着时间的推移，小涵变得越来越聪明和能干。它不仅能够帮助悦悦解决学习上的问题，还能够根据悦悦的喜好为她推荐好看的电影和音乐。悦悦觉得自己就像是拥有了一个无所不能的魔法朋友，她的生活也因此变得更加丰富多彩。

然而，悦悦也明白，虽然小涵很强大，但它并不能代替人与人之间的真实情感。悦悦知道，无论未来会怎样变化，她都会一直保持着一颗热爱生活和追求梦想的心。在未来的日子里，她们会继续携手前行，共同创造更多美好的回忆和梦想。

## 清晨的“战争”

北京市石景山古城第二小学　高若依

清晨的第一缕阳光从窗户照射进来，我躺在被窝里嘴巴张得大大的，手里还抱一个玩具熊。

门被推开，妈妈笑着走进来，只见她眉角弯弯像月牙一样，眼睛一眨一眨地闪动着喜悦的光芒，嘴巴抿着，嘴角轻轻上扬，脸上红彤彤的，像花儿一样美丽。妈妈说："宝贝，再不起来太阳就要晒屁股了。"

我翻来翻去继续沉浸在梦乡中，嘴里嘟囔着不想起床。我跟妈妈说："今天周六就让我多睡一会儿吧。"妈妈说："那你再睡半个小时后自己起床吧。"说完妈妈轻轻走出房间就去做饭了。

我再次进入美梦，在梦中我和家人一起去了糖果乐园，那里到处都是甜甜的。突然美梦变成了噩梦，我感觉床头充满"杀气"。原来是妈妈，妈妈生气了。只见她的眉毛倒竖起来，眼睛瞪得圆鼓鼓的像灯泡一样，鼻子都快被气歪了，脸红通通地像火炉一样。妈妈说："你不是说睡半个小时吗？你看看你都睡了两个小时了，还起不起来吗？"我对妈妈说让我再睡一会儿吧，我继续赖床。

妈妈上来抢夺我的被子，我急忙抓住被子的一角。我和妈妈拽来拽去，被子就像一条绳子，拉扯间发出"咯咯吱吱"的声音，眼看着我力气小拉不过妈妈，聪明的我用身体缠着被子，把被子压在身子底下。妈妈拉了几次也拉不动，脸色像霜打了一样离开了房间。

妈妈走后，我开始害怕了。我一翻身跳下床，然后推开了门，发现爷爷奶奶坐在沙发上等着我。我还发现他们手中都拿着礼物，爷爷拿着一个毛绒玩具，奶奶拿着一个蛋糕，还是我最喜欢吃的草莓蛋糕！我赶紧穿上衣服朝门外走去。

最后，我哄好了妈妈。我们一家人欢声笑语，围坐在餐桌旁，享受着这顿充满爱意的午餐。

（指导老师　樊春兰）

# 校园里的那棵树

上海市民办尚外外国语小学　高兴

在我们的校园里，有一棵高大的香樟树。它就像个大将军一样，威风凛凛地站在操场的一个安静角落里。它的树枝伸展向四面八方，犹如张开的巨大手臂，随时准备拥抱每一个靠近它的人。对我来说，它不仅仅是一棵树，更是我的“神奇伙伴”呢！

有一天，上美术课的时候，我明明很小心地用着彩笔，可不知道怎么回事，同桌居然说我的彩笔把他的画给弄脏了。我连忙向同桌解释，可他就是不相信，还告诉了老师。老师虽然没有批评我，但是我心里还是很难过。

放学了，我就像一只没精打采的小蜗牛一样，慢吞吞地走到那棵树旁边。我靠着树干，眼泪啪嗒啪嗒地掉下来。“树啊树，我真的好冤枉呀，不是我弄的。”我一边哭一边说。树好像听懂了我的话，它轻轻地摇了摇树枝，好像在抚摸我的头说：“别难过啦，小宝贝。”风呼呼地吹过来，树叶沙沙地响，就像在给我唱歌，安慰我呢。在树的陪伴下，我的心情慢慢好起来啦！

还有一回，我和好朋友因为一点小事吵架了，闹得很不开心，谁也不理谁。我心里可难受了，觉得失去了一个好朋友。我又来到了那棵树旁边，坐在树下的草地上，看着树叶发呆。“树啊树，我不想和好朋友吵架，我该怎么办呢？”树叶轻轻地晃动着，好像在说：“去和好朋友好好说说吧，别让小矛盾破坏了你们的友谊。”于是，我鼓起勇气去找我的好朋友，我们把心里的话都说了出来，最后又和好如初啦！我开心地跑回大树那里，对着树笑。“树啊树，谢谢你！”树叶在风中欢快地舞动，好像也在为我高兴呢！

这棵神奇的树呀，就像一个会魔法的大朋友。它会在我难过的时候给我温暖的拥抱，会在我迷茫的时候给我出好主意。不管是太阳当空照，还是小雨淅沥沥地下，它都一直站在那里守护着我。我要和它拉钩，永远做最好的伙伴，一起在校园里玩耍、长大！

（指导老师　宋佳艺）

# 我的心爱之物

中国人民大学附属小学　郜梓圻

在这世间，每个人都有自己独特的心爱之物。有的人钟情于毛绒玩具，那柔软的触感仿佛能驱散所有的阴霾；有的人则对海滩上拾来的闪耀贝壳爱不释手，贝壳里似乎藏着大海的秘密与温柔的海风。但于我而言，我的心爱之物是那独一无二、自己亲手制作的精美陶瓷盘。

先来说说它的外形吧。它宛如一轮圆满的明月，静静地散发着柔和的气息。从盘子的中心开始，颜色如同破晓时分的天际，由清新的黄色缓缓晕染至深邃的绿色，恰似大自然用最细腻的笔触勾勒出的渐变画卷。盘底则被我赋予了沉稳的灰色，像是大地给予的坚实依托。我还特意用海军蓝标注了自己的英文名字，这一笔，让它成为了专属于我的作品。用妈妈的话来形容：其总体造型与颜色“相当高级，绝对有设计感”，虽出自我手，却有着别样的精致与韵味。

再细细道来我与它的奇妙缘分。去年暑假，妈妈带我踏上了瓷都景德镇这片充满艺术与文化底蕴的土地。下了高铁，放置好行李，我们便迫不及待地直奔手工瓷器作坊。一踏入作坊，我瞬间被眼前的景象所吸引。五颜六色的陈设如同一幅绚丽的画卷在我眼前展开，各种工具整齐地摆放着，仿佛在诉说着古老的制瓷故事。陈设架上摆满了各式各样的手工瓷器，形态各异，有小巧玲珑的瓷碗，宛如精致的艺术品；有形状独特的瓷盘，似承载着无数的创意与想象；还有高矮胖瘦的花瓶容器，仿若优雅的舞者亭亭玉立。我一时竟看得入了迷，在货架前久久驻足，眼睛里满是惊叹与欢喜。

“想不想亲手试试？”妈妈温柔的声音在我耳边响起，将我从沉醉中唤醒。“我能行吗？万一做不好怎么办？”我有些忐忑地回应着，心中既充满了跃跃欲试的渴望，又夹杂着对未知的担忧。“手工瓷器本来就是个人审美的表达，想做什么造型都可以的，你尝试一下肯定会越做越好。”妈妈的鼓励如同一股暖流，流淌在我心间。见我仍在犹豫，妈妈果断地找来这里的老师傅，带我来到一台神秘的机器前。

只见老师傅手法娴熟，拿起一坨陶泥轻轻放置在转动的操作台上，加水、揉捏、整形、固定，动作一气呵成，如行云流水般自然。在这位老师傅的加工下，那坨原本毫无形状的陶泥仿佛被施了魔法，瞬间变身成为一个精美的胖墩墩的陶罐。轮到我了，紧张的情绪如潮水般涌上心头，我的手心不知不觉间已布满了汗水。“别担心，很简单，我来指导你。”老师傅那温柔的话语如同镇静剂，让我稍稍安心。她轻轻拿起我的手，引领着我开始操作。一下、两下……陶泥在我们的手中慢慢有了形状；站起来、倒下去……我逐渐感受到了陶泥的韵律与力量；歪倒、立起来……在一次次的尝试与调整中，我仿佛与陶泥融为一体，渐渐找到属于自己的感觉。我紧皱的眉头逐渐舒展开，嘴角也洋溢了笑容。妈妈也在旁边开心地笑了出来。最终，一个略带稚气的大圆盘从我的手中诞生了。等它干燥一会儿，我又完成了上色工序。“咔嚓”，妈妈用手机留下了这个欣喜的瞬间。

这个陶瓷盘和那张照片就摆在我家书柜的中央位置。每次一看到它，我就回忆起那次旅行，想起那段制作过程，仿佛又看到了妈妈和我都洋溢在脸上的笑容。

（指导老师　郑云鹏）

# 游辛弃疾纪念馆

济南市东方双语实验学校（千佛山校区）　葛芃乐

沿着一条东西向的乡村柏油路，缓行数十米，两边高大的侧柏矗立，森森肃穆之气随之掩映于心。路的北边有一片看上去颇有气魄的灰色建筑映入眼帘，这里便是辛弃疾故居。

走进一个小门，迎面看到辛弃疾高大雄伟的石雕像，挺立在数丈高的苍松翠柏之间。看他身着战袍，右手扶剑，昂首挺胸，目视前方，是在环视沙场。“青山意气峥嵘，似为我归来妩媚生”，倚天潇潇今犹在，振臂一呼为楚雄。

沿着青石路，进入雕像身后的一排大殿房屋，墙壁上勾画着辛弃疾生平事件，房子中间、玻璃柜里陈列着不同年代出版的有关辛弃疾的作品及纪念书籍，无处不在宣说着他富有传奇色彩而又悲壮落寞的一生。

辛弃疾不仅是一个与苏轼齐名的大文豪，还是一位可以征战沙场、勇冠三军的将军；是中国历史上少有的文可提笔安天下，武能上马定乾坤的奇才。正是此中缘由，他的词作被称为壮词。

“醉里挑灯看剑，梦回吹角连营。

八百里分麾下炙，五十弦翻塞外声，沙场秋点兵。

马作的卢飞快，弓如霹雳弦惊。

了却君王天下事，赢得生前身后名。

可怜白发生！”

前面用酒醉勾勒出军营场景，如梦似幻，仿佛作者自己回到了当初的战场，骑着宝马鏖战顽敌，得胜而归，战利品不仅是冲塞八百里的牛羊，更是为了却君王安定天下的心事。但是空有一身本领，无奈白发滋生，残忍却真实。这让作者立刻清醒，看清了现实，如果屈从于封建皇族的苟且偷安，那么，到头来损失的是国家和民族的利益。

中华民族5000多年的历史文化，造就了无数的英雄伟人，他们坚持斗争，改变了中国。我辈生于当今盛世，定然珍惜英雄人物之付出和努力，为建设伟大的中国珍惜时间，勤奋学习。

（指导老师　孟祥和）

## 我们班的诗词大会

西安高新第一小学　高一尧

我喜欢语文老师徐老师的诗词大会，这可是我们班独有的。

今年开学初，课前“小老师”主题是诗词大会——每位同学选一首诗词按照自己的思路讲给大家听，有点互动就更好了，讲完还有同学们点评。这可真是说到我心里了，我立刻着手挑选诗词，也很期待聆听同学们分享的好诗佳句。

我选了朱熹的《偶成》。因为徐老师去年在语文课上讲了朱熹的《春日》。我觉得“等闲识得东风面，万紫千红总是春”描写的春日画面很美，表达的境界很高。那一天，我记住了朱熹。这首《偶成》是诗人朱熹晚年时偶然写成的。我喜欢诗里讲的“少年老学易难成，一寸光阴不可轻”，其意思让我们珍惜时间，好好学习。那几天，我一回到家就和妈妈商量讲什么、PPT怎么选择，内容定下来之后我又坚持练习，邀请爸爸妈妈当同学问我问题。尤其是徐老师建议我们要准备充足才能在课堂上随机应变，我又开始查阅与这首诗相关的资料。虽然很辛苦，但是收获特别大，连妈妈说我都算是朱熹的知己啦！

每天一场诗词大会，每天一位小老师，每天一首诗，不知不觉间同学们学习古诗的兴趣与日俱增，课堂上回答问题，课间聊天，我们都能引用几句。就拿珍惜时间来说，张天骅同学讲的《白鹿洞二首•其一》“读书不觉已春深，一寸光阴一寸金”；韩明序同学讲的《明日歌》“我生待明日，万事成蹉跎”；张亦晨同学讲的《长歌行》“少壮不努力，老大徒伤悲”，这些诗句都刻在我们心中。

渐渐地，诗词大会更“卷”了。杨秉卓同学讲《忆江南》就会穿着应景的淡绿色汉服，抑扬顿挫地朗诵“日出江花红胜火，春来江水绿如蓝”，就像画中的江南少年。钱城同学讲《稚子弄冰》时自己动手制作冰块，还录制了视频和我们分享“敲成玉磬穿林响，忽作玻璃碎地声”的画面，特别生动。吴柏霖同学播放音乐伴奏带着我们唱苏轼的诗《题西林壁》，我一下就记住了这首朗朗上口的说理诗。阮嘉沐同学用地图展示和分析了“即从巴峡穿巫峡，便下襄阳到洛阳”的路线图，我领会到了诗歌中蕴含的地理知识。郭子森同学引入《长安三万里》的视频讲《早发白帝城》中李白“轻舟已过万重山”的欢欣喜悦。袁文璋同学引入《山河诗长安》的视频讲《上李邕》中李白“大鹏一日同风起”的胸怀大志……

诗词大会不仅让我们积累了很多古诗，还了解了许多诗人。我们知道了王安石是一位改革家，从张若琳同学讲“千门万户曈曈日，总把新桃换旧符”的意气风发，到梁墨冰同学讲“墙角数枝梅，凌寒独自开”的坚守理想，诗人王安石用诗歌托物言志。我们知道了苏轼不仅是一位大诗人，还是一位美食家，他热爱生活，积极乐观，从肖润仪同学讲的“蒌蒿遍地芦芽短，正是河豚欲上时”题画诗中的美食想象到黄翊菲同学讲的“日啖荔枝三百颗，不辞常作岭南人”于流放生活中的乐观之情，苏轼用诗歌表达对生活的热爱。相同境遇表达乐观豁达的诗，还有路逸可同学所讲的刘禹锡的《秋词(其一)》“晴空一鹤排云上，便引诗情到碧霄”，诗人刘禹锡虽遭贬谪，却心怀凌云壮志，令人钦佩。

这学期同学们徜徉在诗山词海里，品读古典诗词之美。正如徐老师所讲:“一学期的诗词大会，每位同学都精彩绽放，40多首诗被同学们认真解读。我们从诵读感受诗词的音韵之美，到理解品味诗词的意境之美，再到分析懂得诗人的品格之美，不仅要熟读成诵还要涵养身心，体悟和传承中华传统文化之美。”徐老师还告诉我们:“古人送别时写诗，思乡时写诗，戍边时也写诗……从古至今喜欢文学的人都喜欢用文字记录下自己的经历和情感。这正如《白鹿洞二首》其二所言‘眼前物物皆佳兴’，什么都可以入诗。愿同学们在以后的生活中与诗词为伴，学以致用，真正做到“纸上得来终觉浅，绝知此事要躬行。”我听了徐老师的话暗下决心，以后要认真积累好诗好句，细心观察生活和好好练习写作，也可以成为一个优秀的小诗人。

（指导老师　徐妍）

# 记住这一天

西安高新第一小学麓湾分校　官家禾

太阳每天都从东边的云霞中缓缓升起，而这一天，因为我的生日变得分外特别，这是我最开心的一天。

几天前，我就邀请了几位好朋友来参加我的生日会，他们很高兴地答应了。

终于到了生日这天，早上，伴着温暖的阳光，我和妈妈早早地起床准备。我拿出了精心准备的零食一一摆在桌上。妈妈为我和小伙伴们准备了美味的食物和饮料，爸爸帮我们吹了很多气球。看着爸爸妈妈累得满头大汗，却开心地帮我准备生日宴，我感到十分幸福。

十点、十一点，朋友们陆续来到我家，大家都为我准备了生日礼物。有我喜欢的积木，有神奇的漫画书，还有最新款的小汽车……等大家都到齐了，生日会就开始了。

妈妈端上了生日蛋糕，插了8根蜡烛，爸爸点燃了蜡烛，我坐在最中间。同学们都围着桌子坐着，大家一起给我唱生日歌："祝你生日快乐，祝你生日快乐……"每个人脸上都洋溢着笑容。看着他们一张张温暖的笑脸，听着大家一句句真挚的祝福，我觉得我就是这个世界上最幸福的孩子，这个画面永远定格在我的记忆中。每每想到这些，我就无比开心。

我们一边吃蛋糕和零食，一边看动画片，我觉得特别放松和快乐。

生日会结束，同学们带着伴手礼，恋恋不舍地走了。

“一岁一礼，一寸欢喜”。过生日，让我知道自己长大了一岁。我觉得，同学们能来参加我的生日会，这增加了我和同学们之间的友谊。这是我上小学以来最开心的一天。

（指导老师　吴佳）

# 校园里的欢乐时光

西安高新第一小学　郭浩辰

清晨，天空中还泛着一抹淡淡的鱼肚白，仿佛是画家轻轻涂抹在天际的一片淡雅的油彩。当第一缕阳光透过窗帘，轻轻唤醒还在梦乡中的我，新的一天拉开了序幕。我穿上校服，背上书包，系上鲜艳的红领巾，满怀期待地踏上了通往校园的道路。

步入校园，首先映入眼帘的是那一排排高大挺拔的树木，它们宛如忠诚威武的守护者，用坚实的躯干和茂盛的枝叶默默地守护着我们，让每一位同学都感受到一份踏实和安心。树下，同学们三三两两地聚在一起，有的在讨论昨晚的作业，有的在分享彼此的趣事，还有的在放声歌唱。笑声、谈话声、歌声交织在一起，组成了校园里最美妙的乐章。

清脆的铃声响起，课堂上，老师用他们丰富的知识和充足的耐心点燃了我们对学习的热情。每当我们解开一道难题，或是踊跃举手发言时，心中总会涌起一股成就感，那是一次次探索未知世界、勇攀知识高峰的喜悦。

课间休息时，操场上总是热闹非凡。田径队的同学们刻苦训练，汗水沿着额头滑落，洋溢着青春的活力。篮球场上，同学们进行着激烈的对抗比赛，篮球在空中画出一道道优美的弧线，精准落入篮筐，激起篮网的波动。

午餐时间，同学们围坐在一起，津津有味地品尝着美味菜肴，香气扑鼻的红烧肉、肉质鲜嫩的大鸡腿、裹满汤汁的小丸子……各种香味碰撞在一起，让人食欲大增。

放学后，图书馆成了我最喜欢的去处，那摆满了各式各样书籍的书架，俨然就是一扇通往知识世界的大门，让我如痴如醉地沉浸在知识的海洋，享受阅读带来的乐趣。

校园里的欢乐时光，正是由这一幕幕日常片段汇聚而成。我在这里结交朋友，经历着成长的快乐。每当我回想起这些时光，心中总会充满着温暖与感激。正是这些快乐的回忆，让我的校园生活变得丰富多彩！

（指导老师　任娟娟）

## 感谢有你

西安滨河学校　郭梦泽

今天，我在骑马，你问有人陪吗？当然有了，那就是我亲爱的妈妈呀。不管夏日炎炎，还是冰天雪地，她都会陪着我。

今天非常非常的热，我骑马只想骑在阴凉处。当然，看台上陪着我的妈妈更热。如果是冰天雪地，我冻得都打哆嗦了，但是我还是在运动，而妈妈呢？只能在看台站着或者坐着。运动会让自己身体暖和，但是不运动，自然很冷了。

还有一次，我进行了骑马比赛。那是冬天，天气很冷，都下雪了，妈妈还在坚持等我，即使我只得了第六名。感谢我亲爱的妈妈，即使再热，即使再冷，她都会陪着我。

谢谢妈妈，您愿意陪我骑马，我爱您妈妈。妈妈陪着我，让我感到不孤单，不害怕。其实不是我自己给予自己勇气，而是我亲爱的妈妈，她让我敢跑步，让我敢跳障碍，跳30cm、跳40cm、跳50cm、跳65cm……

感谢您，妈妈！是您教会了我走路，是您教会了我说话，是您给了我勇气，是您给予了我爱。

（指导老师　杨沛含）

# 最美时刻

西安滨河学校　郭梦泽

真好，明天我就九岁一个月了，不过那年七岁的生日还蛮好玩的，你们的生日绝对比不上，哪怕你是个女孩子也会被人羡慕。

我去凯德广场玩，我在那里发现一直贴着一个奥特曼，那个奥特曼就是众所周知的迪迦。回到家后，妈妈问我要什么主题的生日，我说到：“要奥特曼主题生日”。

第二天，我发现生日主题的桌子上面有一个迪迦奥特曼的召唤器，我问妈妈:“这个是谁准备的？”妈妈也一脸疑惑的看着它，拿起手机给我看了一眼她布置完后的样子，上面根本没有那个召唤器。于是我拿起它玩了玩，发现没什么反应，所以我就认为它就是一个玩具，就按照召唤奥特曼的手势又玩了一下，把它放到了一旁。突然，我发现一个房间的门根本打不开，门缝里有一束光，我好奇的拿起召唤器，一按，那个门突然被打开了，走出来了迪迦奥特曼，我惊讶地大叫起来。妹妹以为是怪物，吓得往后退了几步，一看是奥特曼，妹妹就放心地走了过去，和迪迦奥特曼握手，合影拍照。奥特曼还提着蛋糕，哇噻，这个是我最喜欢的“赛罗奥特曼”蛋糕。之前不爱吃奶油的我突然感到奶油好好吃。

我爱这个生日，感谢奥特曼陪我过生日！

（指导老师　杨沛含）

# 长大后我将成为你

西安高新第一小学　郝奕萱

在生活中，我们每一个人都应该有自己最敬佩的人，而我最敬佩的人是在一线工作的白衣天使们。

在2020年全球新冠疫情肆虐的时候，你们舍小家为大家，冲在抗疫的前线，不顾自身的危险，在前线救治病人。有时你们晚上连觉也不睡，一直救治着病人。而你们能睡觉的时候，也只躺在医院的走廊上。当你们救治完病人之后，脱掉身上那层防护服的时候你们就像刚洗完澡一样，满身都是汗。摘掉口罩的时候，你们的脸上就会露出几道深深的勒痕。

有时，口罩将你们的脸都磨烂了，你们也毫不在意，依旧冲在抗疫的前线救治病人。当你们饿了的时候，也就只吃几口泡面，有时你们连饭也吃不上。在冬天给我们做核酸检测的时候，你们凌晨4点就开始在小区里喊着下楼做核酸。你们就穿着一件薄薄的防护服站在做核酸的棚子下。当你们冷了的时候，就搓搓手、跺跺脚缓解着冷意。

我长大之后一定要成为像你们一样救死扶伤的你。

# 给自己一个微笑

西安高新第二小学　郝梓寻

生活中，我们经常会遇到一些不顺心的事，这会使我们难过或者伤心。但是我们可以试着给自己一个微笑，这时你就会发现，所有事情并不都是单面的。你可以用另外一种心情应对同一种事情，来过好每一天。

如果你不相信，这里有一组对比，耐心看完，你会有不一样的发现。

## 乐观组

早晨醒来，拉开窗帘，准备迎接美好的一天，却发现外面是阴天，心情也瞬间阴了下来。突然你想到我可以在家里运动呀，于是你给了自己一个微笑，信步走上跑步机，终于有了好的开始。

## 消极组

早晨醒来，拉开窗帘，却发现外面下着倾盆大雨，心情很是失落，随手重重地关上了窗户，却一不小心碰倒了花瓶，碎片散落了一地，心里更加生气。拿起扫帚扫了几下，把碎片倒进了垃圾桶里，却一不小心把垃圾桶打翻了。就这样，他的一天就不是完美的。

同样是雨天，我们为什么会看到两个截然不同的影子？答案是他们各自的态度不同。

设想一下，如果当时那个打翻了花瓶的人在打翻花瓶之前给自己一个微笑，也许事情的发展就不会那么悲观了。

笑是人的一种本能，它是人心情愉悦的表现。但在不同的情况下，笑代表的意思却不同。比如说在看电视的时候，看到了搞笑的节目自己会哈哈大笑；在想到了一个坏主意的时候自己会坏笑。这些笑，看似一样，内容却完全不同。拿微笑来说，微笑的用途非常大。早晨起来对着镜子给自己一个微笑，遇到别人微笑着打一个招呼，新的一天就开始了。

怎么样？听到这里，你也许会兴趣大发、也许会感悟深刻、也许会灵光一现、也许会恍然大悟。但不管怎样，没有什么是一个微笑解决不了的，要是不行就再微笑一个。

快去用微笑迎接新的一天吧！

（指导老师　张苗）

# 陪伴

西安高新第二小学　郝梓寻

人非圣贤，孰能无过？人的一生会犯很多错误，这些错误有大有小，每一个错误，就像一剂预防针，让我们不再犯同样的错。

我们从小到大一个错误都不犯，是完全不可能的。我们所犯的这些错误，有的让我们记忆犹新，有的让我们羞愧难当。而这些错误，却也为我们的生活添光添彩。

记得小时候，我无意中碰倒了一个花瓶，我当场就傻眼了，那可是妈妈最珍爱的一个古董花瓶呀。每天清晨，妈妈都会用一块白色方巾轻轻擦拭它，而今天，它却变成了一堆碎片。我正想把那堆碎片收拾干净，却听到了一阵可怕的声音——妈妈的脚步声。我吓得冷汗直流，听着脚步声慢慢靠近，我便做好了挨打的准备。没想到，当妈妈看到我和那堆碎片时，却只是摸了摸我的头，说道："没关系，这次犯的错误，下次就不要再犯了。"从此以后，我就再也没有打碎过花瓶。由此可见，犯错误并改正它是多么的重要。

俗话说得好，不听老人言，吃亏在眼前。在我的生活中，我曾一次又一次地犯了错。有时，我犯了一次错误，以后就再也不会犯。但是作为一个大人们眼中"不长记性"的孩子，我经常在同一个地方跌倒，再爬起来，再跌倒，再爬起来。终于，在一次爬起来之后我再也没有跌倒过。而这点点滴滴，便如同一滴滴清泉一般流入我的心中，帮助我成长。

实践出真知。人生中的一点一滴的错误，可以比蚂蚁还小，也可以比大象还大；可以变得渺小，也可以变得醒目。但这一切，我们都可以把它牢牢地把握住，让一个错误事半功倍，让我们牢记它，陪伴着我们成长。

知错能改，善莫大焉！

（指导老师　张苗）

# 甜

西安高新第二小学　郝梓寻

生活中，我们会经历很多的事情。每个事情都会带来一种不同的感觉，每一种不同的感觉都会带来一种不同的“味道”。而这些味道集中在一起，就如同一个五味瓶，为我们的生活添光添彩。

我最喜欢的味道是甜，俗话说得好：先苦后甜。在二年级寒假的一个晚上，两个人一个约定，从此我的人生道路发生了改变。在那天以后，我和妈妈开始在路上奔波，刚上完一节课，我们就要转到下一个地方继续上课。我和妈妈经常被弄得狼狈不堪，但是每一次在从教学点回家时，骑着自行车跟在妈妈后面，感受着那微风拂面，这给我留下了最美好的回忆——苦后的甜。

记得还有一段时间，因为课程需要，我们只能到一个离学校非常远的地方去上课。没办法，只能在下课后吃饭，妈妈便提前把饭做好，带到下课吃。品尝着碗里的饭菜，心里有一种说不出来的感觉——母爱的甜。

后来，步入高年级，随着时间的流逝，我们终于不用来回地在路上奔波了，但是辛苦是难免的，我便一步一步地往前走：往前看，一条光明的道路；往后看，一个个辛酸又甘甜的脚印。

从此以后，我便明白了一个道理：虽然在这个世界做什么事情都是先苦后甜的，但其实苦中也包含着浓浓的甜味。

（指导老师　张苗）

# 寻味幸福

广东省茂名市茂南区第一实验学校　何文慧

幸福是一种感觉，幸福是一种心境，幸福是一种体验。幸福可以是书山寻宝，幸福可以是亲近自然。同样，幸福也可以是一碗姜糖水。

秋水流扇，时光清浅。停下脚步，你会发现许多萦绕在你身边的幸福。

深夜，天空挂着几颗星星，流淌着柔和的光芒。而此时的我，因为一些小事同妈妈大吵一架，我气不过，所以便摔门而去。不一会儿，我便后悔了。我出门时一分钱也没有带，而我又冷又饿，我真不知道怎样度过这个寒冷的夜晚。老天爷似乎也想捉弄一下这个可怜的少年，没多久，便下起了倾盆大雨。就这样，我被淋成了落汤鸡。

我多么想回到我那温暖舒适的小家，可碍于面子，我来到了一家服装店，想问他们要一些不要的衣服。一个高高瘦瘦的先生接待了我。“你好，请问你需要什么衣服呢？”他微笑着说。那种笑容是遍布满脸的，里面还夹杂着折线、皱纹和螺旋纹，就像你往池塘里抛了一块砖那个样子。我不好意思地说：“我，我没带钱，请问你们有不要的衣服吗？”顿时，他的笑容凝结起来，变得毫无光彩。恰似你所看到的维苏威火山边上的小块平地上凝固起来的熔岩一般。他又换了一副面孔："哦，是吗？小伙子，我们这可没有不要的衣服，如果你要衣服的话，可以去垃圾桶翻翻合适的垃圾袋吧，多时髦呀！"我顿时恼火起来，冷冷地瞪了他一眼，走出了店门。

迫不得已，我回到了家。妈妈看到了我这副落汤鸡的模样吓了一跳。她连忙说："你先去洗个澡，别着凉。"洗完澡，冰凉的身体终于回温。我远远便看见了那碗冒着热气的姜糖水，下面夹着一个纸条，上面写着：快点把姜糖水喝了，以后有什么事和妈妈好好说。看到这，积藏已久的泪水喷涌而出。

那一刻，我找到了幸福。

（指导老师　何颖）

# 发现的快乐

广东省茂名市茂南区第一实验学校　何文慧

"市井长巷，聚拢来是烟火，摊开来是人间的碎碎念。"

——题记

## 美在瞬间，也在不经意间

她可以是"八月湖水平"的壮阔，可以是"村坞云遮，有苍藤老干，翠竹明沙"的静好风光，还可以是"枯藤老树昏鸦，小桥流水人家"的温婉；或许可以是“日出江花红胜火，春来江水绿如蓝”，也可以是“落日熔金，暮云合璧”……美，无处不在。

秋天的黄昏总是来得很快，还没等山野上被日光蒸发的水汽消散，太阳就落进了西山之中。我漫步在山间的柏油路上，江边的树多了几分斑驳，阳光也没有正午时那样耀眼。走在小路上，半轮金光射在群山之间，看到波光粼粼的水面似金子在跃动，我也嗅到了清风携来的花香。

似是眼前阳光太过刺眼，我眯着眼睛望向天际。云霞映着落日，无边桃红如醉，衬托着渐深的暮色；晚风带着秋日的凉意，随着暮色层林漫染，片片落叶随风飘舞。“一道残阳铺水中，半江瑟瑟半江红”似乎就是这样子吧。夕阳的影子投在高大的白杨上，微风拂过，影子便碎了，流淌在光辉中。它似乎就像个风华正茂的少年，满腔热血，光芒万丈，在黑暗来临之前展现他最光彩的一面。

那一刻，美变得更加具体。不是所有的鲜花都盛开在春天，不是所有的河流都将流入大海。鲜花盛开四季，河流流向八方。只要热爱，山海皆可平，无处不是风景——因为“彼方尚有荣光在”。

（指导老师　吴彩英）

# 森林奇遇记

山东省泰安市第一实验学校　何昕忆

## 1

我叫小调皮，是一只小水龟，我和我的小伙伴们正行进在历险的旅途中。森林里传来了“沙沙沙沙”的响声，肯定是危险又来了。

刚救下甜甜圈和小森铃，又有危险来临，我感到了压力山大。甜甜圈动了一下，悄悄地说：“小调皮，我感觉到后面可能有新的小伙伴，我们必须看看呀！”甜甜圈说得对，就是有点累，我也要克服啊。

“好的好的，那我们就去看看吧。”我痛快地答应了甜甜圈，一起向前行进。

“咦？小森铃、甜甜圈，你们看那块石头多么像咱们龟龟的花纹啊，我们到那里休息一会儿吧。”两个小伙伴拍手同意，我们一起走向那块有龟花纹的石头。小森铃用手摸了摸，小石头说话了：“你们好，你们从哪里来？”哈！原来是我们的同类，一只可爱的小水龟。

甜甜圈兴奋了：“啊？是小可爱，你怎么会在这里？”

“我只顾着吃小鱼小虾，一会儿就找不到你们了。游来游去，我就到了这里。”

那只叫小可爱的同类说。

“原来你们认识啊？那太好了！小可爱，你愿意加入我们的‘龟龟探险队’吗？”我问道。

“当然愿意啦！”小可爱高兴地用前爪抹了一下脸。

## 2

队伍里多了个小可爱，欢乐气氛更浓了，我们有说有笑继续前进。突然前面出现了一个很大的部落，我们趴在大石头上仔细观看。部落里有许多野人，他们正在吃牛肘子。那个肘子好肥好肥，一定很香吧？我和小伙伴都流出了口水，把头伸出来好长好长，嗅来嗅去。哇！不好，我们被部落里的一个野人发现了。他大声喊叫着：“吃龟肉，吃龟肉！吓得我和小伙伴们赶紧把头缩进了龟壳里，一动也不敢动了。”

我听见小伙伴们小声嘟囔：“小调皮，快想想办法吧，怎么办啊？”我说：“别慌，别慌哈。遇事冷静下来很重要。”甜甜圈小声说：“都别乱动，咱们仔细听听野人们在嚷嚷什么？”

我们都静下来了，只听野人们七嘴八舌地说：“首领，你看花眼了吧？这哪里有什么乌龟？怎么能吃龟肉？”被叫作首领的野人扭过头来，我们把头缩进龟壳里，更是一动不敢动了。

只听见野人首领说：“嘿！怎么没有了呢？难道真是我看花了眼？这里哪里有什么乌龟，就是几块石头嘛！”

另一个野人插话道：“刚刚吃完牛肘子，撑得要命，就是真有龟肉也不想吃了，只想好好地睡一觉。”野人们你一言我一语，走到他们窝棚里去了。

虚惊一场，我长出了一口气，对小伙伴们说：“小伙伴们，这个地方不安全，野人们睡醒一觉，可能还要回来，我们赶紧逃离吧！”

## 3

我和小伙伴们奔跑在逃离的路上，发现了一个小水坑，里面有两条小鱼游来游去。我仔细一看，竟然是我的朋友米德和花林。

我问："米德、花林，你们被困在这里了？"

米德和花林没有吭声，两眼直勾勾地盯着小可爱。我赶紧介绍："这是我的新朋友小可爱。"

米德和花林不再害怕，友好地说："很高兴认识你呀，小可爱。"

停了一秒钟，花林又说："可是，我们现在被困在了猎人的陷阱里，那个猎人还说再回来时要把我们一个当枕头，一个当饭吃。该怎么办啊？呜呜呜……"花林哭起来了，米德也跟着哭。

我说："你们俩先别哭，咱们一起想想办法。趁猎人不在，赶紧把他设下的陷阱系统破坏掉吧！"我发了霹雳功，燃起熊熊烈火，烧毁了猎人的陷阱，救出了花林和米德。

米德说："趁猎人还没回来，我们赶快跑吧。"我们六个小伙伴，一起拼命奔跑起来。跑了好大一会儿，看到前面有一个小木屋，就走了进去。

小屋里面全都是茶点，一位慈眉善目的老婆婆笑嘻嘻地和我们打招呼："欢迎你们来到我的小屋！"我瞪大眼睛一看，这不是鱼人老婆婆吗？我立即笑着回应说："原来是你啊，鱼婆婆，我怕了。"鱼婆婆笑了："你怕什么呢？""怕你的刀啊！我上次来见你的时候，你拿着刀不停地砍木头，我害怕你会用那把刀砍我。"鱼婆婆又笑了，说："傻孩子，我哪是砍木头，我是在雕刻呢。"鱼婆婆说着，就捧出一个精致的木雕白菜："你们看，我雕刻的这棵白菜还没上色呢！"我瞠目结舌，鱼婆婆雕刻的白菜和真的一样。

"好漂亮的白菜啊！鱼婆婆。对不起，我错怪你了。"我羞愧地低下了头。鱼婆婆一边说着"没关系"一边把她的茶点摆在了我们面前："孩子们饿了吧，尝尝我的茶点。"跑了半天路，还真饿了。我们接受了鱼婆婆的馈赠，一人吃了一块小蛋糕，喝了一杯茶。

和鱼婆婆告别，我们继续在森林里行走。前面是一个浅水湾，好像有什么东西在里面游。走近一看，竟然是花林妈妈在找食物。我们把鱼婆婆给的甜点留给了花林妈妈两块，花林妈妈用纯净的清水向我们表示感谢。

吃饱喝足，我们又继续前行了。在森林的边缘地带，我们遇上了一艘小船，小船上站着渔夫。我们爱水，就游过去偷偷爬上了船。借着渔夫的小船，我们走出了森林，进入了大海，开始了在海里的旅行。

（指导老师　张桂云）

# 奥运和牛虻

上海市虹口区外国语第一小学　何宥涵

从小我就发现，爸爸和妈妈在各自的书架上都有一本书，书名叫《牛虻》。我每次想拿着翻看的时候，他们都会说“你还太小看不懂”。今年暑假，我终于如愿以偿地读到了《牛虻》，瞬间就被它引人入胜的情节和主人公身上顽强不屈的精神深深地吸引住了。

《牛虻》是爱尔兰女作家艾捷尔·丽莲·伏尼契创作的长篇小说，是非常经典的一本小说，讲述了革命党人牛虻的一生。主人公亚瑟是一个大学生，原本生活富裕，被人告密被捕入狱，又因为被误会出卖同志而被迫出走南美洲。他流亡了13年，遭遇了各种辛苦还被迫害而致残疾。但是所受的苦难并没有摧毁他，反而让他在痛苦中成长。最终他坚定归来，变成了一名非常坚强的革命勇士，并为意大利的独立与自由献出了生命。

我虽然不向往那个颠沛流离的乱世，那个充满变数的革命时代，但我却很敬佩牛虻身上展现出的坚强信仰以及他对祖国的热爱。

如今的我们生活在一个幸福安康的社会，和平带来的安全感让我们可以尽情享受生活。可是，在经济和科技都很发达的现在，很多时候大人都忙于工作和生活，我们也忙于学习和课外拓展，越来越少时间看体育比赛，感受勇气、毅力、拼搏带来的别样快乐。

2024年的这个夏天很不一样，恰逢法国巴黎奥运会，我第一次真正感受到什么是竞技体育叠加家国情怀。就好像古代为国征战的“少年将军”和“老骥伏枥”，也更像是守护荣耀的英雄史诗。每当《义勇军进行曲》响起的时候，我感到既光荣又感动。运动员负重前行，再大的压力也压不住他们必胜的决心。

奥运的赛场，有横空出世的天才，也有天道酬勤的奇迹。每个有比赛的晚上，我都握紧拳头，和爸爸妈妈坐在电视机前，为身穿五星红旗的奥运健儿们尖叫、呐喊、兴奋，也为没有获得好成绩的运动员们感到遗憾、难过。那一刻的我，好像穿越时空，和牛虻一样，深深热爱我的国家！

时代总是会记住那些特别辉煌的人，他们就像满天星星，抬头仰视的时候，偶尔拾得一点星辉，也能成为平凡幼小的我们学习和努力生活的力量。

“一千个读者就有一千个哈姆雷特”。只要机智勇敢、只要意志坚强，每个人都值得被尊敬。这个暑假很特别，它属于奥运，也属于牛虻。

# 我的宠物——中华田园犬

江苏省新苏师范学校附属小学　何雨聪

在一个晴朗的周末，爸爸带回了一只中华田园犬作为我的生日礼物。它有着独特的短毛和深棕色的眼睛，耳朵竖立，仿佛在聆听这个世界的每一个声音。我对它充满了好奇和期待，但同时也担心它会对家里产生影响。

我把它放在阳台上，它好奇地四处张望，时而嗅嗅这个，时而看看那个。阳台上有许多花草，它似乎特别喜欢，时不时地用鼻子轻轻地触碰它们。我看着它的这些行为，觉得它与大自然真的很和谐。

但是，当我开始训练它时，我遇到了很多困难。它似乎并不喜欢被牵引，总是想要挣脱。每当我试图教它坐下或者握手，它都会不耐烦地转身离开。有时，我会感到沮丧，甚至怀疑自己是否能够成功地训练它。但是，每当我看到它那双无辜的眼睛时，我就会重新燃起希望。

经过几周的耐心训练，我终于看到了希望。它开始慢慢地理解我的指令，学会了坐下和握手。当它第一次听从我的指令时，我激动得几乎要哭出来。那一刻，我深深地感受到了与它之间的特殊纽带。

现在，每当我放学回家，它都会欢快地跑来迎接我。我们一起玩耍，一起散步，一起分享生活中的点点滴滴。它不仅仅是一只狗，更是我的朋友，我的伙伴，我的家人。

（指导老师　董燕）

# 千年古都，魅力西安

西安高新第一小学　贺一潼

我的家乡西安是十三朝古都，有千年历史文化。我喜欢我的家乡！

白天的西安，是一座现代化城市，它高楼林立，车水马龙。

众多高校是西安的文化名片，它承载着全国学子的求学梦，有精益求精的西安交通大学，更有为国铸剑的西北工业大学。那些高校和不胜枚举的名胜古迹，是西安的旅游名片，它是中华5000年文明存续的证明。有七层楼一样高的大雁塔，有巍峨挺拔的钟楼，有被人们称作“世界八大奇迹”的兵马俑。在阳光的映照下，这些许许多多的名胜古迹显得金碧辉煌，像是我们的守护神。各式各样的美食是西安人包容的象征，它们琳琅满目，满足了各类人群的需求，有羊肉泡馍、肉夹馍、凉皮，还有全国其他各地的美食。

西安的自然风景也是秀丽壮观，有陡峭的华山，有挺拔的翠华山，它们都属于秦岭山脉，那些山连绵起伏，如一条巨龙在山间飞过。那清澈的水都能映照出我们的影子，云彩在山间盘旋着，像是一幅水墨画。

夜晚的西安，仿佛一下子回到了唐代的长安。在灯光的照耀下，钟楼便成了一片彩色。这时，来来往往的全是车和人，让长安变得更加美丽了。大雁塔露出金黄色，十分挺拔地站着。人们来来往往地走着，似乎忘记了他们现在所要干的事了。灯光闪烁着，连明月都变圆润了，变大了，像一个金色的大圆盘。这时，秦岭的水便静静地流着，整个秦岭变得十分安静。月光下，点缀着金黄色的光芒，使秦岭变得十分神奇，让人意想不到。

我爱我的家乡西安，相信在不久的未来，它会变得更加美丽，更加富饶!

## 可爱的家乡

西安高新东区小学　洪梓曦

我可爱的家乡是古城西安。家乡有三个闻名中外的特色：绚丽多彩的美景，流连忘返的美味，悠久厚重的文化。

在我可爱的家乡西安，美景无处不在。在西安的南边，是被誉为“华夏脊梁”的秦岭山脉，山上奇石琳琅满目，草木郁郁葱葱，泉水叮咚流淌，动物们快乐生活。晴天时，秦岭高耸入云，雄伟壮丽；雨天时，秦岭雨雾迷茫，若隐若现，仿佛是一幅仙境。我喜欢在学校的楼顶登高远望，体会“悠然见南山”的意境。远远望去，秦岭如同碧玉一样青翠，仿佛在微笑着向我们打招呼。在西安的北边，矗立着大明宫古建筑群。大明宫占地颇广，里面有奇花异草，有健身设施，有足球场地，有清清湖水，有跳舞广场……最吸引我的是专业的跑道。我经常和伙伴们在跑道上奔跑，一边迎着朝阳飞奔，一边大声朗诵“争渡，争渡，惊起一滩鸥鹭”。在西安的西边、东边也有许多美景，例如兴庆宫、木塔寺、古城墙……

在我可爱的家乡西安，有着许多舌尖上的特色美食。在街头随便采访一个游客，说起美食来都会赞不绝口：羊肉泡馍、肉夹馍、凉皮……其中，我最喜欢吃香喷喷的肉夹馍，它是由一个薄饼和一些卤肉制作而成的。首先，把特色薄饼横着切成两半；然后，把事先卤制好的肥瘦肉切成小块状；最后，将肉块和少量卤汤掺在一起放入饼里。这个香喷喷的肉夹馍就制作好了，咬一口香气扑鼻，咽下去满嘴浓香，吃完后还唇齿留香。

在我可爱的家乡西安，有着千年的文化底蕴。西安是十三朝古都，皇帝多，古迹多，故事多。每当我在西安的古城墙走过，仿佛听到斑驳的青砖在对我诉说玄武门之变的动人心魄；每当我游览世界八大奇迹——兵马俑博物馆时，仿佛看到秦兵集结，金戈铁马，气壮山河；每当我在大唐芙蓉园里荡舟小憩时，仿佛看到唐朝皇帝携贵妃载歌载舞，羡煞鸳鸯。古今多少文人墨客，在西安留下许许多多脍炙人口的名句："长安回望绣成堆""云想衣裳花想容""自称臣是酒中仙"……

我可爱的家乡西安，是我成长的天堂。家乡这么好，谁不爱西安？

（指导老师　张敏）

# 谦让之美

西安航天菁英学校　侯沫言

谦让是一种美德，谦让是一种亲情，谦让也是一种友谊……从古至今谦让无处不在，比如孔融，他很小的时候就领悟到了谦让；再如《将相和》中廉颇和蔺相如懂得谦让，同心协力保卫赵国……这些都给我们留下了宝贵的精神财富。

记得有一次，班里有两名同学吵架吵得很凶，了解后才得知只是因为一块橡皮。原来橡皮本是朱同学的，但送给了张同学，后来朱同学后悔要求退还，可张同学不愿意，两人就吵了起来。我想，如果她们懂得谦让，那不是一种友谊吗？

还有一次在家里，饭后妈妈和我都不想洗碗，就因为这个，我们俩好大一会儿都没说话。后来，我又想，如果我们当时懂得谦让，那不是一种亲情吗？

甚至一次在动物园的时候，我看见两只狗熊在进食，有两个大小差不多的肉块，可它们却只是争抢。我想，如果它们也能懂得谦让，那不是谁都能吃饱吗？

公交车上，地铁上，如果大家都懂得相互谦让，那每个人足以被精神食粮所填满……

谦让是难得的品质。在人生的道路上，谦让三分，就能海阔天空。让我们一起行动起来吧！

（指导老师　董倩）

## 森林故事会

西安高新第一小学　胡梦璇

在一个天气晴朗、天空湛蓝的早晨，乐乐准备开始像往常一样读书。可是乐乐刚看了一页，就听到妈妈大声地喊："乐乐，快点穿衣服走啦！你忘了，今天可是森林故事会呢！而且今天讲故事的人可是你呢！"乐乐听了妈妈说的话，赶紧穿上了自己干干净净的衣服，拿上了自己最喜欢的书《动物世界》，就跟妈妈一起急急忙忙地跑出了家门。

过了一会儿，乐乐和妈妈一起跑到了森林中央，看见棕熊、梅花鹿在一块石头旁边等讲故事的人来。乐乐知道，这块石头是给讲故事的人准备的。乐乐走到石头旁边，盘腿坐在了石头上，棕熊、梅花鹿都目不转睛地看着乐乐。乐乐拿起了他最喜欢的书《动物世界》开始讲，乐乐的妈妈在石头旁边大喊："加油！乐乐，你可以的。"乐乐听了妈妈的话，自信满满地对在现场的所有动物说："欢迎大家来到森林中央来听我讲故事，我将会给大家讲《动物世界》，请大家安静。"

乐乐说完这句话，就开始讲故事了。他讲了一会，草地下的土被翻开了，一只可爱的土拨鼠从土里探出了自己的小脑袋，开始津津有味地听乐乐讲故事。乐乐又讲了一会，一只活泼可爱的小花狗从森林深处跑了过来，也开始听乐乐讲故事。他又讲了一会，一只树懒从旁边的大树上睡醒了，张开眼睛，在树上听乐乐讲故事。树懒听了一会故事，看见从草丛里窜出来了一只火红火红的红狐狸，红狐狸坐在地上，也开始听乐乐讲故事。红狐狸看见一只猴子从树上跳了下来，结果没有控制好，马上就要摔在地上了，幸好红狐狸眼疾手快，一下子接住了猴子。猴子不好意思地说："谢谢你，红狐狸。"红狐狸说："没关系，猴子，你下次小心点就好啦！"红狐狸把猴子放在地上，回到了自己原本的位置坐了下来，猴子也坐了起来，开始听乐乐讲故事。一只兔子从草丛里跳了出来，看见故事会已经开始了，想：真可惜，我迟到了，没有听见乐乐前面讲的故事。

乐乐讲啊讲，太阳下山了，才讲完这本书。小动物们回家了，乐乐拿上书，跟妈妈一起往家里走去。回家的路上，乐乐想：今天真开心啊！

# 可爱的家乡

西安滨河学校　胡尚泽

我的家乡是西安，这里有丰富的美食、美丽的景点和浓厚的风土人情。

西安最著名的美食就是肉夹馍。肉夹馍是由两片馍和肉组成。肉是精心挑选的猪肉或牛肉经过长时间卤出来的；而馍和普通的馍不一样，它的外皮是脆的，肉夹馍有一种独特的口感。

西安最著名的景点就是大雁塔。大雁塔有七层，建在一个凸起的平台上，一层最大，七层最小，中间依次变小，形成一个尖刺形。塔顶和每一层的边缘都由砖瓦修成。塔尖像一个金字塔，守护着里面的东西。传说，大雁塔是唐朝时唐太宗为保存唐僧带回的真经而修的。塔尖就放着真经，其余部分放着各种舍利。

这就是我的家乡——西安。这是一个可爱的地方，是一个美丽的地方，还是一个充满诗意的地方。如果你在这里，那么，祝你玩得开心！

（指导老师　赵菁）

# 鲨鱼侠客的冒险

上海市黄浦区徽宁路第三小学　胡轶铭

在广阔无垠的大海深处，住着一条帅气的鲸鲨。他有个帅气的名字，叫作“侠客”。侠客身材高大，背上有很多白色点点，就像把群星披在了身上。他是这片海域里让人敬畏的存在。

侠客虽然外表看起来凶猛，但他的内心却藏着对未知世界的好奇和渴望。每天看着身边一成不变的珊瑚礁、游来游去的小鱼群，他总觉得这样的生活没啥意思，似乎缺了点什么。

有一天，侠客听一只老海龟说起，老海龟从前去过一片神秘的海域，在大海的尽头。那里的海水会闪烁着奇异的光芒，还有许多从未见过的奇妙生物。侠客的眼前一亮，心中瞬间燃起了一团冒险的火焰，他决定要去探寻那片神秘之地。

侠客告别了熟悉的家园，向着无尽的大海出发了。没游多久，他就遇上狂风巨浪。那巨大的海浪像一座座小山般朝他压来。在大海面前，侠客渺小得就像蚂蚁一样无助。他奋力摆动着自己的尾巴，在浪涛中艰难地穿梭。在侠客精疲力竭之前，海面归于平静。游了许久之后，侠客在一处海底迷失了方向，他非常努力地倾听水中的声音，想要辨别方向，然而这里却寂静得仿佛静止一样。他想要问个路，却发现周围除了无尽的黑暗，什么都没有。绝望的侠客闭上了眼睛，他感应到微弱的磁场，现在这就是他的灯塔。他终于安全地游离了那片诡异的安静海域。

在穿越一片暗礁区时，侠客不小心划伤了自己的肚皮，有一片尖锐的礁石在他肚皮上留下了一道深深的伤口。鲜血就这样汩汩地渗了出来，弥漫在周遭的海水里，很快引来了一群饥肠辘辘的虎鲨。它们围着侠客，眼中露出凶狠的光，似乎想要把侠客当成一顿美餐。侠客忍着伤痛，不停地在原地盘旋，利用自己的庞大身躯不断驱赶着敌人。他努力地张开大嘴，时不时发出低沉的吼声。那群虎鲨似乎被他的气势所震慑，犹豫了好一会儿后，最终慢慢散去。

经过了不知多久的漫长旅途，侠客终于看到了如老海龟所说的神秘海域。那里的海水果然闪烁着五彩斑斓的光芒，就像无数颗宝石在水中闪耀。侠客见到了许多奇特的生物，有会发光的水母，它们像一盏盏飘浮在空中的灯笼；还有身形透明的小鱼，它们在水中穿梭，仿佛一道道流动的光影。还有更多叫不上名的神奇生物在侠客身边漂浮、舞动，侠客兴奋地在这片海域中恣意地游弋着，感受着这前所未有的奇妙。慢慢地，他和一些小鱼交上了朋友，听它们讲述着这片海域的故事。

冒险的时光终有尽头。侠客知道，他还是要回到自己的家乡。带着满满的回忆和对新朋友们的不舍，侠客踏上了归途。当他最终再次回到熟悉的海域时，身边的小鱼们都围了过来，好奇地问他这一路的经历。侠客便把自己在神秘海域的所见所闻，一五一十地讲给它们听。

从那以后，侠客不再觉得生活枯燥乏味。因为他知道，大海如此广阔，还有无数的冒险等待着他去开启，而他也将带着那份勇敢和好奇，继续探索下去。

# 我学过马路

上海市浦东新区浦三路小学　胡悦怡

一天下午，放学的铃声一响，我和妈妈、哥哥一起走出校门。学校周围的环境非常美丽，高楼笔直挺立在宽阔的马路两边，碧绿的树叶在微风中摇摆。我右手牵着妈妈，左手牵着哥哥，一边走一边欣赏着周围的景色，享受着家庭的温暖和幸福。

我们牵着手来到马路边，我正准备穿过斑马线，妈妈赶紧阻止了我，指着信号灯说："现在是红灯，过马路很危险，我们不能过马路，应遵守交通规则，红灯停，绿灯行。"哥哥说："作为一名优秀的少先队员，要牢记'红灯停，绿灯行'的规定，宁停三分不抢一秒，共同维护良好的交通秩序。"

妈妈和哥哥不仅用自己的行动做出了榜样，还提醒我要牢记和遵守交通规则：红灯亮起时，所有行人都需要停止前进，等待绿灯亮起后再继续行走。这是为了给十字路口的车辆和行人提供通行指示，减少交通事故。

这是非常宝贵的一课，不仅让我学会了如何安全地过马路，更重要的是培养了我对规则的尊重。在未来的日子里，无论走到哪里，这些都会成为我宝贵的财富。

（指导老师　夏振云）

# 那一刻，我长大了

广东省惠州仲恺高新区第一小学　黄凰

窗外，细雨的沙沙声敲打着夜的寂静，爬山虎映着沾了雨水的黄花，格外亮眼。奶奶慢慢走到窗边，对我说：“听，这是春雷。”

这句话似乎令我回到了儿时，那个打雷的夜晚，下起了暴雨，雷声将我吓得眼泪直流。奶奶惊慌地跑来，把我搂进怀里，安慰着对我说：“这雷声多好听呀，这是春雷……”哄着哄着，我便不怕了。因为奶奶这句话，我爱上了春雷，它似乎在笑，带来一阵好雨。

不过，奶奶现在再说这句话与之前大不相同了。现在，奶奶因为病情严重，嗓子也哑了，让这句话多了几分苍白。前些日子，奶奶的身体不知为何突然垮下来了。路走不稳，端不住饭碗，右眼无力到睁不开。全家人都很着急，我的心头爬上了一层忧郁和焦急。母亲也惋惜地告诉我，奶奶的日子不久了。我们本不想让奶奶知道自己的情况，可病情愈渐加重，瞒不住了。每当看见奶奶晚上独自坐在藤椅上望着星空、满眼感慨，我都忍不住落下泪来。

最近，我越来越勤快，帮奶奶清理卫生，第一次为奶奶洗了脚。我看到她的脚上长满了茧和疮。她辛苦了一生啊！我百感交集，奶奶病了，我不能再让她这么累了！现在家中的很多事情我会主动分担了。比如帮父亲记好每周带奶奶去医院检查的日子，每天都要照顾奶奶吃饭、睡觉。父亲母亲陪奶奶去医院时我也会自己做些力所能及的家务，还要顾着功课。所以这段时间我很累，我真的体会到了父母劳累和不容易。

平日里常常偷看小视频的我也觉悟过来，那些时间都是在一点点浪费……因为，在血浓于水的亲情中，无用的娱乐是那么一文不值。不如多陪奶奶说说话，多看看星空，挽着她颤颤巍巍地、在那条铺满黄花的石子路上一步步走向家的方向。

“奶奶，你听，这雷声多好听呀。”奶奶笑了，她的白发随风舞动。当我承担起照顾奶奶的责任时，我看到她努力睁开的眼睛苍老却发着光。那一刻，我觉得自己长大了！“轰隆……”雷声阵阵，似乎也在笑，带来一场好雨。

（指导老师　覃慧婷）

# 养老院的温情

广州市天河区盈彩美居小学　黄梓燊

夏日的阳光如火般炽热，却阻挡不了我们传递爱心的脚步。在一个充满温情的暑假里，我和妈妈携手踏上了一段特别的旅程——去养老院慰问那里的老人，并参与了他们的集体生日会。这不仅是一次简单的公益活动，更是一次心灵的洗礼和成长的见证。

清晨，当第一缕阳光穿透云层，我们已整装待发。提着精心准备的礼物和点心，我们带着满心的期待与敬意，走进了那所充满岁月痕迹的养老院。一进门，就能感受到那份不同于外界的宁静与安详。

随着我们一一敲响房门，邀请老人们前往礼堂参加集体生日会，空气中弥漫起了一种温馨而期待的气氛。老人们或拄着拐杖，或在工作人员的搀扶下，缓缓走出房间，脸上洋溢着孩童般的笑容。当他们步入那宽敞明亮的礼堂，能够容纳500人的空间因老人们的到来而显得格外温馨。

生日会正式拉开帷幕，首先是一系列丰富多彩的节目表演。轮到我上台时，我深吸一口气，拿起心爱的吉他，开始弹奏那首经典的歌曲《真的爱你》。随着旋律的流淌，我缓缓唱出每一个字句，歌声中充满了对老人的敬爱与感激。我偷偷瞄向台下，发现不少老人的眼眶泛红，有的甚至悄悄擦拭着泪水。那一刻，我深知，音乐的力量跨越了年龄与代沟，连接起了我们彼此的心。

表演结束后，雷鸣般的掌声响起，那是对我最大的鼓励与肯定。随后，更多精彩的节目接踵而至，老人们的脸上始终洋溢着幸福与喜悦。当生日歌的旋律响起，我再次走上舞台，与全体人员一同为老人们唱响祝福。那一刻，礼堂内洋溢着浓浓的温情与欢乐。

切蛋糕环节，我积极加入其中，亲手为老人们送上甜蜜的蛋糕，希望这份甜蜜能够延续到他们生活的每一个角落。吃完蛋糕后，我们协助工作人员将老人们安全送回房间。在回房间的路上，两位慈祥的奶奶拉住我的手，询问我的学校和年龄，并连连夸赞我乖巧懂事。那一刻，我的心被深深触动，一股前所未有的自豪感油然而生。

通过这次活动，我深刻体会到了关爱老人的重要性。他们曾是这个社会的建设者，如今虽已年迈，却依然值得我们用心去呵护与陪伴。我希望，社会上的每一个人都能多一份关爱，多一份理解，让老人们在晚年生活中感受到更多的温暖与幸福。这一段经历，不仅丰富了我的暑假生活，更让我学会了感恩与奉献，成为我人生中一笔宝贵的财富。

（指导老师　蔡昭媚）

# 自信，让我绽放光芒

北京市东城区回民小学　吉冠宇

常常有人以“你家孩子考试考多少分呀”来评判孩子优秀与否，然而，分数并不能代表真实的我。那真实的我究竟是何模样？又有着怎样独特的经历与感悟？来吧，让我们一同走进我的故事。

在校园的时光里，我仿佛总是被笼罩在他人的阴影之下，难以展现出真正的自我。但实际上，我深知自己是一个与众不同、独具魅力的人。记得有一次，我将买完衣服后的包装袋仔细收好，并未像其他人那般随意丢弃。同学见状，不屑地说道：“就一个破袋子，有必要这么节俭吗？”我平静地回应：“这是我的事，用不着你管！”然而，同学们却哄堂大笑，其中一个人还嘲讽地叫嚷：“他就是个捡垃圾的小孩儿。”面对他们的嘲笑，小亮有些担忧地问我：“他们这样笑你，你怎么不反驳呢？”我只是微微一笑，坦然道：“我收集这些袋子自有我的用处，他们想笑就笑吧。我既然做出了选择，就不会害怕他们的嘲笑。更何况，我为何要被他人的看法所左右呢？”小亮满脸疑惑，继续追问：“在外面，难道不应该展现出完美的一面，尽量迎合大家的期待吗？”我目光坚定，毫不犹豫地回答：“不！无论是在家里还是在外面，我都只愿做最真实的自己，无需伪装。”

还有那次难忘的游泳比赛，更是我人生中一段闪耀着自信光芒的经历。在比赛前的训练阶段，当我为了梦想全力以赴、刻苦练习时，周围的一些人却总是用充满轻视的眼神看着我。每次老师组织模拟比赛，他们就如同灵动的鱼儿般在水中迅速穿梭，以令人惊叹的速度轻松游到终点。而那时的我，技术尚未娴熟，总是远远落后于他们。看着他们那自信满满的模样，我似乎成了被众人遗忘的角落，不被任何人看好。

比赛当天，气氛紧张得让人窒息。发令枪响，大家都如离弦之箭般迅猛冲出去，我瞬间被远远地甩在了后面，望着与他们之间那一大截的差距，我的内心不禁心急如焚。就在这关键时刻，脑海中突然浮现出爸爸曾经对我说过的话："不要在意其他人的想法和看法，相信自己，你是最棒的！"这句话仿佛一道神奇的光芒，瞬间注入我的体内，给予我无穷的力量。我深吸一口气，调整心态，双腿如马达般迅猛发力，后腿猛蹬池壁，拼尽全身的力气奋勇向前。那一刻，我眼中只有前方的终点线，心中只有一个坚定的信念——超越自我。渐渐地，我追上了一个又一个对手，最终如同一匹黑马般直冲到第一名的位置。

这就是真实的我，一个充满自信、坚守自我的人。无论面对怎样的质疑与困境，我都能在自信的力量引领下冲破重重阻碍，绽放出属于自己的独特光芒。那么，你呢？是否也有着属于自己的精彩故事呢？快来与我一同分享吧！

（指导老师　郑文鹏）

# 身边的光芒

西安高新第二小学　江语桐

每个人都会发光，但是让我感动的还是这一件小事。

有一次，马上就要开运动会了，可是我们班的人却凑不齐，很多人都生病了，老师和同学们都急得团团转。要知道，如果人数不够，直接成绩作废，这意味着同学们几个月的努力都白费了！这时，一名同学自告奋勇，在运动会的前三天参加了大绳队。凭借着自己的努力，她半节课就学会了，只不过经常跟不上，还好同学们都鼓励她、帮助她、指导她，让她重拾了信心，继续练习。

她本来压力就很大了，也更辛苦了，可是竟然晚上约了几个同学继续练习，一次接一次地跳，一次接一次地练，摔倒了爬起来继续练，不一会跳得就有一些吃力了，可她为了不拉大绳队的“后腿”，咬一咬牙关，还是努力练习。豆大的汗珠从她的额头上滚落，她汗流浃背，但也只是稍作休息，一丝信心也不动摇，从没有想过要放弃。我忍不住问她：“你本来已经很辛苦了，为什么要比别人多付出这么多呢？”她笑一笑回答道：“我才刚来，不付出更多，怎么跟得上别人啊！岂不是拖你们“后腿”了？”就这样，她坚持了三天。第四天，她信心满满地上场比赛了。同学和老师都替她紧张，她，却乐观自信。

比赛了！哨声响起，她在前面的人刚进绳的时候，毫不退缩地就跟了上去，半拍也不空，动作如行云流水，十分熟练。比赛结束后，她虽然失误了一次，但毫不影响她的表现，让班级得了第一！同学们激动极了，老师也喜极而泣，大家都纷纷欢呼起来，高兴地蹦了起来，同学们都视她为班级的救星。

一件小事不正能看出这人的品质吗？她这种坚持不懈和努力的品质，是我身边最亮的一束光芒！

（指导老师　张茀）

# 红烧肉的自述

上海市徐汇区上海小学　姜雨桉

我是那块家喻户晓的红烧肉，人们称我为“香气扑鼻肉色美，佳肴之王东坡肉”。我的魅力究竟何在？且听我细细道来。

我有着悠久的历史，是中国传统美食的代表之一。我的诞生，离不开那位伟大的文学家——苏东坡。

在那个贫瘠的年代，百姓们买不起好肉，又厌恶吃贱肉，导致许多人饿死街头。苏东坡见此情景，决心拯救百姓于水火之中。他大量购买贱肉，经过反复试验和研究，终于创制出了东坡肉。他将这道菜分发给百姓，成功拯救了无数生命。

在《风味美食·东坡肉》一书中，对我进行了精准的描述：“肉质鲜美入味浓。”我以“肥而不腻，软糯入味，肉香扑鼻”为主要特色，口感层次分明。初尝一口，便能感受到明显的甜味，紧接着是咸味和酒香味交织其中，各种味道和谐共处，令人回味无穷。

除了口感绝佳外，我还拥有迷人的外观。我在碗中油亮亮、红通通，宛如一块诱人的红宝石，散发着令人垂涎三尺的光芒。那肥瘦相间的纹理，如同大自然精雕细琢的艺术品，肥的部分如雪花般细腻，瘦的部分则像雪糕一样紧实。

虽然我是一道人间美味，但要完成我的蜕变并非易事，首先需要挑选优质的五花猪肉，将其切块后放入碗中加入适量的食盐、酱油、料酒和冰糖腌制2到3个小时，接着将腌制好的五花肉蒸制1.5到2个小时，然后放入开水中焯水片刻。焯完水后，将五花肉切成合适的大小并调制糖色。最后将五花肉放入糖色中用中小火翻煎至两面呈红褐色再炖煮1.5到2个小时。经过这番繁复的工序我终于从五花肉脱胎换骨成为一道美味无比的东坡肉。

这就是我——东坡肉总是以自己的独特味道为每一个品尝它的人带来无尽的享受。那温暖的焦糖色不仅是我们餐桌上的一道亮丽的风景线，还承载着无数中国人的心声和对外文化交流的期待。

# 我和孙悟空的一天

上海市徐汇区上海小学 姜雨桉

周末，我在家里看四大名著之一《西游记》，忽然听到一声巨响“俺老孙来也！”，一个熟悉的模样从书里飞出来，慢慢变大，慢慢变近，我定睛一看，嘿！这人头戴凤翅紫金冠，脚踏藕丝步云履，还披着红披风，手握金箍棒，这不是孙悟空吗?

孙悟空刚来到现代人间还不熟悉，看到我就开始跟我问问题：“嘿！你叫啥什么名字？这儿是哪儿？能带俺老孙去逛逛吗？”我笑着回答：“我叫姜雨桉，这里是现代人间，我当然可以带你去逛逛。”“太好了！太好了！”孙悟空边拍着手边笑着说。

我们出门坐电梯到楼下，孙悟空说这里的房子跟天上不一样。我们出了小区，来到马路上，看到来来往往的汽车，孙悟空说这路上的“铁盒子是什么？跑得太快了吧”！我回答是汽车，现代人间属于科技世界，不是神话世界了。我们来到离家附近的闵行体育公园，看到公园里百花盛开的景象，孙悟空忍不住说："这儿真漂亮啊！不过，你觉得少点什么吗？"说着孙悟空拔下几根毫毛，对它们吹了口仙气，变成几只小猴子，小猴子们活蹦乱跳。小猴子们可爱滑稽的动作让公园里的游客哈哈大笑，孙大圣和我也被逗得前俯后仰哈哈大笑。

中午，我们去了公园旁边的农场——桃园。我给孙悟空买了几个又大又红又香的桃子。孙悟空开心极了，食欲大开，一瞬间吃完两个，桃核随手一扔。我看到就连忙上前阻拦："大圣，吃剩的桃核要扔进垃圾桶哟！这是现代社会文明行为规则哦。"孙悟空的脸"唰"地一下子变得通红，像一个犯了错误的孩子，不好意思地说："好，好，俺老孙下次注意。"我们玩了一整天，太阳快下山了，我们才恋恋不舍地回家了。

晚上一般是我做功课的时间，我在屋里写作业，忽然，听到客厅里的电视机，放起了我最爱看的电视节目。我心痒了，偷偷溜到客厅里看电视。没想到，我的背被人戳了戳，我的冷汗"嗖嗖"地往外冒，回头一看，原来是孙悟空变成了小精灵，督促我做作业呢！我和孙悟空回房间做作业去了。我做完作业，孙悟空摸了摸我的头，欣慰地笑着说："姜雨桉，你是个善良、乐观、开朗、活泼的姑娘，我真喜欢你。"我听后也开心了地笑了，这就是我和孙悟空的一天。

"你，可我要走了，我今天过得很快乐，谢谢你！咱俩有缘再见！"大圣舍不得地抱了抱我。我说："我也很开心，你下次有机会再来找我玩啊！"孙悟空点点头答应，只见他变成一颗流星绕我转了一圈，飞出窗外，消失在了遥远的天边。

我在想，今天真是不可思议的一天啊！

# 我的坏习惯

上海市民办丽英小学　蒋滟秀

三年级伊始，我学习黑管至今已一年有余。本以为随着掌握的吹奏技巧越来越多，我的演奏水平应该越来越高，未料到随着学习难度的加大，我吹奏黑管时的坏习惯却越来越多。为此，我徒增了许多烦恼。

本周末，我如约来到学校练习黑管。在练习的过程中，没想到连续吹错了许多音，且吹出的曲子断断续续难以连贯。我一下子怔住了：以前都吹得很好，可今天却失了水准，这可如何是好？我急得抓耳挠腮。“小燕子，光着急是没有用的。你是当局者迷，你今天吹奏如此糟糕，是因为之前你吹奏的口型和手型两者都不正确。老师多次提醒你，你却置若罔闻，慢慢地养成了这样一个坏习惯。”听了老师的话语我懊悔不已，明知想改掉一个坏习惯很难，但我仍下定决心、要与它说再见。

当我回家继续练习，却仍然受坏习惯的困扰。我认真琢磨，反复练习，却怎么也练不好。这时爸爸走过来，与我共同商讨问题所在。“你的坏习惯是口型不正确，正确的是先固定口型，再放入黑管，你为了偷懒，先放入黑管再固定口型。”爸爸的话一语中的。后面几天，我按照正确的方法，照着镜子，用规范的口型与手势配合反复练习。终于功夫不负有心人，在无数次练习后，我终于改掉了吹奏黑管的坏习惯。

古人云：“勿以恶小而为之，勿以善小而不为。”通过这件事情我明白，无论什么事情，都要从小养成好习惯啊！

# 你好，2044

北京市西城区师范学校附属小学　蒋宇珊

“起床吧，起床吧！上学要迟到了！”耳边传来了熟悉的催促声。我迷迷糊糊地坐了起来，却突然感受到了一股强大的吸力……

当我睁开双眼时，出现在面前的是一座焕然一新的城市。原本堆在我家楼下的垃圾已经无影无踪，取而代之的是一个又高又大的垃圾吞食机器人。向上望去，头顶上居然漂浮着一座岛屿，岛屿上有花园，绿意盎然，香气四溢；有图书馆，浩如烟海，书盈四壁；还有着游乐场，光怪陆离，目不暇接……

从岛屿上垂下来一个个比房间还大的磁悬浮篮，可以上升和下降。我迫不及待地坐进磁悬浮篮上了岛屿。在岛屿上，游乐场也发生了巨大的变化，又长又宽的滑梯像是从太空垂下来一样，滑梯下面是无边无际的蔚蓝色的大海。我心里正在打鼓，如果从这么高的滑梯上滑下来，那会不会溺水或被污水感染？一个捷角守宫形状的机器人爬了过来，温柔地对我说：“不用担心，滑下去后会自动戴上一种神奇的面具，还可以穿上防水衣。海底还有无数的环保机器人，会负责清理垃圾，这里水质特别干净，非常适合鱼类生存。此外，海底凶猛的动物也会被我们驯服，你们甚至可以和它们玩。”

正当我准备玩滑梯时，听到一阵哭声，原来是一个调皮的孩子玩闹时不小心摔了一跤，腿被蹭破了一大块皮，伤口不停地流血，家长连忙拨打120急救电话。不到半分钟，一个小鱼机器人飞到了孩子身边，把鱼嘴对准了孩子的伤口开始扫描，10秒钟后，孩子的伤口开始停止流血，并迅速结痂然后消失。这让我看得目瞪口呆，连忙跑过去问，原来这是皮肤修复机器人，用的是新式粒子修复技术。我还想继续追问时，一个金色光环出现在我面前，上面写着2044——2024，突然我又被吸进去了。

睁开眼时，我已经回到自己家了。我和妈妈聊着上述经历，妈妈赞叹不已。我们都坚信，20年后的中国一定是一个科技感十足的国家。

（指导老师　赵颖）

# 看见

山西省太原市杏花岭区北大街小学　解凯轩

夜幕低垂，幕布轻启。光影交错间古老故事跃然眼前，人物栩栩如生，动作流畅，配以悠扬唱腔，让身在校园的我瞬间穿越千年，去领略我们的传统文化——皮影戏的独特魅力。

正当大家纷纷沉浸在光影带来的故事之中时，老师的一个提议打破了这份宁静——她建议让我们亲自体验一下如何操控和制作皮影。这建议如同春风拂面，让我们每个人心中都涌起了对它的无限期待。

皮影师傅们的手虽然粗糙，但他们手中的刻刀却如行云流水般地在皮革上舞动，而我们则小心翼翼地跟随他们的动作走向一点一点去掌控刻刀的力度和方向，同时耐心听他们为我们讲解这刻刀背后的文化意蕴。听完我才意识到，我们此时所做的远远不只是雕琢简单的皮影，更是一场与古老文化的深情对话、一次心灵的触碰。因为每一笔刻画不单勾勒出了皮影的形态，更赋予了它们千年传统的灵魂，留给了我们细细品味的空间，让我们看到了珍视与传承的意义。

岁月流转，再次目睹皮影戏的场景时，我却发现观众席上空落落的，心中不禁泛起一丝失落。虽然如今为了生存，很多人过着快节奏的生活。但这不应该是我们逐渐遗忘皮影戏的理由呀，它是我们已经流传了2000多年的优秀传统文化，而且在前人的努力下保护得很好。身为新时代新力量的我们也应当接过这个重任，让如今生活在数字化世界的人们了解甚至接触皮影戏，在制作和观看中去重新感受它叙事的魅力。这不仅可以让长期处于高压下的人们获得放松，更是能代表中华民族的精神魂魄，而只有大家共同努力，它才能在时间的考验下生存下来。

愿我们能不忘初心，继续在守护与传承这份千年的文化瑰宝的路上砥砺前行，让皮影戏的光芒继续照亮未来的路。

（指导老师　李媛）

# 温馨的森林故事会

西安高新第一小学　金裕梣

在一个神奇的国度，有一片神秘的森林。森林里枝繁叶茂，生机勃勃，鸟语花香，每一个角落都散发出温馨的气息。

今天，这里将进行一场有趣的森林故事会，聪明又善良的小男孩把有趣的故事分享给动物们听。这里一下子来了好多可爱的动物，有憨态可掬的大棕熊，身手敏捷的小猴子，顽皮可爱的小花狗，蹦蹦跳跳的小兔子，聪明机灵的小狐狸，收获满满的小刺猬，温顺优美的梅花鹿……就连慵懒迟缓的树懒都来参加这场故事会了。

小男孩坐在草地上，手里捧着书，绘声绘色地讲着故事。故事精彩纷呈，动物们全神贯注地听着，大家听得如痴如醉，时不时欢呼雀跃，拍手叫好。

这个森林故事会给动物们带来了欢乐和温馨，更让它们感受到了人类与动物之间的善良和友爱。小男孩十分高兴，期待着再一次给大家讲各种有趣的故事，与动物们一起分享快乐。

小男孩真棒啊！

## 鲁滨逊在荒岛

西安高新第二小学　景汇博

我叫鲁滨逊，我孤身流浪到一座荒岛，这里凶险不断，我凭着自己的勇敢和身边可爱的动物朋友的帮助才能生存下来。虽然身上的物品所剩无几，但书籍我一直小心保存着，其中有一本不仅我爱看，我的动物朋友都喜欢听。

清晨，第一缕阳光穿过森林的薄雾。小鸟叽叽喳喳地开始召集小动物们来到我的身边。它们都竖起耳朵听我讲上个礼拜没讲完的《动物世界》。我从色彩缤纷的水生生物讲到翱翔天空的鸟类，从千姿百态的昆虫讲到目前最高级的哺乳动物……小动物们都听呆了。梅花鹿迫不及待地问我，“鲁滨逊，真的有怀孕生孩子的动物爸爸吗？”我笑着说，“是啊，海马爸爸就有育儿囊，而海马妈妈却没有！”小熊也粗着嗓子不解地问，“熊猫那么可爱，居然和我们一样都是熊啊，而且还吃肉，真是不可思议。”小狐狸和小白兔它们也都笑嘻嘻地嘀嘀咕咕，“我刚才听见鲁滨逊讲松鼠会把小橡子藏在树底下，咱们一会去看看？”听着关于它们的有趣故事，它们时不时还发出咯咯的笑声。

每当看见它们认真的模样，我心里都很感动。书里的知识很有趣但也很有限，真正想了解动物们还需要我们带着一颗爱心。感谢你们陪着我度过了艰难的荒岛生活，也感谢你们让世界变得多姿多彩，让这个地球这么热闹，你们是我们人类永远的伙伴。

（指导老师　张咪）

## 成长的烦恼

西安高新第二小学　景胤博

我的烦恼就是我妈妈总是让我做不擅长的事！我有点胖，四肢不协调，任何运动都不如弟弟。但是即便我再怎么说想在家里看书，妈妈总是风雨无阻地拉着我周末去踢足球！

有一个周六，妈妈又来叫我了：“添添，起床踢足球了！”我像病猫一样哼了一声，又见周公去了。一会妈妈又来了：“快快快，迟到了！”“哦。”我回答了一句，但是眼皮跟灌了铅一样怎么也睁不开。这下妈妈生气了，掀开我的被子说:“叫你睡觉你不睡，叫你起床你不起！”冷气“嗖”的一下灌进了我的被子，我被冷醒了，跳了起来说:“为什么我周末不能睡懒觉，我从来就没说我爱踢足球啊！”我第一次冲妈妈喊叫，妈妈也呆住了，她扬起右手我以为要打我，可是她又放了下来，把被子重新盖在我身上。妈妈语重心长地对我说:“儿子，对不起啊，我刚才不应该这么粗暴。你不是常说羡慕我小时候无忧无虑每天都在玩吗？我们那个时候的学习很简单，可你们现在需要学习的东西太多了，因为世界在进步，时代在发展。你们现在压力很大，需要一些体育运动来接触大自然，缓解疲劳，健壮身体！你说呢？”我低下头想了想：我三年级了，妈妈也没睡过一次懒觉，带着我们兄弟俩踢球，不为别的，只希望我们身体健康。我羞愧地说:“妈妈，对不起，我刚才不应该那个态度。”妈妈微笑地揉了揉我的头。

起床后穿好了衣服、球鞋，我和弟弟嘻嘻哈哈地迎着太阳跑向绿茵场。其实成长就是遇见困难解决困难，经历烦恼但绝不困扰……

（指导老师　李金华）

# 与诚信同行

四川省宜宾市忠孝街小学校　兰昊宇

在人生的长河中，每个人都会面临无数的选择与考验，每一次抉择都可能成为塑造我们人格的关键。而诚信，这一古老而又永恒的美德，如同夜空中最亮的星，引领我们走向正确与光明。它不仅是我们人际交往的基石，更是衡量个人品德的试金石。在这个纷繁复杂的世界里，选择与诚信同行，就是选择了一种高尚的生活方式，一种对自我和他人最深沉的尊重与负责。

就在今年的暑假，我怀揣着对科技的热爱与梦想，踏入了全国青少年通信科技创新大赛的考场。这里汇聚了来自五湖四海的佼佼者，每个人都渴望在这片舞台上展现自己的才华。然而，当比赛的题目下发时，我的心不禁为之一紧——它与我之前准备的内容大相径庭，仿佛一夜之间，所有的努力都化为泡影。

面对这突如其来的挑战，我的第一反应是迷茫与不安。我瞥见了桌面的浏览器，那一刻，一个不诚实的念头悄然升起——上网搜索参考资料。我知道，这样做或许能让我在短时间内获得高分，但那也意味着我将背叛自己的原则，玷污这场比赛的纯洁性。我的内心仿佛被两个声音撕扯着，一个在说："快，时间不等人，用最简单的方法取得胜利！"而另一个则在坚定地提醒："不，诚信比分数更重要，这是你对自己的承诺！"

经过一番激烈的思想斗争，我最终选择了后者。我深吸一口气，让自己冷静下来，开始按照平时练习的技巧，一点一滴地从头做起。虽然过程中遇到了不少困难，但每解决一个问题，我的内心就多了一份坚定与自豪。时间悄然流逝，当我最终提交作品时，虽然分数没有平时练习时那么高，但我的心中却异常坦然。

成绩公布的那一刻，我获得了全国总决赛一等奖。站在领奖台上，我深知这份荣誉不仅仅是对我技术能力的认可，更是对我坚守诚信原则的最高赞扬。那一刻，我由衷地感慨：与诚信同行，获得的成绩更加灿烂。因为它不仅照亮了我前行的道路，更让我在人生的旅途中，收获了比分数更加宝贵的东西——自尊、自信与内心的平静。

回望这段经历，我深刻体会到，诚信不仅是一种品质，更是一种力量。它让我们在面对诱惑时保持清醒，在困境中不失勇气，在成功时更加谦逊。在未来的日子里，我将继续与诚信同行，让它成为我人生旅途中最坚实的伴侣，照亮我前行的每一步，指引我走向更加辉煌的未来。

（指导老师　陈俊艳）

# 有一种甜

西安高新第一小学　李东洋

春天总是那么美好，一只只蜻蜓在空中飞舞，看到它们我就会想到“宝剑锋从磨砺出，梅花香自苦寒来”的甜。

去年我看央视春节联欢晚会，听到演员吹小号时传来优美的音乐声是如此的神奇。我便吵着妈妈给我报小号专业。刚开始我开心极了，十分有信心，结果刚上了四五天，老师的要求越来越严格了。有一天，我终于忍不住了，扔下小号一口气跑出了教室躲在树下暗自哭泣，嘴里不停地说：“我不学了，我不学了。”我忽然想起妈妈说的话，学小号是你自己选择的，一定要坚持下去。我开始后悔，自己为什么要学小号呢？上课时吹不准音，而且很难听，好像拉锯一样，我为什么要学呢？就在这时，天空下起了雨，我突然看见窗外的牵牛花，被雨水打得左摇右晃，可是它依然坚强地站在那里。为什么牵牛花可以承受住很大的痛苦，与风雨作斗争，而我为什么不能克服小小的困难呢？遇到挫折就选择逃跑呢？不一会雨停了，我冰冷的心开始融化，我想好了，我一定要坚持。于是，我重新回去开始刻苦训练。

从此，我天天苦练，从不停止。手麻了，嘴累了，就这样，我的技术越来越好，我开始有了收获。今年学校举行鼓号队比赛，我以优异的成绩获得了一张奖状，我开心极了。经过我的努力终于成功了，我的音乐如同清泉一般美妙，第一首曲子结束了，我听见台下热烈的掌声，我既高兴又激动。

我要感谢牵牛花，是你给了我力量，谢谢你——牵牛花。

这甜是一种别样的甜，我对牵牛花笑，牵牛花对我笑！

（指导老师　刘明珠）

# 足球比赛

西安高新第一小学　李泓锦

五一南京之旅结束了，早上我们一家从南京坐火车回到了西安。当我和妈妈匆匆忙忙坐出租车赶到“易联足球场”时，还是晚了两场比赛。

大伙一看见我，急赤白脸拉着我说：“你怎么才回来，我们第一场踢输啦。”我满脸羞愧，说：“抱歉，我去南京了，刚回来，晚了些。”

大家的脸色马上变得很急切，连声音也立刻热情起来。过了一会儿，教练把我们叫到了比赛场地。这次我们要跟高新十五小踢，为了今天输的第一场球，我们要报仇雪恨！

刚一上场，队友们赛前击掌，我坚定地说：“兄弟们，这次，我们拼了！”当裁判哨声响起时，作为前锋，我负责发球，轻踢一脚，我把球传给了王鹏知，王鹏知一个大脚，就转射向了球门，可是被对方守门员奋力扑出了禁区。我一马当先冲了过去，补射一脚，球就像离弦的箭一样直直飞进了球门。我们首战告捷！队友们激动地拥抱在一起。最终，上半场3∶2，我们小赢了对手。

下半场开始了，天公不作美，小雨渐渐大了起来。我发球时，队友们建议我直接一脚开到对方球门里。于是，裁判哨声一响，我朝向对方球门，使劲打了过去，球速很快，越过了对方的前锋、后卫，直冲守门员，最后被守门员一把抱住了。

激烈的比赛继续进行着，小雨变成了中雨，雨水几乎迷湿了我们的眼睛，我们边带球边跑，还随手抹去脸上的雨水。队友们没有一个人叫苦，没有一个人退缩，大家愈战愈勇，接连再进两颗球，最后以5∶2的比分战胜对手，我们赢了！

这场比赛，我一共进了两个球。

这场比赛，大伙一雪前耻，之前的郁闷都消失到九霄云外去了。

（指导老师　任涛）

# 仙境宝地——金山湖

重庆市九龙坡区歇台子小学校　李锦萱

我游历过众多江河湖海，但自从目睹了南川金山湖的风采后，我便找到了心中的世外桃源——金山湖。金山湖历史悠久，文化底蕴深厚，自古以来便是文人墨客笔下的常客。湖水悠悠，见证了无数朝代的更迭与变迁，留下了丰富的历史遗迹和传说故事。漫步湖畔，仿佛能够穿越时空，感受到那份沉淀千年的文化底蕴和独特魅力。

论美景，金山湖以其无与伦比的美丽征服了我们。站在湖岸远眺，两侧的青山仿佛披着一件毛茸茸的绿毛衫，每个凹凸不平的小山丘都被遮盖得严严实实，密不透风，可谓是天衣无缝！轻轻一嗅，山林的清新与阳光的气息交织在一起，宛如一首自然的赞歌，缓缓沁人心脾，令人陶醉不已。

“哗——哗啦啦——哗”，青山的最佳拍档绿水闪亮登场！你瞧，它们哼着小曲儿，慢悠悠地向前流动。太阳公公向它们送去温热的阳光饼干，风儿姐姐则为它们抹上了波光粼粼的蓝绿色涂料，如此一来，那湖水便宛如一块纯净的碧玉。这是大自然精美别致的杰作，令人心旷神怡、陶醉其中。我闭上双眼，想象自己化身为其中的一滴水，品尝着太阳公公送来的酥脆饼干，享受着雨妹妹带来的可口饮料，聆听着鸟宝宝们歌唱的婉转旋律，真是无拘无束啊！

论娱乐，金山湖用自己的“独家避暑秘方”成为重庆数一数二的夏日救星。每逢夏日，我们偏爱去往金山湖漂流，穿上救生衣，坐上小皮船，放松身心，仿佛瞬间摆脱了学业的压力。伴随着晃悠悠的节奏，我们的小船终于抵达斜坡边缘，还不等你准备，小船便猛然俯冲而下，瞬间水花四溅，我们的头发、衣物、裤子和鞋子都被水浸透了，浑身凉爽，胸口的热气似乎也随着波浪远去。纵使中途妈妈不慎让船桨落水，却意外地增添了一段欢乐的插曲：小船一会儿撞上石块，动弹不得，一会儿又像旋转木马似的，进退两难……“注意，前方大浪来袭！”我们的小船在一波又一波的浪涛中摇摆前进，稍有不慎，轻则失去平衡，重则直接落水！如果你还觉得不够凉快，可以前往终点区的深水池，跳入水中与伙伴们展开水枪大战，即使被打得“水流满面”，也会感到快活不已！

论美食，金山湖用当地特色滋润了我们的味蕾。第一位小明星出场啦！它的大名叫：“方竹笋烧鸡”，它是当地人必吃的名菜，深受人们的欢迎与喜爱。一片片脆香的方笋上顶着许许多多方方正正的鸡肉块儿，鸡肉块儿上还点缀着油、盐、姜、蒜、葱、豆瓣等调味料。品尝一口，一阵香气自唇齿间扩散到整个口腔，随后，辣味自喉咙蔓延至腹中，仿佛在腹中点了一把火，熊熊燃烧。紧接着，第二位小明星——“米粉大王”带着它的小跟班们登上了美食展示舞台的中央。轻轻一嗅，米粉的香气便如丝如缕地钻入鼻腔，那是米香与汤料交织的美妙韵味，既清新又醇厚。细嚼一口，米粉滑而不腻，软糯中带着一丝韧性，仿佛在舌尖上轻盈起舞。汤汁鲜美，味道层次分明，既有骨汤的浓郁，又有调料的提香，每一口都令人回味无穷。

我心中的世外桃源金山湖是一个集吃喝玩乐于一体的仙境。在这里，你可以尽情享受大自然的美景，体验独特的娱乐项目，品尝地道的美食。在这里，我度过一个难忘的假期。

（指导老师　鲁玉娥）

# 旧书包的新生

北京市西城区育民小学　李明珂

我是一只被遗落在柜子深处的旧书包。长久以来，黑暗与寂静是我唯一的伴侣，外面的世界于我而言仿佛成了遥不可及的梦境。唯有往昔的回忆，如同一束微弱却珍贵的光，支撑着我在这无尽的幽暗中坚守。

忆起往昔，我曾在商场的货架上闪耀着独特的光彩，精致的纹理如艺术品般镌刻在我的身上，吸引着众多目光。那时的我，是同学们瞩目的焦点，小主人亦是在众人的羡慕中将我带回了家。此后的日子里，我几乎每日都陪伴在小主人身旁，一同穿梭于知识的海洋与校园的小径。那段时光，我满溢着欢笑与温暖。

然而，命运的转折总是突如其来，一道刺目的光打破了长久的黑暗。小主人的妈妈打开了柜子，在翻找东西时发现了我。“这个书包你还要吗？”她的声音在寂静中响起。我满心期待着小主人的回应，笃定他定会念及旧情将我留下。可未曾料到他的话语如同一把冰冷的利刃，瞬间将我的希望击得粉碎：“她都这么旧了，谁还用它啊！”那一刻，绝望如潮水般将我淹没，我在心底无声地呐喊：小主人，那些曾经相伴的快乐时光，难道已在你心中悄然消逝？

不知过了多久，我被装入一个包袋，在黑暗中历经颠簸。当再次重见光明时，我惊喜地发现自己来到了一所希望小学。就在这里，我遇见了她——一个有着温柔眼眸的小女孩。我想，她定是我的新主人了！心底不禁涌起一丝久违的期待，愿她能以真心相待，伴我走过未来的岁月，让我能再次于陪伴中寻得生活的意义与价值。

幸运的是新主人对我呵护备至，她轻柔的抚摸、珍惜的眼神如春日暖阳，渐渐驱散了我心中的阴霾。我，这只历经波折的旧书包，又一次在爱的怀抱中对未来的生活充满了希望与憧憬。

（指导老师　刘倍）

# 让我夸夸你

中国人民大学附属中学实验小学　李诺伊

在我的童年里，有一只特别的小狗，它不仅仅是我最忠诚的好伙伴，更是一个拥有超能力的小天使。它是一只棕色的泰迪小狗，名叫嘟嘟。嘟嘟，让我夸夸你，你是我的满分小狗，给了我一百分的爱，也是我的守护星辰，照亮了我的世界。

嘟嘟长得特别可爱，一身棕色的卷毛像被精心打理过的小波浪，摸起来柔软极了。它那黑宝石般的眼睛总是水汪汪的，像一个会讲故事的魔法球。湿漉漉的小鼻子喜欢东嗅嗅西闻闻，仿佛对周围的世界充满了好奇。耳朵常常耷拉着，但只要一喊嘟嘟的名字，这耳朵就会像开关被按下一样"嗖"地竖起来。当嘟嘟开心兴奋时，它的尾巴就像个小风扇，摇来摆去，卷起轻柔的风。

嘟嘟的超能力可真不少！它是我的"起床闹钟"，清晨，它软乎乎的小爪子会攀上床沿，叫我起床，开启新的一天。它还是我最棒的"运动队友”，最爱陪着我去快乐地奔跑，在花丛里闻香、在海水里踏浪、在雪地里寻宝。而每当我伤心难过的时候，嘟嘟就变成了神奇的“好心情开关”。它总能第一时间察觉到我的情绪变化，迅速用它温暖的小身子紧紧依偎着我，还会伸出舌头轻轻地舔去我的眼泪，似乎在告诉我：“小主人，不要哭啦，有我在呢！”我的烦恼瞬间就会烟消云散。

嘟嘟的鼻子和耳朵可厉害了！小小的鼻子仿佛能嗅出世间万物的气息，耳朵就像雷达一样，捕捉着周围的声音。有一次，我在公园里和爸爸妈妈走散了，正当我急得都快哭了的时候，嘟嘟像一道闪电般向我冲来，用它的超能力找到了我。那一刻，我觉得嘟嘟就是我的守护天使，时刻保护着我，不让我受到任何伤害。

然而，美好的时光总是短暂的。在我5岁那年，嘟嘟因为生病永远地离开了我，它变成了天使去了“汪星球”。每当我抬头看见星星的时候，我都会非常想念它，想念它那双清澈的大眼睛。妈妈告诉我，小狗是上天赐予我们的限定幸福，让我们的心被爱填得满满的，但终究有一天，这份爱也会被掏得空空的。但它的出现，也是我们生命里最明媚的礼物，让我们学会爱、付出爱、获得爱。也是它教会了我拥抱是爱，陪伴是爱，快乐也是爱。爱是一种超能力，它不会停止，爱会永远存在。

我永远爱你，我的超能力小狗嘟嘟。让我再夸夸你，你不仅是一只教会我勇敢去爱、去快乐的小狗，更是我生命中一颗最明亮的星星，在我心中闪耀，给我力量，让我有勇气去面对生活中的一切挑战。

（指导老师　王瑛）

# 长江情怀，少年梦想

湖北省孝感市云梦县曙光小学　李芊妙

“大江来从万山中，山势尽与江流东。”长江，这条万里奔腾的巨龙，从雪山脚下蜿蜒而下，穿越山川大地，直奔东海。她不仅是中华大地的母亲河，更是中华文明的重要发源地。长江，这条流淌千年的河流，如同一位无声的见证者，见证了中华儿女的成长与发展。

回忆起之前，我总能想起那次与家人一起去三峡的旅行。那是一个秋高气爽的日子，船缓缓驶入三峡，两岸的山峰巍峨耸立，江水清澈见底。我站在船头，看着两岸高耸的山峦和奔腾的江水，心中涌起一种难以言喻的激动。那一刻，我深深体会到了长江的壮丽与恢宏。爷爷在一旁微笑着，手指着远处的山峰，给我讲述那些古老的故事。

“你知道吗？这里的每一座山、每一条河都有它们自己的传说，”爷爷说，“长江自古以来就是中华文化的重要组成部分，孕育了无数的文明和历史。”他讲起了巴蜀文化的辉煌，讲起了古代水路交通的重要性，讲起了长江边无数英雄人物的传奇。我听得如痴如醉，仿佛看见了古代船只在江上穿行，听见了历史的回响。

长江沿线的每一寸土地，都有着丰厚的文化底蕴。从西藏的羌藏文化，到长江中下游的巴蜀、吴越文化，长江流域的多样性和包容性孕育了独特的文化景观。每一次阅读长江流域的历史，我都感受到中华文明的博大精深。作为新时代的少年，我深知保护和传承长江文化的重要性。长江不仅是我们生活的源泉，更是我们文化的摇篮。

习近平总书记曾强调:“要把长江文化保护好、传承好、弘扬好，延续历史文脉，坚定文化自信。”这句话深深印在我的心里。为了让更多人了解长江文化，我决定利用假期时间，和同学们一起制作一部关于长江的纪录片。我们拍摄了长江沿岸的美景，采访了当地的居民，记录了他们的生活故事。通过这些真实的记录，我们希望能让更多的人了解和关注长江，激发他们对保护长江的责任感。

记得我们采访的一位老渔民，他的家族世世代代生活在长江边，他给我们讲述了许多关于长江的故事。他说:“长江是我们的母亲河，她养育了我们，我们有责任保护她。”这句话深深触动了我，让我更加坚定了保护长江的决心。纪录片完成后，我们在学校里播放，得到了师生们的一致好评，许多同学表示愿意加入我们的保护长江行动中来。

长江不仅是一条河流，更是一种精神的象征。她教会我们要像她一样，勇往直前，不畏艰难。每当我在学习和生活中遇到困难时，我总会想起长江的壮丽和不屈不挠的精神。正是这种精神，激励着我不断前行，追求梦想。作为新时代的少年，我有责任和义务传承和弘扬长江文化。我们要以实际行动，保护这条千年大河，让她的清水长流，让她的文化长存。

愿我们的努力，能让长江在新时代焕发出更加夺目的光彩，续写“巨海一边静，长江万里清”的壮美篇章。

（指导老师　宁萍）

# 谦让之美

西安高新第九小学　李天淇

看到题目不禁让我想起了《孔融让梨》的经典故事，还有中国的饭桌文化……孔融年龄虽小，但他也有谦让的美德；过年的饭桌上，长辈不动筷子，晚辈也不会动筷……这些都是中华民族的传统美德。

记得那是新闻上看到的一件事。医院里，一个挺着大肚子的孕妇艰难地走到了急诊的候诊大厅，虽然只有很短的一段路程，但已经让她喘不上气，额头上也渗出了许多汗水。当她看向前面一眼望不到头的队伍，她轻轻地叹了一口气。这时，站在她前面的一位玩手机的男子回头看了一眼，心想：这位孕妇挺着个大肚子挺不容易的，身边怎么也没有一个亲人照顾她，按照这样的速度排下去，她的身体会吃不消的，我还是让她站我前面吧。想到这，那名男子温柔地对孕妇说道："这位大姐，你站我前面吧，我就是一个普通的感冒发烧，不着急的，你看你这挺着个大肚子，看着就累，站到我前面就能快一些。"孕妇迟疑了一下，正准备拒绝他的好意，"谢谢你了，我……"话还没说完，那名男子就主动将孕妇扶到自己的位置，自己又去重新排队了。前面的人群也听到了他们的对话，都主动让出了自己的位置，就这样一个人又一个人接力下去……最终孕妇排到了队伍的第一位。但神奇的是，队伍里的其他人还是最初的顺序，一点都没有变化，只有孕妇变了位置。我想这就是"谦让"的力量吧，不仅让大家感受到了温暖，还让社会更加和谐了。

还有一次，我上数学课忘了带尺子，急得团团转，心里想：没有尺子完不成作业怎么办呀？我要不要向同桌借呀？她应该也要用吧？正当我不知道怎么开口时，同桌已经将尺子递了过来，并且笑着说："你先用吧，我先做别的题。"我接过尺子，顿时一股暖流涌上心头，一整天心里都是暖洋洋的。第二天我偷偷给她带了一个我最爱吃的小零食，塞进她的书包，说："昨天谢谢你了，零食回家才能吃哦！"我也表达了我对她的感谢之情，我们的友谊就此生根发芽，我们两个人也变成了无话不谈的好朋友。

谦让的美德从古至今一直流传着，现在已经深深地刻进了每个华夏儿女的心中。所以我们身边才会有许许多多的人主动给弱势群体让座，汽车礼让行人……这些行为已经变成了一种习惯。谦让三分就能天地宽阔，让我们一起将这种美德传承下去吧！

## 难忘的英国湖区之旅

上海市汇师小学　李蔚然

"世界那么大，我想去看看。"这句话表达了我的心声。暑假里，爸爸妈妈带我去了英国湖区温德米尔，开启了我看世界的第一步。

温德米尔的探险之旅从喂天鹅、野鸭、海鸥、鸽子、信天翁以及不知名的小鸟开始，我们买了一张能驶进"油画"的门票，和我同行的是迎风翱翔的信天翁和柔波里碎银般的波光。时不时会有一些调皮的小鱼跳出水面，金光一闪，又扑通一声落入水里。湖上时晴时雨，发丝湿了又干，于是画面便在天青色等烟雨和"水光潋滟晴方好"之间自由切换，两岸远近层叠的山峦和童话般的小镇构成了绝美的湖光山色。

我们拜访了彼得兔的家，它的后花园别开生面，你会在不经意间发现管道里冬眠的刺猬先生和竹竿中捉迷藏的小鸟女士。各种不知名的奇花异草像极了哈利•波特里的草药学课堂。坐上蒸汽小火车穿过漆黑狭窄的隧道，驶入幽静茂密的森林，这仿佛是去魔法学校的必经之路。虽然没能到达霍格沃兹，但我们看到了世界上最大的海马、蓝色毒蛙、鲨鱼的卵、呆萌的水獭以及超大的蚂蚁工坊，等等，让我大开眼界。印象最深的是那个蚂蚁工坊，它有一面墙那么大。这是一个庞大的家族，住着蚁后、公蚁、兵蚁和迷你蚁。它们不仅模样有区别，分工也各有不同。蚁后和公蚁都长着一对细长透明的翅膀，蚁后特别好认，因为她的肚子最大。兵蚁之所以叫作兵蚁，自然要有士兵的风范。它们的嘴巴十分锋利，就像一把尖头镊子，这是它们的秘密武器。它们在不同的位置巡逻放哨，时刻保持着警惕，守护着蚂蚁王国的安全。而迷你蚁自然是体型最小的那一群啦。别看他们个子小小，它们可是很团结的哦。它们坚信人多力量大的道理，经常三五成群地去搬运东西，搬运最多的自然就是食物啦。我看到一队队迷你蚁扛着比它们体型大好几倍的面包屑和果肉粒等，不辞辛苦地“翻山越岭”，把食物运输到它们的仓库……我站在蚂蚁工坊前久久不愿离去，看着蚂蚁们就这样分工协作、井井有条地忙碌着，相信小小的它们也一定懂得团结一心的道理吧！

值得一提的是湖区还有着最美的徒步路线。我们一路上穿过树林，路过小溪，听山泉叮咚，看树影斑驳，遇见小马小牛和漫山遍野的羊群。擦肩而过的徒步者们总会微笑着友好地和我们打招呼并给我鼓励，看着那温暖的笑容，我内心仿佛也充满了力量。随着高度的逐步增加，美景也慢慢揭开神秘的面纱。虽然累得汗流浃背，但我坚持到了最后。登上山顶的那一刻，我被眼前的景色震撼了，真是无限风光在顶峰啊！

在湖区的旅行就像进行了一场新奇而有趣的冒险，秀美怡人的风光和各种各样的动物朋友都让我流连忘返，回味无穷。如果你有机会也去那里看看，那么，它一定会带给你不一样的惊喜。

## 记住这一天

西安高新第十三小学　李文轩

这是特别的一天，也是让我成长的一天。这一天，天被涂成了黑色，许多商店都关门了，只有几家店还亮着，其中一家店的灯发出耀眼的光，这就是我们的游戏地点——乒乓球馆。

我快速跑去电话亭，投入硬币，拨通了我的好朋友的电话："小明！小明！我们去乒乓球馆，打一场比赛吧！我已经迫不及待啦！"电话那边传来了小明的声音："太好了！咱们想到一块儿了，我也正想找你一起去打乒乓球！你只管带球拍，我带球。"打完电话，我便急忙赶回家取球拍。

我带着一副心爱的球拍，飞快地冲出家门。天色漆黑一片，伸手不见五指，只有一缕淡淡的月光透过厚厚的云层照下来，在路灯微弱的照射下，我隐隐约约地看见一辆红色的车风驰电掣般朝着乒乓球馆驶去。我兴高采烈地到了球馆，看见小明正站在球馆里对着我微笑。原来刚坐在红色车里的人是小明啊！小明说："我们赶紧开始比赛吧！"

我把另一支球拍递给小明。他先向我发了一个正手的上旋球，我用反手下旋球给他打了回去，他看见球来势凶猛，于是，他又用旋球打了回来。零比一、一比一……十比十、十比十一，在激烈的比赛中，裁判的声音不断响起。经过几个回合，最终，我的好朋友小明赢得了胜利。

输赢不重要，重要的是能在打球中学到很多技能，更能增进我们的友谊。这是丰富多彩的一天，为我的成长增添了更美丽的色彩，我和我的好朋友都会记住这精彩的一天。

（指导老师　方静雯）

# 第一次炒菜

中国人民大学附属小学　李香君

周末的时光，在忙碌中悄然流淌。瞥见妈妈走向厨房准备做饭的身影，我心头忽然涌起一股强烈的冲动，兴奋地冲妈妈喊道："妈妈，今天我来给您做一道番茄炒蛋吧！"妈妈微微一愣，旋即脸上绽放出灿烂的笑意。她毫不犹豫地答应了。

我怀揣着满满的斗志，雄赳赳气昂昂地迈进厨房，郑重其事地系上围裙。妈妈轻轻走到我身旁，眼神里满是温柔与鼓励，轻声说道："宝宝加油！我相信你肯定行。"然而，爸爸却在一旁不合时宜地泼冷水，"哼"了一声，带着满脸的怀疑嘟囔道："你做的能吃？就算能吃我也不吃。"正说着，爷爷也踱步走进了厨房，目光落在锅里，立刻皱起眉头，摇着头说："你这往锅里倒的啥呀？像一团烂糊，能吃才怪。哎呀，别弄了。"我的心瞬间如同坠入冰窖，满心的热情仿佛被一盆冷水浇灭。这时，妈妈连忙开口说："别听他们的，宝贝，接着做，妈妈等着吃呢。"妈妈的话如同一束温暖的光，重新点燃了我的希望。

我深吸一口气，开始着手处理鸡蛋。爷爷再次走过来，眼神中带着关切与认真，仔细地告诉我：“小心点，别烫着。这鸡蛋饼呢，从下面往上翻，弄成小块，再放番茄，来回翻炒。”我眼睛一亮，犹如在黑暗中看到了明灯，连忙说道：“爷爷，您这么厉害，当我的指导老师吧！”爷爷嘴角上扬，露出慈祥的笑容，欣然同意了。

就在这时，爸爸急匆匆地跑过来拉爷爷：“爸，别管她了，球赛开始了，咱快去看。”我的心猛地一紧，生怕爷爷被爸爸拉走。没想到爷爷毫不犹豫地拒绝了爸爸，妈妈也默契地把爸爸拽走了。在爷爷耐心细致的指导下，我全神贯注地操作着，终于，一盘热气腾腾、香气扑鼻的番茄炒蛋大功告成。

大家围坐在餐桌前，妈妈和爷爷纷纷拿起筷子品尝，只见他们脸上露出惊喜的神情，直夸好吃。爸爸也尝了一口，脸上微微泛起红晕，有点不好意思地挠了挠头说真好吃。我的第一次炒菜，成功了。

（指导老师　崔颖玮）

# 我的姥爷

西安滨河学校小学部　李奕诺

我把我的姥爷叫爷爷，因为我的姥爷从我8个月大的时候就开始照顾我。今年我9岁了，我和他在一起的时光有8年多了，我和他很亲，所以叫他爷爷。

爷爷73岁了，但是他还是很显年轻，他每天健身，甚至比我爸爸力气都大，他可以举起很重的杠铃。爷爷经常告诉我要好好锻炼身体，长大后才能为社会做贡献。

爷爷还很喜欢看书，每天会看很多书，他告诉我："知学者不如好学者，好学者不如乐学者。"他说从小要好好学习，长大以后才能成为一个对社会有用的人。

爷爷还经常给我讲阿凡提的故事，爷爷告诉我阿凡提很聪明，让我也要学习阿凡提善于动脑筋解决问题。

爷爷非常喜爱音乐，他会很多乐器。在我弹钢琴快要泄气的时候，爷爷总是给我鼓励，告诉我不要放弃，坚持就是胜利，让我总是在灰心中看到希望，信心满满。

每天早晨爷爷天不亮就起床给我做饭，爸爸妈妈上班忙的时候都是爷爷陪伴着我，陪我玩耍，陪我学习，哄我睡觉，爷爷唱的那首摇篮曲让我至今难忘。我慢慢地长大，爷爷慢慢地变老，我看着陪伴我8年多的爷爷头发一天一天变白，心里有些伤感，真希望他永远年轻。

爷爷，感谢有您，教会了我很多知识，让我明白了很多做人的道理，感谢您陪伴我成长。因为有您，我成了一个幸福快乐的孩子！

（指导老师　方媛）

# 成长的印记

广东省广州市恒润实验学校　李奕霆

在岁月的长河中徘徊，我小心翼翼地拾起那些散落的贝壳，每一枚贝壳都刻着一段难以忘怀的故事，它们共同拼凑出我成长的画卷，见证着我一路走来的蜕变。

五年级学习生活比较紧张繁忙，课程内容越来越多，学习越来越困难，特别是数学方面，这些繁杂的公式、抽象概念往往令我头痛。曾经，在完成数学作业的过程中，碰到一个棘手的问题，冥思苦想良久，仍毫无头绪。我一怒之下扔掉手中的笔，想撒手不管。这时候，爸爸来了，拿起笔在我旁边坐下来耐心地为我解释题目，他边画着图边讲解直到我彻底明白。正如郑燮所言："千磨万击还坚劲，任尔东西南北风。"爸爸告诉我："面对困难不轻言放弃、学会反思多试试不一样的思路。"在爸爸的帮助下，我又恢复了自信，并开始尝试克服学习中的困难。我学着制订新的学习计划、合理分配时间，每天挤出时间复习、预习。经过不断的努力，我的学习成绩渐渐有了进步，并在这一过程中获得了新的信心与成长。

学习之余，人生的历练，同样在我的身上打下深深的烙印。记得学校举办运动会时，我报了400米长跑，当我站在起跑线时，我心潮澎湃，忐忑不安，掌心都是汗水。一声枪响，我和其他的队员冲出了跑道。刚开始我还可以和其他同学保持同步，但跑完一圈后我觉得身体很吃力，步子越来越重，喘不过气。我很想停下脚步，好好休息一下，但看到跑道边的同学们给我加油打气的身影和听到他们嘹亮的呼喊声，"长风破浪会有时，直挂云帆济沧海”的信念就涌上心头。我告诉自己:“不可以放弃，必须坚持！”我咬牙调整好呼吸，加快速度，拼尽全力冲到终点。尽管我的成绩并不理想，但是在冲过终点的一刹那，却听到同学们阵阵的掌声与喝彩声。这时我知道，我打败了自己。这段经历也使我体会到了坚持与奋斗的重要性，更使我倍加珍惜身边的亲朋好友，这对于我今后的人生来说有着重要的意义。

成长，如同一段漫漫长路，那些或笑或泪、或挫或得、或成或败的过往，就像一颗璀璨的明星嵌在记忆的天空里，成了我成长路上的最珍贵烙印。它们不仅是我成长中的见证者，还将持续地陪伴我，引领我，进入一个更加宽广的未来世界。

# 比美

合肥市师范附属小学　李禹希

“我最美！我最美！”“我才是最美的！我是最美的！”。

下雪的簌簌声渐渐远去了，太阳拨开厚厚的乌云，春姑娘踩着金光踏上新年的旅途。突然传来一阵喧闹声，她好奇地拜托春风先去看一看。

原来，有一群小精灵正在准备迎接春姑娘呢。

小燕子梳理着自己乌黑发亮的羽毛，它在溪水中照着自己的倒影，骄傲地大声宣布:“看看我这身笔挺的燕尾服多美啊！我真是春天最美的小精灵呀！”

小溪刚从高山那坚硬的岩冰中挣脱出来，急于奔去迎接春姑娘呢，这一听它可不乐意了:“我像不像一条流动的绿色丝绸？颗颗水珠都是绸缎上点缀的珍珠，我才是春姑娘身边最美的！”

樱花轻轻颤抖了一下，一片粉色的花瓣打着旋儿飘了过来。它细声细气地说道：“你们看看我的高定礼服！我在花苞里精挑细选了好久。这淡粉色的褶皱花边，再加上中间这顶金色的花冠，我会被春姑娘戴在头顶上，我才是最美的！”

“我是最美的！”“我才是最美的！”“你们都不对，肯定是我最美！”

春风将这些声音吹进了春姑娘的耳中。春姑娘听了忍不住呢喃出声：“大家都是我最美丽的伙伴，谁都不能缺少呀！”

春风调皮地拂过小精灵们的身边，送去了春姑娘的话语。樱花红了脸儿，摇摆着裙子跳起舞；小溪在山涧中开心地弹奏起叮咚的乐曲；小燕子扑闪着翅膀当起指挥家来。

渐渐地，在这音乐声中，小草绿了，柳条儿抽芽了，百花纷纷绽放，小蝴蝶和小蜜蜂们也加入这场华美的演出。春姑娘乘着春风从遥远的天边飘来，她坐在山坡上拍着手鼓掌。最美的春天，她来啦！

（指导老师　李莉）

# 沽上四季

天津复兴小学　李悦晗

在沽上土地上，历史悠长，繁花似锦，

天津，这座城，见证了岁月的变迁，

从古至今，繁华与静谧并存，
四季更迭，各有千秋，让我们一起走进沽上的四季美景。

春风拂面，桃花堤上花开如海，
天津大学里，海棠花簇拥，清新又优雅。
春天的脚步轻盈，带来活力与希望，
天津600余年的岁月流转，在这春色中，更显朝气。

夏日炎炎，南开大学荷花盛开，清香扑鼻，
夜晚，海河上的天津之眼璀璨夺目。
从东站的灯火到夜空的繁星，
天津的夏夜，如此灿烂，充满活力。
秋意渐浓，蓟县的黄崖关长城，红叶如火，
鲁家裕的枫叶，热情奔放。
秋天的天津，色彩绚烂，景色宜人，
这份丰富与深厚让人沉醉。

冬日暖阳，海河边的海鸥翩翩起舞，
世纪钟的钟声回荡，
漫步在五大道的街头，每栋洋楼都在静静讲述着历史的故事，
你听，顾维钧故居的大厅里仿佛还回荡着他在巴黎和会上的有力辩论：
“中国不能放弃山东，正如西方不能失去耶路撒冷一样！”
你听，张伯苓故居仿佛还能听到他在南开大学开学典礼上的爱国三问：
“你是中国人吗？”“你爱中国吗？”“你愿意中国好吗？”

时光的厚重，让这座城市更加鲜活。

天津，这座美丽的城市，四季如画，
从春的生机到夏的热情，从秋的丰收到冬的宁静，
每一个季节，都有它独特的风景和故事。
我爱我的家乡，爱它的历史，爱它的现在，
愿这份美好，永远延续，让更多人感受到沽上的魅力。

（指导老师　刘帅）

# 谦让之美

西安高新第二小学　李梓妤

在生活中“让”随处可见，在校园里“让”出了浓浓的友情，“让”出了社会和谐的天地！

谦让，像一朵盛开的花，香气浸透了整个春天；谦让，像一棵茂盛的大树，遮住了夏天所有的热；谦让，像一片火红的枫叶，点燃了整个秋季；谦让，像一场震撼的雪，描绘出了冬天的灵动；谦让，将一年四季的美丽送给了我们。拥有了谦让，就像拥有了一片无边无际的大海，将所有河流拱手相让；拥有了谦让，就像拥有了一片沙漠，将找到的水源赠予有需要的人；拥有了谦让，就像拥有了一片蓝天，将蓝天给予那可怜的小鸟。谦让是每个人都具备的。谦让，更是一种君子的气量，君子的大度。

谦让是一种美，它是我们走向成功的台阶，它是我们为人处世的润滑油，它是我们遭受挫折的加速器。谦让他人，会让你的人生多姿多彩，谦让，也会让你赢得别人的尊重，我们帮助别人多一点，我们自己的路也会越走越顺。

谦让在于言行举止。在公交车上，避免与别人发生冲突，不要伤害、侮辱别人。你都要知道谦让不是懦弱，它给予我们的是公平公正。谦让是给予你走向成功的阶梯，用你的谦让之心去创造未来，去改变自己。一个和谐的国度，最密不可分的就是谦让！

“人生得一知己足矣，斯世当以同怀视之。”鲁迅先生这句话深深触动了我。如果要让世界更美好，那么谦让必不可少。愿社会更加和谐，世界更加美好！

（指导老师　石娟微）

# 森林故事会

西安高新第十五小学　栗梓航

春天来了，万物复苏，森林里一片绿油油的。这时，广播里传来了一阵声音：“各位动物先生、动物女士们请注意，10分钟后，我们将在森林中央的草坪上进行森林故事会，请大家迅速前往参加，迅速前往参加！”不一会儿，小动物们都赶来了，大家好奇地看着讲故事的人，他是谁呢？

哈哈，原来是故事大王艾迪呀！艾迪盘着腿坐在草坪中间，背挺得直直的，手里举着一本厚厚的橘色封皮的故事书《动物世界》，正在绘声绘色地讲故事呢！小兔子站在最前面，竖起两只长耳朵，瞪着两只大眼睛认真地听故事；斑点狗和狐狸站在艾迪前方，仰起头目不转睛地看着他；小刺猬身上背着红红的果子，和小黄猴分别站在艾迪的两边，认真地听着故事；大熊和小鹿个子最高，它俩高高地站在艾迪身后，一边看着故事书，一边开心地听着故事；再看树上，还挂着一只灰色的小猴子，也在聚精会神地听故事呢！

艾迪的故事讲得真好听，吸引来的小动物越来越多了……

这真是一场有趣的森林故事会啊！

（指导老师　白苗）

## 我的妈妈

西安滨河学校小学部　梁琳越

我有一个好妈妈，她有一双宝石般清透的眼睛，有长长的乌黑的头发和小小的嘴巴。妈妈喜欢穿白色的紧身衣和牛仔裙。

妈妈的性格很温柔，每当我遇到困难的事、不开心的事，她就会变成一个小天使给我出主意、想办法、安慰我，让我感觉安全、温暖还很幸福。

她很喜欢和我一起玩魔方、游泳、拼乐高、做思维题，每当这时候我就感觉她像一个比我大一点的姐姐。她每天和我一起学习、一起玩耍、一起进步。在我的心里，妈妈是那么慈祥、那么高大。

我的妈妈是陪伴我长大、学习、玩耍的人，等我长大，我也要用这样温暖的爱对待她！

（指导老师　高翠）

# 爸爸，我想对你说

河南省濮阳市油田第四小学　梁申媛

爸爸，我想对你说……我一直有一个小小的疑惑，为什么你的工作是"骑马"开会？因为妈妈总是说你在"马厂"工作，你每天有开不完的会。但是，你告诉我，其实你是一名石油工人，你的偶像是伟大的科学家钱学森，你的梦想是打出一口高产井，为中国石油事业做出贡献。

爸爸，我想对你说……你为了实现自己的梦想，每天总是很忙很忙。你错过了我的很多次生日派对；错过了我的很多次幼儿园汇报表演；错过了我的毕业旅行；甚至我生病住院，你也没能陪在我的身边。

记得有一次我生病住院，正好赶上你参加单位的上产会战，你一直抽不出时间回来照顾我。我看见同病房别的小朋友都有爸爸陪在身边，我羡慕极了。一天，你打电话给我说："宝贝，乖乖睡觉，等你睡醒了，我就回来了。"可是，等我睁开眼睛，到处都找不到你的身影。妈妈搂着我红着眼睛告诉我，你都快到家了，因为井上临时出现特殊情况，又掉头回去了，我伤心地大哭了好久。那时候，我真希望我能有一双翅膀，飞到你的身边，让你抱抱我。

爸爸，我想对你说……我现在上小学二年级了，得了好多次语文之星和数学之星；我多想你来参加我的家长会，听听老师对我的表扬。我每天坚持跳绳训练，老师夸我进步特别大；我多想你来看我的比赛，给我加油鼓劲。我现在已经学会了很多事情，可以照顾自己了，也会自己拉行李箱了；我多想你陪我来一场说走就走的“爸爸去哪儿”。

爸爸，我想对你说……谁说追逐梦想的不是英雄？我从来没有怪过你，你工作那么忙。因为我知道，你爱我，永远爱我。但是，你知道吗？我爱你，永远更爱你。

（指导老师　贾静）

## 家乡的夏天

广州市天河区华景小学　林思妍

“芳菲歇去何须恨，夏木阴阳正可人。”当阳光透过密密麻麻的树叶，投映在大地；当微风裹挟着夏天的炎热，吹红了果实；当蝉声伴着蛙鸣，热闹了夏夜。我的家乡也走进淳美的夏天。

我的家乡在江门的一个小村庄，夏天是它最动人的时候。清晨，太阳公公慢慢地爬上山坡，露出了笑容。小鸟在树上“叽叽喳喳”地唱着，家门前那棵龙眼树一边向四面伸展出百枝纤细的枝条，葱葱郁郁；一边像极了一位撑着大绿伞的仙女，害羞地低着沉甸甸的头，引来无数过路人驻足品尝。剥开晶莹剔透的龙眼肉，迫不及待喂进嘴里，甜而爆汁，爽而不腻，浸透心里。一阵微风吹来，果味飘香，沁人心脾。蝴蝶们一定也是被这美好的一切给吸引来了，你看，它们正围在我们身边翩翩起舞。

中午时分，烈日当空，湛蓝的天空中飘着朵朵像棉花糖一样的白云。大地万物都像烫了金似的，反射出了一道道炫目的光芒。知了也不时地在大树上发出鸣叫，好像在说：“好热啊，好热啊！”突然，乌云密布，天好像要塌下来一样，阴沉沉地笼盖着大地。不一会，天空下起了倾盆大雨，黄豆大的雨滴落在了地上，跳起了舞。我急忙穿上小雨靴，撑着小花伞跑了出去，第一时间和雨点们玩起了游戏。

傍晚，雨停了，一道美丽的彩虹被架在一尘不染的天空中。彩虹下，人们漫步在绿油油的田野中，尽情地吮吸着伴有泥土芬芳的清新的空气。风儿掠过禾田，亲吻了我的脸，顺便也带来了一场视觉盛宴——晚霞。只见红如火，粉如纱，黄如金……各种色彩的彩带在空中交替变换，美得使我禁不住赞叹。这时，满天的星星趁机溜进了这光彩夺目的景色中。我想，如果我把这美丽的景色画成一幅画，那一定是一幅了不起的风景画吧！

“雨停荷芰逗浓香，岸边蝉噪垂杨。”老树、鸣蝉、花草、田野、雨后彩虹，家乡夏天的每一个音符，都是最动人的景！

# 啄木鸟开超市

广州市黄埔区华外同文外国语学校　梁思睿

春天到了，森林里的树木都穿上了新绿的衣服。一只勤劳的啄木鸟决定在森林广场这片热闹的地方开一家超市。他想：我卖点什么才好赚大钱呢？对了，森林广场最多的就是虫子，我最近少吃点，多存点货，这样大家就都能买到自己需要的东西，我也能赚钱了。

订货的日子到了，啄木鸟忙得不亦乐乎，他一边翻着订货单，一边自言自语：“虫子们吃的东西可真多，有的吃草，有的吃叶子，还有的吃树皮和树枝，甚至还有吸树汁的。嗯，这些我都得准备齐全。”忙活了一阵后，他伸了个懒腰，打了个哈欠：“真是累坏了，我得去好好睡个午觉！”

“嗡嗡嗡”，下午，啄木鸟的朋友小蜜蜂飞了进来，她焦急地问：“啄木鸟，你这儿有蜂蜜吗？蜂后说没有蜂蜜就不让回家，我好想家啊。”啄木鸟听了，心里很是同情，他安慰小蜜蜂：“别担心，我已经订了蜂蜜，很快就能到货。”话音刚落，五十罐蜂蜜就送到了。小蜜蜂买了几罐，感激地说了声“谢谢”，然后心满意足地飞回了家。

第二天，超市里来了一位客人——一只名叫小黑的蜘蛛。小黑问：“啄木鸟，你这儿有蚊子吗？”啄木鸟微笑着回答：“当然有，在二楼呢。”小黑兴奋极了：“太好了，你也知道我的毒牙可是等不及了！”话音刚落，啄木鸟已经拿着一只蚊子走了下来。小黑接过蚊子，连声道谢，然后迅速爬走了。

啄木鸟的森林超市因为服务周到，让每一位顾客都能买到心仪的商品，所以很快就成了森林里最受欢迎的超市。

（指导老师　王宇玲）

# 与诚信同行

上海市航头学校　刘晨熹

诚信，是人们不可缺少的美德，它是一本书，教会人们做人的道理；它是一股清泉，滋润着我们的心田。

在我的记忆中，也有一个关于诚信的故事，发生在我小学四年级的时候。那天，天气晴朗，天空一片湛蓝，没有一丝云彩，仿佛被水洗过一样。伴随着放学铃声"叮铃铃、叮铃铃"地响起，同学们一窝蜂地涌出了教室。那天恰好轮到我值日，看着教室里的垃圾，我迅速拿起扫把，与同学们一同投入打扫的行列中。

就在这时，一个同学回来找我，邀请我稍后一起去图书馆借书，我答应了他。然而，他离开后，我心想他作业那么多，可能一会儿就会自己先走了，于是我便没打算去图书馆借书了。之后，我做完了自己的几组打扫任务后就回到座位上休息，等到大家都打扫完毕，我随大家一起走出了教学楼，朝校门口走去。然而，当我走到校门口时，我突然看到那位同学的妈妈正焦急地站在校门口，目光搜寻着每一个过往的学生。顿时我的脸红得像两个苹果，内心如同被重锤击中，我立刻意识到发生了什么，两只脚仿佛装上了火箭推进器一般飞快地跑回教学楼，直奔图书馆。当我气喘吁吁地到达图书馆时，正看到那位同学静静地靠墙而立等着我，我向他解释了情况，并诚恳地向他道歉。他原谅了我，并说大家都是好朋友，没必要这样。我的心总算是平复了下来，然后我们一起在图书馆借了书，各自回家了。

因为我的言而无信，才导致那位同学在图书馆等了那么久，直到现在，我还清晰地记得那件事，每当想起那位同学和他妈妈等待的身影，都让我深感羞愧，这次经历也让我深刻体会到了诚信的分量。我明白，承诺他人之事，便是许下了自己的信誉。正如先贤孔子所言："人无信不立，国无信不兴。"从那以后，我始终把诚信视为立身之本，坚守每一个承诺，不负每一份信任。

## 我记得您的样子

北京市海淀区锦秋学校　刘嘉桐

书桌上，那刻着精美花纹的八音盒静静伫立，幽微的光芒中我仿佛又看到了王老师那眯着眼微笑的模样。她那一头黄棕色的长发自然卷曲，如秋日的麦浪；弯弯的眉毛下，一双灵动的眼睛里仿若藏着无尽的知识宝藏，深邃而神秘；嘴角总是噙着一抹如春风般和煦、母亲般宽厚的微笑。

一年级的我，恰似一只调皮捣蛋的小兽，精力旺盛得无处发泄。同学的橡皮被我无情地锯成碎块，同学无辜的泪水因我而肆意流淌，老师们面对我的种种"恶行"，常常是又气又笑，无可奈何。

记得那一次，我与同学追逐打闹间不慎将王老师心爱的玻璃花瓶撞落。刹那间，花瓶破碎的声响如同一把利刃刺进我的心房，满心的欢腾瞬间被惶恐取代，仿佛一朵娇艳的花朵瞬间凋零。我待立原地，脑海中一片混乱："完了，王老师肯定会大发雷霆，我该怎么办？"

随后，我被王老师叫进办公室，心在胸腔里剧烈跳动，仿佛要冲破胸膛。两个声音在脑海中激烈争吵，一个劝我隐瞒，一个催我坦白。最终，我硬着头皮，结结巴巴地说道："王……王老师，是我和同学玩耍时，不小心打碎了花瓶。"说完，我紧闭双眼，大气都不敢出，手心里全是冷汗，等待着一场暴风雨的降临。

然而，想象中的呵斥并未出现。王老师只是轻轻叹了口气，那目光中没有丝毫的责备，反而满是慈爱与宽容："我知道你不是故意的，敢于承认错误，这很棒。"那一刻，我的心猛地一颤，愧疚与感动交织在一起，泪水在眼眶里打转。

王老师将一个八音盒轻轻放在我掌心，微笑着说："这个送给你，希望你能一直保持这份诚实。"我仔细端详，那八音盒宛如一件精美的艺术品。木质仿古外壳散发着温润的光泽，四周细腻的花纹仿佛在诉说着古老的故事；轻轻转动发条，盒内那朵五彩玫瑰随之缓缓旋转，娇艳欲滴，似要冲破玻璃的束缚，散发着迷人的芬芳；悠扬的旋律飘荡而出，活泼中透着典雅，宛如王老师温柔地叮嘱，在我心间久久回荡。

时光流转，一年后我转学离开了。虽与王老师再未相见，但那只八音盒却始终陪伴着我。它静静地守在书桌上，如同一位忠实的伙伴，每一道纹理、每一段旋律，都承载着王老师的教诲与关爱，时刻提醒我要做一个如她所期望的、诚实善良的人。

（指导老师　颜师宇）

# 国王减肥记

北京市海淀区中关村第二小学（百旺校区）　刘珞琳

从前有个“瘦瘦国”，全国的人都瘦瘦的，只有国王胖胖的，他的体重有300斤，还特别爱吃烤鸡。大家为了国王的健康，都让国王减肥。国王很痛快地答应了，但3个月过去了，国王1斤没瘦，还胖了好几斤。这是为什么呢？原来，每到黄昏的时候，国王就躲在厨房里偷吃，他一口一个鸡腿往嘴里塞，吃一个鸡腿只用1秒，每过1分钟国王就吃完1个大烧鸡。有一天，就在国王偷吃得正高兴时王后来了，她发现了国王的秘密。

第二天王后把国王偷吃的事情告诉了大臣们，大臣们提议藏起全国所有的鸡，连鸡蛋都被藏得严严实实，这样国王就没有喜欢的鸡肉吃了。

这天晚上，国王沮丧地坐在厨房，看着空空荡荡的烤箱，烤箱里昨天的时候还塞满了烤鸡。就在国王郁闷的时候，一只小老鼠从国王面前跑了过去，想往老鼠洞里钻，但是因为老鼠吃得太胖了，被卡在了老鼠洞口，出不来也进不去。国王看见了，一把抓住了老鼠的尾巴拎了起来。

“别杀我，别杀我！”老鼠惊慌地说道，“我能带你找到烤鸡！”

国王听后，跟着老鼠一起来到了王后藏食物的山洞，里面堆满了烧鸡、烤鸡、炸鸡、卤鸡……国王一头扑向了鸡肉山上，贪婪地吃着。

半个月过去了，国王一直没有回到皇宫。王后命人找遍了全城都没有找到国王。直到有一天，王后想到了藏食物的山洞，她带着士兵们一起来到山洞，看见国王因为不停地吃，胖得卡在了山洞里，进不去也出不来。

“王……王后，快救救我！”国王终于看见有人来救他了，大声地喊道。

王后命令士兵把山洞凿大，把国王救了出来。

经过这件事后，国王减肥成功了吗？我也不知道，我只知道“瘦瘦国”后来真的没有胖子了。

（指导老师　高霁岑）

# 给自己一份信仰

西安高新东区小学　刘千彧

一群解放军战士金戈铁马在新疆大漠戍边的照片，是我对“中国共产党员”的第一眼记忆。那还是我小的时候，有一天，在姥爷家翻看影集时发现的一张老照片，照片里是年轻时的姥爷，他和战友们都戴着厚厚的“雷锋帽”，手握钢枪，眉毛和睫毛上结了一层厚厚的白霜，虽然脸蛋都冻得通红，但目光坚定，双眼炯炯有神。他们站在一面红旗下，像一排白杨树一样高大、挺拔，透露出庄严和威武。那面红旗迎风招展，在大漠和白雪的映衬下格外鲜艳。我指着照片问姥爷：“你们不怕冷吗？”姥爷告诉我：“因为我们都是共产党员，都在党旗下庄严地宣誓过，内心有信仰支撑着，怎么会怕冷呢。”那时，我只是懵懂地点了点头，心里默默记住了那面鲜艳的旗帜是党旗，有信仰的人就不怕艰难。可是，信仰是什么呢？我内心一直有个疑问。

后来，我成为一名小学生。在班会课上，老师给我们讲了中国共产党的故事。从1921年南湖红船上的铮铮誓言，到1949年天安门前的铿锵之声，是中国共产党率领中国人民真正开启了中华民族从站起来、富起来，到强起来的伟业。我在课堂上又见到了那面鲜艳的党旗，这一次，感觉吹拂过党旗的风格外的温暖。建党百年之际，天安门广场上“请党放心，强国有我”的誓言，响彻云霄。那一刻，我仿佛也置身天安门广场，聆听着习近平爷爷的谆谆教诲。那一刻，我似乎明白了大人们所说的“人民的信仰”，那是一种坚韧不拔、坚强不屈的力量，是一种让全国人民过上幸福生活的决心，更是一种“少年强则国强”代代相传的精神。人民有信仰，国家有力量。

今天的祖国，正如革命先辈所愿，科技日新月异，经济蓬勃腾飞。我作为一名新时代的少年，也要给自己一份这样的信仰。我要将祖辈、父辈的“红色”基因传承下去，铭记肩上承载的使命，时刻牢记自己是中国共产党领导下的少先队员，要用勤奋地学习，来响应这个伟大的时代。给自己一份信仰，让我充满奋斗的力量。

# 仰望天空

湖北省宜昌市伍家岗区隆中路小学　刘苏横

今天天气晴朗。我和小华、小丽坐在软绵绵的草坪上，抬头望着天空。天空又高又远，蓝得像大海，白云就像棉花糖洁白无瑕！

突然，几只白鸽飞了过来，它们的羽毛雪白雪白的。它们在天空自由自在地飞翔。我开心地指着天空对小华说：“快看，那些白鸽飞得那么高，那么远，好像一架架小飞机呀！”小华用力地点了点头，说：“将来我们也要像白鸽一样，一起去更远的地方探险吧！”小丽转过头来认真地听着。我想，她的心里肯定也有一个大大的梦想，梦想着自己能快点长大去看看远方的世界。

仰望天空的时候，感觉烦恼都飞走了，只有欢乐和梦想，陪着我们一起慢慢长大。

（指导老师　赵海涛）

# 对手

中国人民大学附属小学　刘笑萌

我擅长游泳，游泳馆的教练和救生员都认识我。在他们眼里，我有腿长、胳膊长的游泳天赋，也是他们口中的“水精灵”。放眼游泳馆深水区，比我游得快的同龄人没几个，能超过我的基本是学校游泳队、比我年级高的。“这小姑娘游得好快啊！”我经常得到其他家长的称赞。

今天，我到了游泳馆，发现大部分人都在朝一个方向望去，还时不时响起加油和欢呼声。我凑近一看，原来是一个跟我差不多大的男孩正在和教练比试。我顿时不开心了，心想：原来都是我怎样好，他算老几，我要和他比赛。我带着自己的“骄傲”，走向了他。

来到他面前，我对他说：“我看你游得挺快，要不要比一下？”他谦虚地说，“我不想和你比。”“我看你是不敢吧？你一定是怕输！”我带着挑衅的语气说。“好吧，我跟你比。”他同意了。周围的人也跟着起哄，“比一个！比一个！”

我们一同站上岸边跳台，随着教练倒数发令，“三、二、一，游！”我们几乎同一时间入水，前50米，我使出全身力气往前游，划水、换气、蹬腿，自我感觉这也是我游得最快的一次。我越游越起劲，50米！到墙边！转身！我的脚用力一蹬，却突然打了一下滑，完全没有蹬上力量，转身速度慢了很多。他一下子就追了上来，瞬间与我“并驾齐驱”。我也立刻紧张起来，心想：他确实游得好快啊！我有点超不过了，不行！我不能输！我用尽全力，超过了他。20米，15米，只剩10米了！他一下子突然加速，我马上碰到墙边，可是他却比我先触墙到岸。

上岸后，我愁眉苦脸，耷拉着脑袋，再也没有之前的“骄傲”。那个男孩走过来，对我说：“你游得很快，要不是你太心急，没发好力，我应该追不上你。哦，你有深水证吗？”我回答：“嗯，我有。”他说，“我没有，考深水证要会踩水，我不会，你教教我，这样我们就可以一起游泳，一起进步了！”于是，他跟着我一遍遍地动作示范，很快就学会了踩水。后来，他顺利考过并拿到了深水证。

泳池的100米竞速“交锋”，让我明白了“三人行必有我师”的道理。从他身上，我也学到了“如何谦虚使人进步”。一个对手，就这样变成了一个朋友。

（指导老师　滑会影）

# 重庆秋天的味道

重庆市高新技术产业开发区兰花小学　刘亚萌

“自古逢秋悲寂寥，我言秋日胜春朝。”唐朝诗豪刘禹锡的《秋词》二句，讴歌了秋日的大好风光。我的家乡重庆的秋天就如诗中所言，充满了甜美丰收、香味四溢，我喜欢秋天的味道。

秋天来了，夏日的酷热逐渐退出了这座城市，白昼缩短，夜晚延长，气候变得宜人，或许这就是大人们常说的“春困秋乏”的原因。作为一名小学生，我对此深有体会，每天早晨，妈妈的唠叨成了我起床的动力：“儿子，该起床了。”“儿子，天凉了，记得加外套。”秋天，就是妈妈的唠叨，虽有些烦，却也满是温馨。

秋天来了，也预示着妈妈的小菜园迎来了丰收。为了给单调的城市生活增添一抹色彩，妈妈在社区附近的荒地上开辟了一片小菜园。秋天来临前，爸爸负责翻土、浇水，妈妈则撒种、除草，种下各式各样的蔬菜。几周后，豌豆尖、小白菜、菠菜、小香菜、小香葱等便成了我们家餐桌上的美味。品尝着自家种植的蔬菜，家人们脸上都洋溢着幸福和自豪。秋天，就是辛勤耕耘后的丰收。

秋天来了，也带来了桂花的盛开。无论是小区里、上学路上、学校里还是公园里，都能闻到那桂花的香气。“暗淡轻黄体性柔，情疏迹远只香留”“一味恼人香，群花争敢当”，空气中弥漫着桂花的甜香，令人心旷神怡，心情愉悦。桂花虽小，却隐藏在绿叶之间，不张扬，只有那香气引人寻觅。就像我的同桌，默默帮我捡起掉在地上的橡皮。秋天，就是桂花的默默奉献，香甜而无私。

这就是重庆秋天的味道，我喜欢这秋天的味道。

（指导老师　白大明）

# 我的家乡

西安高新第一学校　刘玥彤

今年十一假期，我兴致勃勃地跟爸爸妈妈来到了我的家乡——陕西省榆林市绥德县，这里随处可见的是黄土和枣树。

在空中鸟瞰这片黄土高坡，那沟沟峁峁多么像黄土高坡瘦骨嶙峋的肋骨；那曲曲折折的山路多么像大山放出来的闪电。这或许也就是黄土高原的来历吧！

走在家乡的小路上，远远望去，河堤上、田野上、山腰间，甚至村民的房前屋后，到处都栽种着枣树。我有幸目睹了枣子硕果累累的枝头，秋风吹过的季节，枣子成熟了。你看，那一颗颗枣儿先是绿色的，渐渐地变红，紧挨着，像是一个个红的“玛瑙”挂满枝头。在阳光的照射下，红枣发出迷人的光泽，像颗颗红宝石一般的光彩动人。

刚到爷爷家，他就给我摘了一些大枣让我品尝。大枣闻起来香甜香甜的，摸起来光滑光滑的，像个红色的玻璃球一样，吃起来又甜又脆，我一连吃了3个。家乡的枣儿，皮很薄，熟透了的大枣简直就像一兜蜜，叫人越吃心越甜。家乡人枣子见得多，吃得多，所以选吃枣子的经验也丰富。不论大人还是小孩，都知道最好吃的是那深红而又不裂开缝的枣子。

我喜欢我的家乡，喜欢这里的大枣，更喜欢这里人与自然和谐相处的感觉。

# 温暖的旅程

西安曲江第一学校　刘梓涵

成长就像是一次旅行，旅行途中有父母的陪伴、引导；老师、朋友的鼓励；陌生人的关爱；还会有大自然美好的风光、景物，更有沁人心脾的书香……当夕阳落下，月亮慢慢升起。我坐在桌前，脑海中浮现出了往事。

还记得上周二下午的数学限时练，因为没有认真读题审题，导致我考的成绩很不理想。看着卷子上那一道道错号，我思绪万千，想问问自己当时为什么不认真读题审题。没错，我这次考得很糟糕。

回家的路上，我紧紧地握着试卷，低着头，慢慢地走着。不一会儿，到家了。一开门，我还像往常一样把书包放下到餐厅吃饭。我慢吞吞地吃着饭，就在这时，一道温和的声音从我耳边传来：“你怎么今天吃饭这么慢？”虽然没有责备，但她对我说道：“你今天是遇见不开心的事情了吗？”我低着头，慢慢地说道：“是没考好。”我闭上了双眼等待着妈妈的批评，她却说：“涵涵，加油，考不好不代表什么，但是你要反思一下。这次考试你错在哪儿了，把不好的习惯改掉，而且你不是这个水平。”妈妈一边审视着卷子，一边对我说。我回答道：“好！”

吃完饭，妈妈就赶快督促我写作业，并辅导我做练习题。时光匆匆流过，转眼间又迎来了数学的限时练。我准备充分，当看到卷子时，平复心情，因为我知道这是证明自己努力的时候到了。我默默答题，每一道我都仔细、认真审题读题，我把每一步想了好久，再小心翼翼地誊上去，慢慢地，清晰、整齐的式子在卷子上写着。40分钟过去了，打铃时我刚好写完答语的句号。

晚上回家，饭菜的香气扑面而来，而我心里的大石头也落地了。过了一天，出成绩了，我考了满分，成了我们班的第一名。

或许，在这张试卷的背后，不是我整天废寝忘食的读书，而是妈妈的陪伴与引导。这一段美好的经历，也成了我温暖的旅程，让我终生难忘！

（指导老师　拜利莎）

# 鸟友

北京石油学院附属小学　刘祚胤

在我的小小世界里，住着四位灵动可爱的鹦鹉伙伴，它们恰似两对璀璨的精灵，一对是娇艳绚丽的牡丹鹦鹉，一对是温婉娴静的文鸟。

它们的羽毛，宛如最美丽的色盘，每一根都闪烁着生命的华彩。朱红、翠蓝、浓绿、明黄、银灰，每一种颜色都充满了生命的力量。倘若神话中的凤凰现世，其美丽或许也不过如此。

正是这令人惊叹的美丽，让我在宠物店的第一眼便被它们深深吸引，仿佛命中注定一般，毫不犹豫地将它们带回了家，开启了这段奇妙的相伴之旅。

这两对鹦鹉性格迥异，各有千秋。文鸟乖巧而安静，没几天，就用涂着腮红的小脸蛋贴我手蹭，软软滑滑，超级可爱。牡丹鹦鹉虽然有爱情鸟之称，却超级爱战斗。不但对靠近的我炸毛，还会用钩子一样的喙毫不留情砯同伴，不到羽毛乱飞不停歇。但牡丹鹦鹉和文鸟也有共同的优点，它们特别欢乐。不论在笼子还是在鸟房，都会不停地飞舞唱歌。

每日清晨，当第一缕晨曦温柔地透过窗纱，洒在房间的每一个角落，它们那清脆的歌声便如灵动的闹钟，准时将我从睡梦中唤醒。我总会迫不及待地一跃而起，奔向它们。而它们，一见到我，那如黑豆豆般的眼睛瞬间睁得更大，兴奋地扑扇着翅膀，力量之大仿佛能掀起一阵小小的飓风，嘴巴也张得大大的，甚至能看到可爱的小舌头。见此情景，我不禁被逗得哈哈大笑。我心里明白，这些小家伙定是又“馋虫”上身了。明明一早都在尽情享用米粮，却依旧如此急切地盼望着我手中的小米虫。在对美食的热爱上，我们可真是志趣相投的“同道中人”啊！

吃过虫，我会把它们放出来飞一会儿。每当此时，它们竟然像小狗一样蹲在洞口上下摇尾巴。打开门，牡丹鹦鹉急速冲天，欢叫着盘旋着，白色的粑粑拉得到处都是。我气得跳着追它们，它们得意地飞得更高。像损友一下边嘲笑边逗弄我，故意冲下来在我头上抓一下，但很轻。欠欠的，以撩为乐。文鸟则不然，特会撒娇，先蹦出来，把头低下来，让我摸一摸才慢慢飞，像春风一样轻柔。累了，就滑下来，站在我肩膀上梳理羽毛，还会贴我的脖子蹭蹭。牡丹鹦鹉超爱吃醋，每次看到这情景，就会冲下来砯跑文鸟，让我抚摸它。摸得不如意，还直接下嘴咬我的耳朵和手指。我气得拍它，它又恢复欠欠的样子，边飞边得意撩抓。欢乐的它们不知道我是人，我忘了它们是鸟，我们只是彼此的好朋友。

白天我去上学，它们在家等我；晚上我写作业，它们收起聒噪，蹲在站杆上歪着头看我，偶尔咕一声，好像在催我快点写，写完之后它们好陪我玩。

夜晚，我听着它们偶尔啼叫睡觉。说来也怪，它们越叫，我心越静，困意也越浓，大概这就是大自然治愈的力量吧。和它们在一起，我感受着它们的喜怒哀乐，学会了耐心和细心，学会了尊重生命，感受到了美好，忘却烦恼和压力。和它们在一起，我很快乐，也有遗憾。看着我的朋友们关在狭小空间，很心疼。但它们是驯养鸟，没有独立的生活能力，不能放飞，只能留在笼子里。我尽量抽时间带它们去林间奔跑，让它们体会一下自由翱翔的愉快。

我会一直对它们好，但我的世界很大，它们世界很小，小到只有一个我。作为朋友，我不能辜负它们的依赖。

（指导老师　卓思成）

# 森林故事会

西安高新东区小学　卢怡霏

星期天早上，阳光明媚，小明拿起自己最喜欢的故事书，准备去森林里看书。他走着走着，一群小动物跑过来，这群小动物有小鹿、狐狸、小狗和小老鼠。其中，小老鼠站在狐狸的身上。小明很好奇，他说："你们来这里干什么，不会要吃我吧？"小明刚说完，小鹿就微笑着对小明说："我们不吃你，我们是看见你拿着书才跑过来的，我们想听你给我们讲故事，我们都想知道森林外面是什么样的。"小明说："是吗，那我们来读一读这本故事书吧。”说完，小明拿起书开始读，小明读得非常认真，小动物们也听得非常认真。

一本书读完了，小明准备回家，但是，小动物们还想听故事。小明说：“既然你们这么爱听故事，那我每个周末都来给你们讲故事吧，我还邀请我的同学一起来，让更多的朋友来参加。”小动物们听了都非常开心，从此，他们有了自己的森林故事会。

# 我可爱的小猫元宝

中国人民大学附属小学　芦思妤

我的生活里有一个无比可爱的小生灵，它就是我的小猫——元宝。元宝曾是一只流浪猫，与它的初次邂逅是在我享受美味烤肉的时刻。那天，它迈着轻盈又略带迟疑的步伐朝我走来，那一刻，它那萌萌的模样瞬间击中了我的心。我留意到它身上带着伤，我的心中满是怜惜与心疼，当即决定收养它，并赋予它“元宝”这个饱含爱意与希望的名字。

自收养元宝起，我与它便开启了形影不离的相伴时光。我会精心地给它喂食猫条，看着它满足地舔舐，我的心中满是欢喜；我也常拿着逗猫棒与它嬉戏玩耍，它上蹿下跳，眼睛紧紧盯着逗猫棒，那活泼的模样总是让我忍俊不禁；偶尔，我还会轻轻地把它抱在怀中，温柔地抚摸它柔软的小肚肚，这时它便会惬意地眯起眼睛，发出轻柔的呼噜声。

时光悄然流逝，在我的悉心照料下，元宝的伤渐渐痊愈。它的脸愈发圆润，身子也变得肉嘟嘟的，原本瘦骨嶙峋的模样早已不见踪迹。或许是我每日变着法儿地给它投喂各种美味，如今的它竟变得有些挑食了。想当初，它刚到我家时，胆小怯懦，总是小心翼翼地躲在角落里，连我靠近都害怕得瑟瑟发抖。可如今，它已全然变成一个会撒娇的小宝贝，会亲昵地蹭着我的腿，喵喵叫着讨要抱抱和零食。还记得最初收养它时，我连抱它都胆战心惊，生怕弄疼它或者吓到它，而现在，我可以自在地接近它，仔细端详它的每一处可爱。

现在元宝已经是一只迷人的三花猫了，它的毛色主要是棕黄相间，如同被大自然精心绘制的艺术品。当它翻身打滚时，那白白的肚皮便会露出来，像一团柔软的棉花，可爱至极。

不知不觉，元宝已经陪伴我度过了半年的美好时光。在这段日子里，它从一只受伤的流浪小猫，成长为我生活中不可或缺的亲密伙伴。它是我最喜欢的小动物，更是那个会陪伴我一同成长、分享生活喜怒哀乐的好朋友。我深知，未来的日子里它还会继续为我的生活带来无尽的温暖与欢乐，我也会始终如一地给予它关爱与呵护，让它永远做我心中那只独一无二的可爱小猫。

（指导老师　查健）

## 我最喜欢的一本书——《十万个为什么》

上海市民办尚外外国语小学　陆佳雯

有一本书，它如一颗瑰丽的明珠镶嵌在岁月的扉页上，闪耀着深邃的智慧和无尽的魅力。它引领我走进一个充满奇迹的世界，让我感受到文字的魔力和想象的飞扬。在我心中，它是一座永恒的灯塔，指引着我追寻知识的航向，这本书便是——《十万个为什么》。

这是一本关于动物、植物的书，讲述了一百多个深奥的知识，其中的每一篇小文章都告诉了我们一个科学小道理。为什么下雨燕子会低飞？萤火虫为什么能发光？植物需要食物吗？植物能监测地震吗？这些有趣的知识配以彩色的图片和幽默逗趣的炫酷漫画，真是让我爱不释手。

书中让我印象最深的是关于“螃蟹为什么会横着走”。我与爸爸妈妈一同去海边玩耍时，便观察到沙滩上的螃蟹就是横着走的，当时我就很好奇这是为什么呢？而这本书给了我答案。

原来呀，螃蟹的头部和胸部在外表上无法区分，因而就叫头胸部。这种动物的足脚就长在身体两侧。第一对螯足，既是掘洞的工具，又是防御和进攻的武器。其余四对是用来步行的，叫作步足。每只脚都由七节组成，关节只能上下活动。大多数蟹头胸部的宽度大于长度，因而爬行时只能一侧步足弯曲，用足尖抓住地面，另一侧步足向外伸展，当足尖够到远处地面时便开始收缩，而原先弯曲的一侧步足马上伸直了，把身体推向相反的一侧。由于这几对步足的长度是不同的，因此，螃蟹实际上是向侧前方运动的。

这本书解答了我心中许多的疑惑，它让我认识到这个世界是多么的丰富多彩，科学知识是那么的益智有趣；它让我知道了科学就是力量，知识就是财富！

对我而言，《十万个为什么》如同一本宝藏书，它其中蕴含着人类智慧的结晶。它是我的导师，是我的朋友，是我的知识宝库，无论岁月如何流转，它永远被镶嵌在我心中，闪烁着永不熄灭的智慧和美丽的光芒。

亲爱的同学们，让我们一起，追随书籍的脚步，穿越岁月的河流，感受文字的魔力。在这个充满奇迹的世界中，让我们永远保持好奇心，永远走在追寻知识的漫漫航程！

（指导老师　姚莹莹）

## 我和三只小狗的故事

广东省深圳市锦田小学　罗菀翾

在众多的小动物中，我最喜欢的就是小狗了。它们又萌又可爱，尾巴不停地摇摆着，圆溜溜的眼睛好奇地四处张望，仿佛在探索这个奇妙的世界。

这个暑假，我和父母来到香格里拉的一座度假庄园。一走进大门，就有三只小狗蹦跳着迎面奔来，仿佛在高兴地向我介绍自己的名字。我把手中的青稞饼撕下一小块，往上一扔，甚至还没等青稞饼落地，一只小狗就高高地跳起来，用嘴巴接住了它，真是一只机智灵活的小狗啊！还有一只小狗蹲在地上等我去抚摸它，当我走到它身边时，它用圆溜溜的眼睛注视着我，仿佛想和我一起看那即将升起的太阳。我给它喂了好几块青稞饼，完全忘记了其他的小狗。它们高兴地摇摆着尾巴，仿佛在询问："你为什么不给我更多的青稞饼呢？"于是我又给它们喂了几块。

不知不觉，太阳已经高高地挂在头顶。虽然错过了日出，但有小狗陪伴的时刻让我无比快乐。我们玩耍到天黑，三只小狗聚在一起，仰望着星空。我和妈妈依依不舍地漫步回到了我们的房间。晚上入睡时，我还在想着那三只小狗。离开庄园时，我不禁想，要是能一直留在那里，与三只小狗一起度过每一天，那该多幸福呀。

（指导老师　胥琴）

# 爱，让我感到温暖

广东省深圳市锦田小学　罗菀翾

爱，如阳光温暖地照耀在我们心中，点亮了生命的每个角落。它是一种独特而神奇的力量，让我们不断成长。爱是什么？面对这个问题，我回答得温暾而坚定，“爱是阳光，爱是温暖！”。

在我心中，没有比黄老师更值得让我深深爱戴的人了。黄老师，是我最敬爱的老师。每当我见到她，她的微笑总是让我感到愉悦而温暖。在我遇到困难的时刻，黄老师总是毫不犹豫地伸出援手，给予我真挚的帮助。

有一天，当我烦躁地向黄老师倾诉：“每当我面对一点小事，情绪就像火山喷发一般涌上心头，我该如何应对？”黄老师用她充满温情的声音回答我：“我认为，情绪是需要表达的。在不开心的时候，可以将情绪释放在房间的角落。你是否听说过大禹治水的故事？他没有用堵水的方式，而是用疏导的方式来解决问题。情绪也不能埋藏在内心深处，眼泪也应当畅快地流出。”黄老师的智慧和关怀使我深受触动，我真诚地向她表达了我的谢意。然而，心怀感激，我却发现自己的能力微不足道。我想要为黄老师做些事情，却苦于力量的无力与渺小。然而，我深信任何困难都能得到化解，所以我告诉自己不论何时何地都要牢记黄老师那句温馨的话语。从此以后，每当我面临挑战，总能坦然面对，并想象着黄老师在我身旁，给予我勇气与智慧以化解困境。

黄老师啊，黄老师，我该如何表达对您的感激之情呢？您是我生命中最温暖的指引，最亲切的引导者。我愿以我微薄的力量，奉献我全部的爱与关怀。永生难忘的黄老师，您的教诲，将伴随我一生，为我带来无尽的温暖和力量。

（指导老师　胥琴）

# 给自己一个笑脸

西安曲江第四小学　罗逸辰

给自己一个笑脸，让自己拥有一份快乐。

新冠疫情期间，作为学生的我要经常上网课，因此平常见不到亲爱的老师和可爱的同学们。爸爸妈妈也不能去上班了，只能居家办公。核酸检测和居家隔离成了常态。按下暂停键的生活给很多人带来了心理压力，因为对未来的不确定性也使焦虑和担忧成为某个时刻的主旋律。但生活是一面镜子，你给出什么状态它就会反馈给我们什么状态，既然如此，那还是选择笑吧，因为你对它笑，它就对你笑。给自己一个笑脸，一切都会好起来的。

2020年之前，妈妈每年节假日都会带我旅游。我怀念在泰国给小象洗澡，在新加坡“摩天观景轮”欣赏整个城市的风景，在台湾（中国）伯朗大道骑自行车，在香港（中国）迪士尼看烟花，在三亚的海滩上挖沙、冲浪，在洱海边低喃，在秦岭深山处避暑，在小区的冒险乐园和小伙伴们追逐嬉戏……这些都是美好的回忆，但是现在的我哪儿也去不了。

想到这里我偶尔也会觉得难过，但转念一想，疫情只是暂时的，而且我还小啊，以后有的是时间和机会，可以飞得更远更远，甚至走遍天涯海角。

给自己一个笑脸！这个笑脸是给自己的，是要保持乐观的心态，积极向上的态度；这个笑脸是给家人的，是希望家人平安健康；这个笑脸也是给全社会的，是希望大家用乐观、积极的心态一起去努力生活。我坚信，阴霾终将散去，迎接我们的将会是更灿烂的阳光。

## 我的雪人朋友

西安高新第一小学　吕依苒

清晨，我醒来，发现外面特别明亮，拉开窗帘只看见白茫茫的一片映入眼前，下雪啦！下雪啦！

我飞快地穿好衣服跑了出去，小雪花像顽皮的小精灵自由自在地飘落，像魔术师一样把大地变得银装素裹。外面真的好热闹啊，我的好朋友乐乐、青青、诺诺在向我招手大声地喊道：“依依快来玩呀！”小伙伴们建议堆雪人，我们先在松软的雪地上滚雪团，然后把一个一个的大雪团堆在一起，不一会雪人的上半身就堆成了。乐乐和青青抱着一个又圆又大的雪球，放在堆好的雪人脖子上，只见诺诺拿出来她早已准备好的一根胡萝卜和纽扣，纽扣来当眼睛，胡萝卜来当鼻子，看起来还有模有样呢！就在这时，青青提议把我们手中的小铁桶给雪人当帽子，扫帚当它的小手，而我把我的围巾系在了雪人的脖子上，大功告成。大家看着可爱的雪人“朋友”开心极了，简直太有趣了！

# 第一次独立睡觉

上海福山外国语小学　马凯洋

我们家晒不着太阳，所以除了夏季以外晚上会比较冷。在冬季我一个人窝在被窝会感觉特别冷，所以经常会和我的爸爸妈妈一起睡觉。特别是抱着妈妈的大腿，又软又暖和，就像是冬天里烤着小太阳。

不过有一次，爸爸妈妈出差了，我只能自己一个人睡觉了。那天晚上，我钻进了被窝，以前抱着妈妈的大腿，现在只能抱着两个枕头，感觉空落落的。我闭上眼睛，想快点睡着，但是好像总有冷风偷偷溜进来，冻得我直哆嗦。

我悄悄爬起来，又加了一床棉被，棉被盖上还是有些冷，感觉得有个暖暖的东西。这时我好思念爸爸和妈妈，特别是妈妈温暖的大腿，想念那份温暖的感觉。于是，我抱着枕头在床上翻来覆去，用被子把自己裹成个粽子，然后像毛毛虫一样，在床上扭来扭去，希望这样能让身体暖和一点。

说来也奇怪，过了一会儿我真觉得暖和多了。原来翻来覆去、扭来扭去能产生热量，可以取暖。我觉得好开心，因为发现了一个妙招。就这样，我不停地扭动着，不知不觉睡着了。

第二天早上醒来，我发现一床被子掉到地上，哈哈，可能是昨晚发热量太大，把被子都蹬下床了，我也太厉害了。

这次自己睡觉的经历，让我觉得自己好像长大了一点点。虽然开始有点害怕和孤单，但是只要勇敢面对，就能找到解决问题的办法。我觉得，成长就是不断尝试新的事情，有时候会遇到困难，但是只要我们勇敢去面对，就一定能找到属于自己的温暖和快乐。就像那晚，我用自己的方式，让冰冷的被窝变得暖和起来。你看虽然没有了妈妈的大腿，但我找到了属于自己的“小火炉”。

（指导老师　梁慧慧）

# 比美

北京市东城区西中街小学　马睿晨

春姑娘来了，伴着一场绵绵的细雨。春天来了，阵阵鸟鸣，淡淡花香。春姑娘终于苏醒了，她迈着轻盈的步子，头上别着春的发簪，身披五彩花裙，提着装满春的颜色的花篮，来到了人间。

春姑娘选出绿色的颜料，轻轻地，她飞过森林上空，把绿色送给森林，森林里的树木都开始发芽了，柳树上的枝条像小姑娘的头发。一阵风出来，好像舞蹈教练在指挥，所有的枝条就整齐地随风跳起舞来，柳树说：“我最美了！”

春姑娘选出彩色颜料，轻轻地，她飞到花园的上空，把彩色给了花园，花园里的花都绽放了，有红似火的郁金香，有粉似霞的芍药，有白似雪的樱花，有黄似金的迎春花，各种各样、五彩缤纷，美丽极了，花儿们说："我最美了！"

春姑娘选出红色的颜料，轻轻地，她飞过果园上空，把红色送给草莓。草莓园里的草莓各个都酸甜可口、特别诱人。一个个草莓挤在一起，好像在说悄悄话，草莓们说："我们最美了！"

最后大家争来争去，松树爷爷说："不要吵了，其实大家都很美，最美的应该是春姑娘啊，她把自己的美分享给了大家。""对，对，春姑娘最美！""我们要谢谢春姑娘！"，最终大家一致认为春姑娘是最美的了。

（指导老师　张志芳）

# 在石缝间成长

上海市徐汇区向阳小学　马姝怡

夜，静悄悄的，苍穹如墨，星辰稀疏，留下的是一片深沉的寂静。我被一阵风轻轻拾起，穿越了漫长的黑暗，最终，在这贫瘠的土地上，落下了脚跟。

这是一片怎样的土地啊！它苍凉、荒芜，像是被大自然遗忘了一般。四周是嶙峋的怪石，它们或高耸入云，或低矮匍匐，石缝之间，偶尔有几缕杂草顽强地生长着，它们瘦弱的身躯在寒风中摇曳，仿佛在诉说着生存的艰辛与不易。而我，一颗被命运遗弃的种子，却在这石缝之间找到了自己的归宿。我静静地躺在那里，感受着石缝间冰冷的触感，心中却涌起了一股莫名的力量。我知道，我是一颗种子，我代表着生命与希望。尽管环境恶劣，但我不能放弃，我要用自己的力量去书写生命的奇迹。

于是，我开始默默地积蓄力量。我用根系去探寻石缝间的每一寸土地，哪怕是最微小的缝隙，也不放过。我用胚芽去感知外界的每一丝变化，哪怕是最微弱的阳光，也让我心生欢喜。我深知，生长的道路不会一帆风顺，但我愿意用坚韧与毅力去迎接每一个挑战。

日子一天天过去，我在石缝间艰难地生长着。每当夜幕降临，寒风呼啸，我仿佛能听到石壁在嘶吼。但我没有退缩，我告诉自己："只要心中有光，希望就永远不会熄灭。"我用根系紧紧抓住每一粒沙土，用胚芽去顶撞每一块坚硬的石壁。终于，在一个清晨，当第一缕阳光穿透云层，照耀在这片土地的时候，我感受到了前所未有的力量。那是一种从心底涌出的力量，它让我忘记了疲惫与痛苦，让我看到了生的希望。我用尽全身的力气，向上顶去，终于，在那一刻，我破土而出了！我惊喜地发现，自己竟然在石缝之间长出了一片嫩绿的叶子。虽然它很小，很脆弱，但它却像一面胜利的旗帜，宣告着我的存在。我感受到了阳光的温暖，感受到了空气的清新，更感受到了生命的美好。我知道，这是我努力的回报，是我坚持的结果。

然而，这只是我生长旅程的开始。接下来的日子里，我经历了更多的考验。干旱、烈日、狂风、暴雨……它们一次次地向我发起猛烈的攻击。我的叶片被烈日烤得焦黄，我的根系被干旱折磨得几乎枯萎。但我没有屈服，我用顽强的意志与它们抗争，让自己在风雨中屹立不倒。

年复一年，日复一日，我的叶片变得更加茂盛，我的根系也深深地扎进了石缝之中，它们像一张巨大的网，将我牢牢地固定在这片土地上。我知道，我已经不再是那颗渺小的种子了，而是一颗正在茁壮成长的树苗。

时光荏苒，岁月如梭。转眼间，我已经在这片土地上生长了数十年。我的身躯变得高大而挺拔。我站在石缝之间，感受着微风吹拂，聆听着鸟儿歌唱。我深知，这一切的美好并非偶然，而是我用汗水与泪水换来的，是我用坚持与努力赢得的。我用自己的行动证明了：只要心中有梦想，只要勇于面对挑战，即使在最贫瘠的土地上，也能长成参天大树。

夜，依旧静悄悄的。但在这片寂静之中，我却感受到了前所未有的生机与活力。因为我知道，无论未来会遇到多少挑战与困难，我都会像现在这样，勇敢地面对它们，用自己的力量去战胜它们。因为我就是那颗在石缝之间顽强生长，最终长成了参天大树的种子。而这份顽强不屈的精神，将永远镌刻在我的生命之中，成为我永恒的信仰与追求。

## 谦让之美

西安高新东区小学　孟子越

秋风卷着残叶，激起一阵阵浪花，浪花被行走的路人踩在脚下，发出清脆的响声，与舞动的夕阳共同作出了一首悦耳的小步舞曲。

清晨，一阵阵淳朴的民歌将五湖四海的人们呼唤而来，而一位老汉推着卖早餐的小车车，优哉悠哉地漫步过来。人们如潮水般蜂拥而至，不一会儿清冷的早餐铺顿时人满为患。只见老汉忙得不可开交，头上的汗珠如雨点般落下，刺骨的寒风将他的脸庞吹得红润无比，娴熟的技艺使他很快地完成了所有顾客的需求。豆浆的汤锅已经见底，但朴实无华的零钱罐却早已满满当当。

这时，一位凶神恶煞的男人气势汹汹地走了过来，鼻子里不断冒出的寒气让他如凶猛的野牛般蓄势待发。只见他坐到凳子上，不满地吼道："老板，来一碗豆浆，快点，我赶时间！"而老汉听到这声吼叫后，顿时打了一个寒战，紧接着便小心翼翼地跑过去，对男人毕恭毕敬地说道："对不起啊！顾客，你来晚了，豆浆已经没了。"而男人一听到这句话便暴跳如雷，用比前面还更大的声音怒吼道："怎么的，我一来豆浆就没有了，针对我是吧？我的钱包上次就在你的早餐铺丢了，是不是你偷的？"老汉一听这话，慌忙解释道："没有啊，我这也就小本生意，每天日子过得也挺好的，为什么要偷你钱包呢？"男人一听这话便更急了，带着哭腔吼道："我女儿的医药费就在里面，你不给我找出来，我就掀了你的摊子。"说罢，撸起袖子，准备大干一场。老汉见这情形也哀求道："真没有啊，我这真是跳进黄河也洗不清了啊。"而就在局面僵持之时，一位好心的路人站了出来，他了解了前因后果后，便询问男人的钱包在什么时候，什么地点丢的，男人一一说明，而人们也自发地帮助男人寻找起了钱包，最终在一处墙角找到了一个布满灰尘的灰褐色钱包，男人见到后喜极而泣，扑到地上如对待自己孩子般爱怜着它，路人和老汉也长舒了一口气，但接着路人就要求男人向老汉道歉。只见男人向老汉和路人深深鞠了一躬，接着意味深长地说道："谢谢你们救了我女儿的命！"寒风吹打着人们的脸颊，而人们却喜笑颜开。

黄昏的午后，嫩草上垂下一滴露水，而远处又传来阵阵歌声。

# 舞台上的深呼吸

北京市朝阳区星河实验小学　孟梓宸

一曲悠扬的旋律，如灵动的精灵，在剧场中翩翩起舞。一阵热烈的掌声，似温暖的阳光，丝丝缕缕，编织成一张绵密的网，轻轻地，网住了时光里最璀璨的美好。

盛夏七月，坐标五棵松剧场。

“接下来，有请孟梓宸为我们带来德彪西的《月光》!”主持人话音刚落，掌声响起，聚光灯下，我独自站在舞台边。

第一次在几千观众面前演奏，是我前所未有的经历。这次，几个月的努力，终要定格在这7分钟。

顿时，我的心跳陡然加快，仿佛要冲出嗓子眼，掌心和后背都渗出细密的汗珠，双腿却似被冻住僵在原地。我脑海中闪过无数次刻苦练习的画面，那股不服输的劲儿突如月光乍泻，冲散天边的阴霾。我深吸一口气，坚定地迈向舞台中央，微笑，鞠躬。

转身坐上琴凳，望着这架为我所设的三角钢琴，我内心既紧张又兴奋。“这次要好好表现，不能枉费了这几个月的努力！”我暗暗为自己鼓劲，“啦啦发……”随着手指在黑白两色的琴键上跃动，我的心也为之舒展，完全沉浸在乐曲的意境中：皎洁澄碧的圆月悬在湛蓝深邃的夜空中，轻柔幽雅的月光照耀着一片大海，海面上泛起层层涟漪。柔美的月光穿过一缕一缕轻纱似的水雾，月亮越升越高，将自己置于夜空正中，一阵风刮来，海面潮水涌动……

伴着心中的“月光”越来越亮，乐曲的节奏也逐渐加快，和声骤然变急——高潮部分来了！指尖在琴键上飞跃，旋律如澎湃的海浪奔涌而至。突然，一个高音琴键好似调皮的顽童“顽皮”地卡住了！那一瞬间，我的心猛地一抽，仿佛被一只无形的大手狠狠揪住，冷汗瞬间从额头冒出，手指也在空中凝滞。电光石火之间，我深吸一口气，无数个日夜刻苦练习所积攒的本能与坚毅瞬间被唤醒。凭借着对这首曲子烂熟于心的记忆，我巧妙地跳过那“捣乱”的琴键，手指在其余琴键上灵动如飞，以疾风骤雨般的速度与精准度，迅速衔接起中断的旋律。台下的观众起初因这突如其来的变故而微微一怔，但很快，他们便被我镇定自若的应对与行云流水般的演奏所折服，爆发出热烈的掌声。我也不负众望，将高潮部分顺利弹奏完毕。这时，随着曲调又一次放缓，月亮又逐渐从反方向落下，火红的朝阳将重新照耀大地。这是乐曲的结束，这又是一次新生的绽放……最后一个音符落下，充满生机的太阳升起来了……

演出顺利完成，观众席再次响起持久的掌声。这掌声似雷鸣般在剧场中回响，每一声都如同一股暖流，流淌过我的心田。我长舒了一口气，但这是自豪的、是喜悦的、也是骄傲的释放。微笑，鞠躬，我走下舞台，心中激动万分。一阵掌声，一片认可，一丝自豪，这样，真好！

勇敢证明自己，何惧？

勇敢证明自己，何惧！

# 我为家乡代言

西安高新第一小学　牛疆皓

提起家乡，有人会想起传统的节日，有人会想起悠久的历史，而我，则会想到舌尖上的美食。今天，我要为家乡的饺子代言！

欢乐的春节又来了。每当过年时，家家户户都要吃饺子，我们这里还有“吃饺子不冻耳朵”的习俗。可见，大家是有多么喜爱饺子。大年初一的清晨，奶奶和妈妈就开始在厨房里忙活了。这次要做的是猪肉虾肉混合馅儿的饺子。奶奶将一片片猪肉平铺在案板上，“咚咚咚，咚咚咚”地响了一会儿，肥瘦均匀的肉末就剁好了。我和妈妈也没闲着，只见妈妈把虾去壳，挑线，将它们洗干净，切成晶莹的颗粒状。而我轻盈、娴熟地擀饺子皮。最后奶奶和妈妈将馅儿拌在一起，合力搅拌起来。就是隔了一堵墙，我仿佛都感受到了她们搅拌时的卖力。

馅料算是做好了，接下来就该包饺子了。只见我们家的每个成员都“倾巢而出”，左手拿着饺子皮，右手拿着勺子，舀一勺馅料放进饺子皮里，小心翼翼地将口封好。接着提起一小块按向左边，重复几次，一个饺子就包好了。在大家齐心协力下，很快满满的一盘饺子就包好了，它们像一个个胖胖的小娃娃，可爱极了。

妈妈把饺子下进锅里，煮了三开后，一个个饱满的饺子出锅了。我不顾饺子还烫嘴，迫不及待的夹起一个尝了起来。第一口，吃到了嫩嫩的饺子皮，第二口，我尝到了两种口味混合的美妙滋味。那味道，真令人赞不绝口，久久不能忘怀。

我吃过很多地方的饺子，但只有家乡的饺子最令人神往，我要为家乡的饺子代言！

（指导老师　崔牧倩）

# 校园里的欢乐时光

广东省韶关市实验小学　彭书航

打开记忆的宝箱，里面装满了校园的欢乐时光。有开心愉快的课后时光，有激情飞扬的大课间时光，有探索知识奥秘的课堂时光，有紧张激烈的校园赛事时光……校园的每一个瞬间都充满意义，我的校园时光宝箱里装着各种各样校园欢乐的美好记忆。

瞧好了，我要从宝箱里拿出一段开学第一天的欢乐时光给大家展示一下。开学第一天，我们的校园充满了仪式感，这一天的校园也格外美丽。迈进知识的大门后有一条一直延伸到教学楼的红地毯，红地毯的两边摆放着寓意着学习棒棒的棒棒糖，平平安安的苹果，聪明伶俐的大葱，击鼓鸣金的大鼓，各种各样充满祝福的打卡小场景，还有那和蔼可亲的老师和笑容满面的同学们，校园一片欢声笑语，热闹无比。我摸摸苹果和大葱，拿起一颗棒棒糖装进口袋，用力敲击大鼓，因为我要把这些美好的祝福统统收下。这一天我见到好久不见的同学，收到老师准备的开学礼物，领到新学期的课本，和同学们互诉假期的美好时光，探讨新学期的计划和目标，一起期待新学期在知识的海洋里努力吸收，争取更大的进步。这一天，一切都是那么的亲切，欢乐又美好。

美好的校园生活一直在牵引我积极向上生长，所有校园里的欢乐时光我都要在记忆的宝箱里永远珍藏。

（指导老师　符文琳）

# 森林故事会

西安高新第一小学　钱昊成

今天森林小镇要举办一场森林故事会，主持人是鲲鲲，谁都来听故事了呢？快看，大家都来听故事了，有熊大、鹿博士、灰兔警长、小狐狸、孙悟空、拉布拉多警长和小松鼠。

一天，小猪觉得很无聊，他在家里嘟囔着："烦！烦！烦！"他想外面肯定有什么好玩的吧，就小跑着出门了。小猪在大树下看见长颈鹿在吃树上的叶子，他想，做长颈鹿一定很刺激。于是小猪回家给自己做了一副高跷，然后踩着高跷出门了。

他在路上碰到了斑马，小猪说："斑马你好，我是一只了不起的长颈鹿！"斑马说："你不是长颈鹿，你是一只踩着高跷的小笨猪。"小猪很生气就离开了，但是没走几步就摔了下来。小猪想："做斑马一定很刺激！"鲲鲲刚刚讲到这里，孙悟空用毛茸茸的爪子挠挠头提出了疑问，说："这次小猪会是什么样子呢？我想象不出来。"鲲鲲说："小猴子你别急，等我接着讲你就知道了。""我知道，我知道，"拉布拉多警长说："小猪肯定拿黑白颜料给自己涂了一身衣服。”鲲鲲说：“恭喜你答对了！”鲲鲲继续讲。

小猪回家找来黑白颜料涂在自己的身上就又出门了。熊大说：“我猜可能碰到松鼠。”鹿博士说：“我猜会碰到大象。”鲲鲲说：“谜底马上揭晓。”鲲鲲接着讲。

小猪又碰到了大象，小猪说：“你好，大象！我是一只了不起的斑马！”大象说：“你不是斑马，你是一只身上画了黑白条纹的小猪。”在小猪还没反应过来时，大象用长长的鼻子开启洒水模式，直接朝小猪身上洒，把小猪身上的颜料冲得一干二净，等小猪身上的水还没干透，小猪就又有了新的想法。

小猪拿来一个大吸管，找来两片大树叶，就变成了大象。小猪碰到了袋鼠，说：“你好，袋鼠！我是一只了不起的大象！”袋鼠说：“你不是大象，你是一只鼻子上插了吸管的小笨猪。”“阿秋，阿秋！”小猪打了一个大大的喷嚏，鼻子就飞了。在场听故事的小伙伴们都听得哈哈大笑，把树上睡觉的考拉都吵醒了，考拉问鲲鲲：“鲲鲲你讲的什么这么搞笑？”鲲鲲说：“我们在讲《小猪变形记》”鲲鲲接着讲。

小猪想，做袋鼠肯定很刺激，小猪回家给自己脚上绑了两个大弹簧，这样就变成袋鼠了。小猪蹦蹦跳跳地出门了。在路上他又碰到了鹦鹉，小猪说：“嗨！鹦鹉，我是一只了不起的袋鼠！”鹦鹉说：“你不是袋鼠，你是一只脚上绑了弹簧的小笨猪，而且你蹦迪也不高呀！”然后小猪就摔了下去。小猪想做鹦鹉一定很刺激，于是开始收集羽毛，然后绑在自己的胳膊上，就变成了鹦鹉。小猪碰到了猴子，小猪说：“嗨！猴子，我是一只了不起的鹦鹉！”猴子说：“你是一只绑了羽毛的小笨猪。”小猪很生气，想给猴子看看自己的本事，于是他扇着翅膀跳来跳去，小猪摔倒了泥里。小猪听见了一个声音，原来泥塘里还有另外一只小猪，这只小猪说：“我就是一只小猪，整天在泥塘里打滚可开心了，不信，你试试！”小猪也开始打起滚。小猪打的滚越多，身上就越脏，身上越脏心里就越开心，小猪想，做自己还是最开心的事。听故事的小动物们也纷纷点头表示赞同。

鲲鲲说:“这个故事讲完了，如果没有疑问的话，请快速离场，谢谢配合！”

小动物们围着鲲鲲还想听故事，鲲鲲说这次森林故事会到此结束了，下次再来。这真是一次非常愉快的故事会呀。

（指导老师　张娜）

# 那一缕芬芳

广东省东莞市长安镇中心小学　秦茝然

或许是那些嘲笑声——“旱鸭子！”又或许是那些批评——“真胆小啊！”也可能是那些叹息——“在学校学了3年，竟还不会游泳……”抑或是因为，那份初心，尚未坚定至极。

是的，我憧憬像鱼儿一样自由地徜徉在碧水中。

蝉鸣轻扬，唤醒了炎炎盛夏，金色阳光在蓝天的云层中翻滚跳跃。

在我的眼和天空之间，一束光从云隙间倾泻而下，典雅且庄重，就连渺小的尘埃也被它照得明亮了，恰似一条载着梦想的道路。

人们常说当丁达尔效应出现的时候，光有了形状。每一厘尘埃婆娑起舞，在光里有了轮廓。这粒粒尘埃是你，是我，是千千万万个走在路上的追梦人。越过枝头，翻过高山，跨过大海寻找到那一缕芬芳。那一缕清香，在曲折的道路上引领方向；那一丝馨香，在艰难险阻中开拓前行；那一缕韵味，在挫折碰撞中劈波斩浪，直至乘风破浪。

窗外，蝉鸣声声响，知了似乎也在催促我寻找初心。于是，我便跟妈妈说给我报个游泳班吧。

“一、二、三、四……二、二、三、四……”教练有节奏，有韵律喊着口号，我笨手笨脚地跟着操练热身操。太阳渐渐偏西了，天空中那一缕缕的白云也变得像用金丝镶过边似的，绚烂而多姿。夕阳透过玻璃映射到泳池水面上，一片片金色鱼鳞纹熠熠生辉。做完体操，去淋浴间在身上浇了些水，学员们就扑通扑通地跳到游泳池里了，我看到大家跳下去之后从容的样子，我也跟着跳了下去。“嘶，好冷！”我不断地用手搓着自己的身体。“哔……”教练的一声长哨，学员们立即安静下来。教练安排好老学员的任务后，开始指导我怎么学蛙泳。首先，在水下进行呼吸换气练习；接着，腿在水中练习腿部动作；经过5天的反复练习蛙泳，一遍遍不厌其烦地练习，从开始的呛水到憋换气自如。随后教练让我趴在岸上练习蛙泳各个分解动作，教练终于让我开始尝试手拿漂浮板游蛙泳。我有点小兴奋地开始蹬腿游动着，可不到15米我就呛水了，一瞬间就慌了，我感觉到了害怕，手忙脚乱地抱着泳道浮标。教练连忙游到我身边，安慰我不要害怕，鼓励我继续前进。我继续蹬腿游动着，泳池一时时传来咳嗽声，那是我一次又一次地呛水了……

“划手腿不动，收手再收腿，先伸胳膊后蹬腿，并拢伸直漂会儿。”蛙泳的顺口溜我已经背得滚瓜烂熟。第8天，我尝试不使用漂浮板在水中游动着。一开始游的25米非常顺利，换方向后继续游动着。突然我的身子下沉，头不能跃出水面换气呼吸我顿时慌乱，心里害怕极了。教练及时发现了我的异样，把我从水里捞了上来。我剧烈地咳嗽，眼角眼泪直流。泪眼模糊间，我向妈妈吐露心声，说我想要放弃了。妈妈用她那充满温暖和力量的声音，给我讲述了那个生长在悬崖峭壁上的“不屈花园”的传奇故事。

是的，很难想象他们能在人类无法抵达的崖壁开出洁白无瑕的花朵，没有肥沃的土壤提供营养和储存水分，没有任何的遮蔽抵挡狂风暴雨。可你看野百合依然把身姿傲立在石缝，垂直的崖壁变成了她奔跑的旷野。我要寻找芬芳，在成功路上傲然开放。

数天后，我终于如同鱼儿般在碧波荡漾的水中自在舒展，身后涟漪一圈又一圈地荡开，直至波光粼粼的水面上漾满了欢愉的涟漪……

那一缕芬芳，便是成功的芬芳。

（指导老师　郭荣菲）

# 森林故事会

西安高新第一小学　任一帆

茂密的森林里，各种各样的动物们喜欢聚在一起。一天清晨，森林里响起了一阵故事声……原来是张老师在给小动物们讲故事，看起来很热闹。

消息传到了森林里每一个角落，小动物们都非常兴奋。小鹿迈着有力的步伐，狗熊抱着蜂蜜罐摇摇晃晃地向前走着，小刺猬背着满身的果子着急地走过来，小兔一蹦一跳地走来了，小狗飞快地跑过来，小猴子也着急地挂在树上生怕听不到。

张老师坐在石头上给大家讲《动物世界》的故事。故事里有勇敢的小鹿、憨厚的狗熊、胆小的小刺猬、可爱的小兔、机灵的小狗和活泼的小猴子。大家都听得津津有味。它们在欢声笑语中度过了一天美好的时光!

# 最美时刻

西安高新第二小学　史轩名

今年暑假我报名参加了第十六届全国青少年打击乐大赛。为了能取得好成绩，我挑选了一首比较难的参赛曲目——《鱼跃龙门》。提前一个月我就开始赛前准备，每天打鼓两小时，每次练习完都汗如雨下，衣服都湿透了。可是，直到比赛前一周还有几个小节总是出错练不好，心情糟透了。就在我心灰意冷想要放弃的时候，爸爸对我说:“参加比赛不只是为了拿奖，而是让自己在更大的舞台上有展示自己的机会，通过比赛来提高自己，只要你过程中努力了，结果就不那么重要了，加油吧，儿子！”这句话坚定了我的信心，我更加努力刻苦地练习。针对容易出错的地方，我把每个小节拆开来单独练习；在网络上找到表演视频，仔细琢磨大师的手法；增加练习时间，一天三练强化肌肉记忆。一周魔鬼式练习把手掌都磨出了水泡。功夫不负有心人，我终于能够驾驭这首曲子了。时间很快来到了比赛前一晚，我的心里仍然惴惴不安，总怕比赛时会失误。

比赛当天，我怀着激动、兴奋、紧张的心情，和爸爸妈妈提前半小时就到达了比赛场馆。当主持人宣布比赛开始后，我感觉椅子上好像有一颗钉子似的，让我坐立不安。此时我的心“砰”“砰”地跳着，双腿直发抖，脑子里一遍又一遍拼命地回想着谱子和这段时间的每一次练习。看着一位又一位选手在台上自信地演奏，我的心情更紧张了。爸爸看出了我的紧张，对我说：“放轻松点儿，在台上就和平时练习一样，把自己最好的状态展示出来就好，加油！”我前面的一个选手上场了，我去了待赛区进行最后的准备，手心里不停地冒汗，鼓棒在我手里攥得更紧了。很快，主持人叫到了我的名字，就在这时我想到了一句话：“战胜恐惧的最好办法就是面对恐惧。”对，我不能退缩，我要勇敢地面对恐惧。我回头看了一眼观众席上的爸爸妈妈，他们给了我一个鼓励的眼神，让我不再恐惧。我微笑着走上舞台，站定之后，深吸了一口气，高高地举起了鼓棒，开始了我的表演。我把自己想象成五线谱里的一个音符，鼓棒像蝴蝶一样在鼓上飞舞，身体完全沉浸在乐曲中，忘记了台下的评委和观众。不一会儿，曲子打完了，我悬着的心终于放下来了。我迈着轻盈的脚步，回到了观众席。

所有选手表演结束后，主持人开始宣布比赛成绩。我不断地对自己说：“结果不重要，我努力了就好。”可是我的心还是情不自禁地怦怦直跳，手心里不停地冒汗，双腿不由自主地颤抖。我攥紧了拳头，竖起耳朵仔细聆听，当听到主持人宣布我获得二等奖的那一瞬间，我像弹簧一样跳了起来，飞快地跑上台去，接过奖杯高高地举过头顶。我掩饰不住内心的喜悦，开心地笑着，我看到台下的爸爸妈妈也露出了欣慰的笑容。那一刻，我明白了“宝剑锋从磨砺出，梅花香自苦寒来”的意思；那一刻，就是最美的时刻！

（指导老师　于晓霞）

# 森林故事会

咸阳师范学院附属中学小学部　史云熙

一个风和日丽的清晨，郁郁葱葱的森林里静悄悄的，万物无声，只有偶尔发出的虫鸣声，好像熟睡的森林在打鼾。

小明散步来到森林里，突然想开一个故事会。于是，他邀请森林里的小动物们来开故事会。动物们听到这个消息可都高兴了，纷纷赶来听小明讲故事。长颈鹿、大狗熊、树懒、猴子、兔子、狐狸、小狗它们几个起床比较早，很快就来到了故事会场。看到已经有了足够的听众，小明拿起一本《动物世界》，开始绘声绘色地给大家讲故事了。大家都专心致志地听着，听到情不自禁时还手舞足蹈。讲啊讲啊，小明觉得口渴了，说要喝口水休息下，长颈鹿说："可以让我来接着讲吗？"猴子听了，说："我来讲！我来讲！我最擅长讲故事了，"兔子、狐狸、大狗熊也都争先恐后地说自己也要讲，大家七嘴八舌地争了起来。小明想了想，说："大家可以轮流来讲故事，就先从长颈鹿开始吧，接下来是猴子、兔子、狐狸、大狗熊、树懒、小狗。"于是长颈鹿就从小明讲到的地方接着讲了下去，长颈鹿语言流利、声情并茂，讲到感动处流下了泪水，让大家也被深深感动。接下来，猴子、兔子、狐狸、大狗熊都上台讲了故事，轮到树懒讲的时候，它兴奋地接过了书，打开书的时候傻眼了，因为好多的字它都不认识，难为情地低下了头。小明看出来它的窘迫，告诉它没关系，说："我来和你一起讲。"树懒在小明的帮助下讲完了自己的故事，它暗下决心，以后一定要好好学习，争取能够讲出更多更好听的故事。这个时候，原本爱睡懒觉的动物们也都一个个赶了过来，慢慢地，这里变得热闹起来，原本有些安静的森林终于醒来了，恢复了往日的活力。

（指导老师　安蓓）

# 记住这一天

陕西省榆林市高新区第二小学　孙宸泽

五星红旗是中华人民共和国的象征和标志，承载着中国人民的骄傲和自豪，是中华儿女共同的根脉。每当听到“起来！不愿做奴隶的人们……”或者学校升国旗的时候，我就想起了2023年10月1日在天安门广场仰望国旗迎风升起的难忘场景。

2023年9月30日晚上，爸爸妈妈带我和妹妹去北京观看国庆节升国旗仪式。到了北京已经是凌晨1点多了，我和妹妹心情非常激动，没有一点睡意，恨不得立刻赶到天安门广场观看那庄严肃穆的升国旗仪式。我们没有去酒店，直接乘车去了天安门广场，此时还不到凌晨3点，广场上已经人群如潮、人头攒动。我的心情更加激动，甚至有点儿紧张，终于看到了我期盼已久的天安门了，即将要亲眼见证五星红旗在国庆节这个伟大的日子冉冉升起！

我和爸爸、妈妈、妹妹一边跑，一边寻找最佳的观看升国旗位置。费了很大的力气，我们挤到了国旗东边的护栏外。我的心里暗暗自喜：“这真是观看升国旗的绝佳位置啊！”我们站在那里一动不动，牢牢地守护着自己的“地盘”，生怕被别人抢占。更不敢喝水，怕上完厕所回来后位置被别人占领。

终于等到天亮了，8名礼号手在天安门城楼吹响号角，升国旗仪式正式开始啦！“来了，来了！”嘈杂的人群不约而同地肃静了下来，有的踮起脚尖、伸长脖子注视，有的把孩子架在脖子上观看，有的拿起手中的相机或手机记录这激动人心的一幕。我挥舞着手中的小红旗，目不转睛地盯着，生怕错过了精彩瞬间。出金水桥后，96名护旗队员由齐步换正步，端枪护卫国旗行进，铿锵有力的足音激荡在我的耳畔。“向国旗——敬礼！”军乐团奏响雄壮的国歌，升旗手扬起国旗，全场观众自发齐唱“起来，不愿做奴隶的人们！把我们的血肉筑成我们新的长城……”五星红旗越升越高，在天空中迎风飘扬，万羽和平鸽在广场上空展翅翱翔，人群中响起了雷鸣般的掌声和“生日快乐”“祖国万岁”祝福声。

五星红旗是无数革命先烈用鲜血染成的，在伟大祖国的生日观看升国旗仪式，意义格外特殊、分外重要，是我一生中最重要、最难忘、最美好的回忆。面对庄严肃穆的国旗，我的爱国热情油然而生：一定要好好学习科学知识、掌握专业技能，长大后用知识和本领报效伟大祖国！

（指导老师　艾荣）

# 难忘的眼神

西安高新第一小学　孙昊辰

你那深沉的眼神，如同星空般，给我的心里点了一抹希望的火光，我在那眼神中，走向赛场……

一天清晨，我还在睡梦中就被爸爸叫醒，“儿子，我给你报了比赛。”“什么……什么比赛？”我睡眼惺忪地看着爸爸，眼神中充满了疑惑。“作文比赛，你不是很擅长作文吗？”爸爸看着我说。我再次确认之后，一头倒在被子上，内心一阵颤抖。我不由得想：我能行吗？有那么多考生，我能获奖吗？我要是获不了奖，爸爸会不会很失落呢？我能行吗？

我抬起头，与爸爸目光对视。他那饱经风霜的脸上渐渐绽开一丛笑，从前额到眼睛，再到嘴角，逐步展开。打满褶皱的前额下一双失神的眼睛慢慢放出光来，仿佛透着一股祥和与鼓励，那双眼紧紧地盯着我，眼神中还有一丝期望，希望我能鼓起勇气，直面困难。我被他的眼神鼓舞了，我两步化作一步，走到爸爸面前，坚定地告诉他：“我一定会努力拿到好的名次！”爸爸的眼神少了一份严肃，多了一丝欣慰，随后又充盈了郑重，拍了拍我的肩膀，郑重其事地说了一句：“加油！”

走在前往赛场的路上，不经意间回头望去，爸爸的眼神就像一座山般坚定，在远方望着我前进的步子。望着他的眼神，我充满了信心，不由得透出笑意。我也感觉到了此时爸爸的笑意，他的笑容像春天里的阳光，让人感到宁静和温暖。他的眼神充满慈爱，仿佛包容了一切。

赛场上，拿到卷子后，我望着试卷上《难忘的眼神》，刹那间，父亲的眼神浮现在了我的眼前，我思如泉涌，手中的笔在纸上流淌开来……

# 花园里的故事

香港中文大学（深圳）附属彩田学校　孙赫铭

夜幕降临，星星闪耀。如火的云彩随着暑热渐渐消散，花园里的夏夜比白天更热闹。

微风伴着花香，夜莺和着蛙唱，蟋蟀们在弹琴，蛐蛐们在低吟，树梢间断续的蝉鸣引领着花园里的大合唱；蝎子用妖娆的舞姿倾诉着爱的心结，蜘蛛排起八卦阵等待着猎物自投罗网，伏在树叶上的草蛉和瓢虫开始了饕餮盛宴。月光如水，泻在花园里舞动的藤蔓上，把它衬托得更加妖媚妖娆。天上的星星在一闪一闪，默默地注视着花园里的一切。

突然，一群萤火虫翩然而至，它们闪闪烁烁，像夜空中的精灵，点点荧光好像洒落在人间的星星。花园里顿时充满了浪漫又梦幻的气息，将这场喧嚣的花园盛会推向高潮。这时，排在队伍最后面的一只小萤火虫掉队了，只见它逆行着钻进了花园的草丛里，似乎在寻找着什么。

原来，在草丛深处黑暗的角落里，有一只夜莺正趴在地上发出低沉的哀叫。这只小萤火虫听到了，它靠近夜莺轻柔地问它："夜莺朋友，大家都在开心地参加舞会，你为何在这独自伤心？"夜莺伤心地说："马路上疾驰的汽车飞溅起的小石头击中了我的眼睛，我失去了光明，从今天起我再也不能看见这个美丽的世界，而且我再也不能为我的鸟宝宝觅食了，它们还在鸟巢里饿着肚子等我回家……"听罢，萤火虫也忍不住跟着伤心起来，它看到这只夜莺的眼皮紧闭着，身体不停地抽搐，心想：“它的歌声曾经一定也很美妙动听，只是它再也没有心情歌唱了，它的宝宝们等不到妈妈送来的食物，那它们……”萤火虫不忍继续往下想，急切地说：“你别伤心，我来帮你，我可以把我的亮光送给你，点亮你的眼睛，这样你就可以再次看到这个美丽的世界了。”说完，它使出全身的力气闪动着身上的光，飞到夜莺的眼前，把尾部的亮光嵌入了夜莺的两只眼睛里……

夜莺使劲眨了眨双眼，用清亮的声音开心地叫道：“我看见了！我真的看见了！”就在这时，它突然看见一个小小的黑影在不远处的草丛上方跌跌撞撞，然后一头栽进漆黑的草丛里，它知道那一定是那只萤火虫朋友，它再也没有了萤光。夜莺飞上树枝，用它最清脆最嘹亮的歌声一遍遍地唱道：“是你，把光明给了我，把黑暗留给了自己……”那歌声充满了深深的感激和爱意，响彻了花园的上空。大家都被这感人的歌声打动了，它们停止了歌唱和舞蹈，聆听着夜莺的独唱。不一会儿，夜莺和萤火虫之间的感人故事由蛐蛐传给了青蛙，青蛙传给了螳螂，螳螂传给了藤蔓，藤蔓传给了花朵，花朵传给了花仙子……花仙子听罢感动极了，于是它悄悄地飞上了夜空，告诉了星星。

深夜，一颗绿色的星星“嗖”的一声划破夜空，坠落在花园里。“快看啊，是流星！”大家都屏住呼吸，朝着流星坠落的地方望去，只见漆黑的草丛里缓缓地飞起了一只萤火虫，它的尾部闪烁着格外耀眼的绿光。它飞到那只夜莺的身旁，然后它们一起欢快地飞了起来，好像在跳一支优美的双人舞。

夜更深了，花园里的大合唱更加和谐了。

# 好朋友大白

西安高新第一小学　孙嘉妍

寒冷的冬天里飘起了漫天的雪花，一群小朋友穿上厚厚的棉袄，戴上手套、围巾，兴奋地聚集在雪地里，兴高采烈地玩耍着。他们滚好一个大一点的球当雪人的身体，又滚一个小一点的雪球当雪人的头，一个活泼可爱的雪人堆好了，他们把雪人精心装扮起来，有的小朋友把自己的围巾给雪人裹上，用扫帚做成了雪人的手臂，胡萝卜则成了雪人可爱的鼻子。但总觉得还缺点什么，这时有个小朋友灵机一动，找来一个红色的水桶给雪人做成帽子，雪人瞬间变得活灵活现。他们还给雪人起了一个好听的名字叫“大白”。

雪地上到处都弥漫着小朋友的欢声笑语，快乐的他们好像都不觉得寒冷了。大白堆好后，几个人开始围着大白打雪仗，有的小朋友躲在大白身后，打过来的雪球都被大白的身体挡住了，大白好像也参与了他们的游戏。雪仗没打完，他们发现大白变成了一个大胖子。他们看着可爱的大白都笑弯了腰。

远处，一座被雪覆盖的小屋从炊烟中飘出淡淡的烟雾，原来是妈妈已经在家做好了热乎乎的饭菜。天色渐渐暗了下来，他们该回家了。他们相约明天一起来看望他们的好朋友大白，今天真是一场让人难忘的打雪仗。

# 龙年趣事

西安高新第八小学　孙童姝

龙年到了，我很开心，因为我知道龙是很厉害的动物，有长长的身体，大大的爪子，还会飞来飞去，上天下海呢！龙年里，叔叔阿姨们把舞龙表演得活灵活现，特别有趣。

大人们都说龙年是吉祥的一年，妈妈给我讲了龙的故事，我听得很入迷。原来，在远古时期的大地上，存在着很多的小部落，这些部落都有着属于自己的独特图腾，有的是鹿，有的是鱼，还有的是马。其中有一个极为强大的部落，他们的首领就是伏羲，他们的图腾是一条蛇。每当他们战胜一个部落，便会将战败部落的图腾融合到蛇身上，渐渐地，部落的图腾就变成了我们现今看到的龙的样子。因此龙是吉祥好运、智慧和力量的化身，深受大家的喜欢。每逢过节的时候，大人们便会通过舞龙、贴龙画等和龙有关的活动来庆祝节日。

春节的时候，我也画了一条大大的龙，我给它画上了大大的爪子、高耸的龙角和五彩斑斓的鳞片，还画了一双大眼睛，威风极了，爸爸妈妈对这幅吉祥画格外喜爱。在学校里，我们一年级的小朋友一起用葫芦丝演奏了歌曲《龙的传人》，我为自己是龙的传人感到骄傲和自豪。

龙年太有趣了，有好听的故事，有精彩的表演，更重要的是我知道了我是龙的传人，我喜欢龙年！

（指导老师　贾妍婷）

# 我战胜了恐惧

上海市闵行区浦江第二小学（谈中路校区） 孙玉萱

每个人在成长的道路上都会遇到很多挫折和困难。每当这时，我们就会内心充满恐惧。只有勇敢面对，才能战胜恐惧，收获成长。

那天晚上，弟弟突然发高烧。妈妈着急带他去医院，临出门时对我说："宝贝，你一个人在家不要害怕，要相信自己是个勇敢的孩子。"说完就急匆匆地出门了。他们刚走我就感觉只有我一个人的家变了，变得安静了，我可以清楚地听到自己的呼吸；变得空旷了，好像比平常大了几倍；变得恐怖了，窗外的大树张牙舞爪地挥动着树枝，好像下一秒就要破窗而入把我抓走。我屏住呼吸，先是关上卧室的门，然后把窗帘拉了起来，最后坐在沙发上心不在焉地看起书来。

突然，卧室里传来一种奇怪的声音，像是有尖锐的东西摩擦地板，又像是有人用指甲扣墙。那声音越来越急促，我感觉自己被恐惧包围，脑海里闪现出在《山海经》里看到过的各种鬼怪，大脑一片空白，手心直冒冷汗，连双腿也变得无力。我环视四周，抓起了旁边的扫把，就像握着一把利剑，眼睛紧盯着电话机，心里盘算着如果真的有怪物，那我拨打110后要怎么解释呢？警察叔叔会相信吗？对呀，老师说过世界上根本就没有怪物，要相信科学。这时我的耳边又响起一个声音：你要相信自己是个勇敢的孩子。这句话犹如一股暖流注入我的心灵，勇气顿时涌上心头。我毅然站起身来，迅速走到卧室门口，深吸一口气，用力推开了门。门一开，我看到的却是家里的大黄猫，它先是伸了个懒腰，然后慢吞吞地从卧室走了出来。原来，那奇怪的声音是它用爪子抓门发出的。我不禁松了口气，真是有惊无险啊！

这次经历让我明白，只有勇敢地面对，我们才能战胜内心的恐惧，看清真相。以后无论遇到什么困难，我都要勇往直前，成长为一个更加强大的人。

# 四季少女

北京市海淀区中关村第三小学　孙悦涵

一年四季，宛如四位性情各异的少女，各展独特风姿，且让我们来逐一结识。

春天似一位钟情绘画的少女，手持调色盘，轻挥妙笔。她以嫩粉绘就灼灼桃花，似少女娇羞的面容；用嫩绿勾勒出柳芽，如新生的希望；蘸取浅蓝晕染天空，纯净而悠远。画至中途，她稍感倦怠，灵感仿若隐匿。但片刻思索后，她重拾活力，添上鹅黄的太阳，温暖四溢，再画上俏皮的小蝴蝶，翩翩而舞。一幅春之画卷就此完美收笔，满溢生机与灵动。

夏天仿若热爱舞蹈的精灵少女，足蹬闪亮舞鞋，降临池塘之畔。她舞步轻盈，身姿婀娜，引得青蛙放声高歌，为其奏响独特的乐章；水中鱼儿亦欢快跃出，似在欢呼喝彩。她纵身一跃，落于粉色荷花之上，沾染满身荷香，芬芳四溢。路旁行人亦受其感染，纷纷随乐起舞，共赴这场夏日的狂欢盛宴。

秋天宛如热衷于收集的少女，踏入金色稻田，撷取一株饱满稻穗；步入丰饶果园，采下一串紫宝石般的葡萄；来到马路旁银杏树下，拾起那如扇的银杏叶，似在珍藏秋日的馈赠。最后，她步入人们家中，与众人分享丰收的喜悦，让欢笑与满足在人间流淌。

冬天是一位沉静内敛、喜好读书的少女。她轻挥衣袖，令外界寒冷笼罩，小动物们纷纷冬眠，世界一片静谧。她偶尔洒下一场小雪，营造出安宁祥和之美。一日，她正沉浸书海，却被外界喧闹惊扰。原来是人们不惧严寒，有的在雪地里嬉笑打雪仗，有的在冰面上飞驰滑冰，还有的精心雕琢冰雕。她见状，嘴角轻扬，心中暗自思忖：这般寒冷，竟也挡不住人们对生活的热爱与欢趣。

瞧，这四季少女，以各自的魅力与个性，交替演绎着岁月的华彩乐章，令人不禁沉醉于她们编织的奇妙世界之中。

（指导老师　张静）

# 童年趣事

广东省广州市荔湾区林凤娥小学　谭沛桐

童年就像一段开满五彩缤纷的鲜花的路，走着走着就长大了。但我还记得，那时我有多快乐，多开心啊！

还记得那会儿，我们在谈论谁最厉害，哥哥地对姐姐说：“当然是我最厉害啦！”姐姐见哥哥那么，便说：“不！你一点都不厉害，最厉害的是我！”姐姐和哥哥之间擦出了一点小火花。我提议：“你们别吵了，要不我们来玩捉迷藏吧，看看谁最厉害。”姐姐和哥哥齐声说：“有道理！好，那我们来玩捉迷藏！”下午，我、姐姐和哥哥来到草地上。姐姐来当捉我和哥哥的人，游戏开始了！我悄咪咪地走着，让姐姐听不到脚步声，躲进了草丛里。而哥哥第一次爬树掉了下来，第二次爬还是掉了下来，这样反反复复，终于爬了上去。姐姐数着数：“1、2、3…99、100！我数好了，我来抓你们啦！”我由于第一次玩这个游戏，心里紧张得快笑出声来，结果，我还是发出了笑声。被姐姐发现了，姐姐问我：“另外一个人在哪？”我心里想着：绝对不会说出去！我说：不知道！”

姐姐似乎看到了哥哥，便爬上树。结果，哥哥早就躲到草丛里了。但是哥哥踩到了一根树枝“吱呀”一声。哥哥连忙逃跑，姐姐穷追不舍。最终，姐姐抓住了哥哥。我和哥哥失落地低下了头，而姐姐却既开心又兴奋。

这件事真难忘啊！这个快乐的时光已经过去了，但还是记在我心里。每当我看到小朋友们在玩耍时，脑海里就浮现出捉迷藏时的有趣和快乐。这种快乐令我至今都难以忘怀！

（指导老师　吴少红）

## 身边的光芒

西安高新第二小学　汤以诺

我们身边有许多无时无刻都散发着光芒的人。

走在路上，路旁的绿化带被环卫工人们修剪出美丽的形状，散发着怡人的芳香，让路过的人感到心情舒畅。草地上也没有杂草，干净、整洁。一尘不染的街道与楼前的空地都是他们的杰作。这些“光芒”虽然表面朴素但内心却有着一股明亮的光。

在医院里，医护人员不断奔跑、忙碌，手上打针、换药的动作可能已经重复了上千遍，一次次的急诊抢救，一次次的手术，都是在与病魔战斗、与死神抢人。他们指挥着大家排队、挂号、就诊，从混乱中指挥出秩序，让医院从混乱的吵吵闹闹到有秩序地对号就诊，让每个人都能健康的、有尊严地生活在这个世界。

在火灾现场，消防战士们总是逆向而行，冲进火场，与高温、火焰为敌，与浓烟作对。在火灾现场救出一个个鲜活的生命，甚至不惜将自己的性命搭进去，也要为人民保驾护航，让每个人都能放心用火用电，让我们不用再为用火而焦虑，因为有这群“光芒”保护着我们！

光芒，就是为人民服务的那群人，就是保护我们，为我们创造美好环境的人。我们应该尊重他们，敬爱他们，感谢他们为我们带来的美好生活！

（指导老师　康钰）

# 我家的小小动物园

上海市浦东区民办未来科技学校　汤梓婷

有人说家庭是黑暗中的一丝光亮，为迷茫的游子指引前路。有人说家庭是寒冬里的一束暖阳，为风雪夜归人带来温暖。而我觉得家庭是一个小小动物园，为我的生活带来欢声笑语。

先说我的表哥吧，他可是一只馋嘴的“肥老鼠”。我这么说一点也不夸张，因为表哥不仅长得蛮胖，还很爱偷吃零食。由于表哥体重超重，所以奶奶不得不对他执行“减肥计划”，只是用脚趾头想也知道表哥不会乖乖“就范”。一天晚上，表哥在奶奶睡着了之后，偷偷溜下床。你猜他要去干吗？没错，馋嘴的表哥又偷溜到厨房去找东西吃了。他悄无声息地打开冰箱，拿出一盒午餐肉，把包装撕开后，顾不得拿叉子，就哼哧哼哧地吃了起来。一盒肉吃光了，表哥才满意地回床睡觉。

再说我的奶奶，对于表哥来说，奶奶就是一只“大老虎”。奶奶发现了被丢在垃圾桶里的外包装，心想肯定是被人偷吃了，她锁定的第一个嫌疑目标就是表哥。她直接拿着包装盒，找到表哥问：“你昨晚是不是偷吃了肉罐头啊？”事已至此，表哥只得承认。“你这家伙体重已经超重了，还天天吃那么多垃圾食品，不吃蔬菜，你说说你这样不变重就怪了……”奶奶数落着表哥。现在，表哥已经不再偷吃零食了，你们说这是为什么呢？

最后跟你们说说我的爸爸妈妈。我妈妈是家里的“小猫咪”，很爱干净，每天早上起床第一件事就是把家里打扫一遍，看到每个东西都整整齐齐地处在它们原来的位置上，她就心满意足。有一次，我不小心把塑料瓶碰到地上，忙于写作业没有及时捡起来。被妈妈知道了，我就被她足足“骂”了有五分钟。我爸爸是我们家的“长颈鹿”。首先是因为他的个子很高，足有一米八呢。而且他还是个运动健将，不仅短跑跑得非常快，而且还很擅长打羽毛球。此外，爸爸平时待人随和，温文尔雅，有着和长颈鹿一样温柔的性格，也很大方。表哥就最喜欢到我家来，因为每次爸爸都会准备丰盛的食物招待他，让他大饱口福。

我每天生活在这样一个小小的动物园里，感到非常高兴。如果换成你们，又会有怎样的感受呢？

# 吸水的蜡烛

西安高新第一小学　唐誉豪

妈妈说她会让蜡烛吸水，我非常诧异、将信将疑。妈妈让我自己动手做一做这个有趣的实验——吸水的蜡烛。

我迫不及待地准备好实验材料：小纸盘、红色颜料、水、蜡烛、打火机、玻璃杯，然后满怀期待地开启实验了。首先将水倒入纸盘里，水面没过纸盘底部，再向水里加点红色颜料，颜料仿佛见到久违的好友一样与水热情拥抱，最后与它彻底融为一体了。接着，我用打火机把蜡烛点燃，小心翼翼地把蜡烛放在纸盘中央的红色水里，细长的火苗在蜡烛顶端轻盈地跳着舞，闪闪发光。最后，我拿起空杯子轻轻盖住蜡烛，倒立在盘子的水里。我满怀期待地观察着接下来将会发生什么，瞪大双眼，目不转睛地盯着杯子里的一切。只见蜡烛很快就自己熄灭了，杯子外面的水不紧不慢地往杯子里面跑，杯中的水像施了魔法一样自动上升。我欣喜若狂地叫道："妈妈，我成功了，也能让蜡烛吸水了。"

我好奇地拿起杯子，"咦，杯子下面的纸盘居然不往下掉。"我惊讶得目瞪口呆，继续实验，把杯子外面的水轻轻倒掉，杯中的水仍然纹丝不动，纸盘也像磁铁一样牢牢地吸在玻璃杯上。我再左右倾斜、晃动杯子，水、纸盘也跟着杯子动，他们仿佛是亲密无间的姐妹花般牢牢地黏在一起。

这是什么原理呢？我满脑子的疑问。经查阅资料，我懂了：蜡烛燃烧消耗杯中的氧气，产生二氧化碳，蜡烛熄灭；杯中的气压变小，大气压把盘中的水压入杯中，把纸盘也压在杯子上，所以水在杯里自动上升，纸盘也牢牢地吸在杯子上。

这“吸水的蜡烛”真是太有趣了，只要我们勤于思考、勇于探索，一定会发现生活中无处不在的科学知识。

# 森林故事会

西安市长安湖居笔记小学　田沁禾

一年一度的森林故事会到啦！

这天清晨，小动物们早早起床，开始在森林里布置大会。棕熊带来了蜂蜜；猴子带来了桃子和香蕉；小狗带来了肉骨头；小兔带来了一筐胡萝卜；狐狸带来一块儿肉；小刺猬背着一些红红的果子；梅花鹿带来了他最喜欢吃的山楂；就连树懒先生也早早地爬上了树，来参加故事会。大家猜猜看，树懒带来了什么？其实树懒先生也带来了好多美味的水果。

故事会开始啦！小帅同学特意请假来到了森林故事会的现场，今天的主持人就是他！随着小帅主持说：“今天的第一位选手是棕熊，请大家掌声欢迎！让我们的掌声再热烈点儿！”故事会就开始啦！棕熊一点儿也不紧张，他自信地站在小动物们的前面，他带来的故事是《棕熊与小狐狸》。小动物们依次上台表演。大家一边分享美味的食物，一边观看表演。

经过两个小时精彩的演出，森林故事会终于结束啦！小动物们都迫不及待地等着他们的最终得分。最终，每个小动物都得到了“最佳故事表演奖”的最高荣誉。主持人小帅也为小动物们的自信感到骄傲。

主持人小帅说：“今天的故事会就圆满结束啦！感谢大家的积极参

与，我们明年的故事会再见！”大家一起合影留念，留下了这张珍贵的照片。

# 借伞

西安高新第二小学　王嘉锐

一个晴空万里的早晨，天空中突然下起倾盆大雨，小花猫站在阳台上，皱着眉头，心想，这么大的雨，我怎么出去玩呢？

正在发愁的小花猫突然看见他的四个小伙伴，小青蛙、小乌龟、小鸭子和小鸡。小花猫大声地问他们："这么大的雨你们都去哪里呀？"小青蛙抬起头说："突然下雨了我们没带雨伞。"小花猫心想，"如果我把伞借给他们我该怎么出去玩呢？"小花猫心里发愁了，可是他看到小伙伴在雨中拼命地奔跑，他拿起伞快速地跑进雨中，他撑开伞把他和四个小伙伴保护在伞下。看着没被雨淋的小伙伴，小花猫心里乐呵呵的，他体会到了助人为乐的开心。

不一会儿大雨停了，天空放晴，出现了美丽的彩虹。雨后的草地更绿了，空气变得格外的清新，小伙伴们开心地在草地上玩耍。小花猫因为帮助了别人而感到无比的开心和自豪。

（指导老师　金沿汐）

# 陪伴

西安高新东区小学　王矜霖

陪伴，是一盏无形的灯，默默地为你的前方开辟出一片光明，朋友的陪伴，恰似一汪暖流，浸润心灵。成长的道路，有朋友陪伴左右，便会勇往直前，坚强不屈。生活中，只要想起朋友们无私的陪伴，便浸润了眼角。

那天夜晚，下了课，我们便守望着家长的到来。平日中，我的家长来得还算早，今天怎么还没来呢？在这漆黑的夜里，月亮化作孤独；看着同学们一个个蹦跳的背影，风儿化作忧愁，可接我的家长却迟迟未来。风儿如刺刀般划着我的脸，小腿的酸痛让我无力寻找。过了半晌，家长身影还未出现，委屈与着急湿润了眼眶。突然，一个朋友从房间内蹦跶着走出来，他家就住在附近，所以每天晚回去些，当他看见我时，停住了脚步，不解地问道："你怎么还没走呀？"我无力地叹了口气，他瞬间明白了意思，立即坚定地说："去我家吧，我家离这儿很近的！"我急忙摆了摆手："我不能随便去别人家的，待会儿我家长来了看不见我要着急了。"他点了点头，说："那我陪你等一会儿吧，我家人不会介意的。"我只好答应。在等待中，他和我愉快地聊着天，我也渐渐化去了心中的委屈。二十分钟后，我的家长着急地赶来，我与他轻轻地摆了摆手告别，眼中是无尽的感激。

朋友的一件小事，却被我永记心中，随着成长的脚步，在我的心中萌生小芽。

（指导老师　程奕诗）

# 美好的瞬间

江苏省无锡市连元街小学　王俊言

在我的成长手册中，记载着点点滴滴的难忘瞬间。追逐梦想，数学挑战赛让我收获金奖；朋友相聚，十岁生日令我喜获知心朋友；外出旅游，扬州文化使我满载而归。而最让我难忘的是两年多前，妈妈送给我的一件梦寐以求的珍贵礼物——一个活泼可爱的“开心果”小妹妹。她的到来是我成长过程中一个不可磨灭的印记。这美好的瞬间我终生铭记。

上学期间，一到下课，小伙伴们总会冒出一个话题：家里有弟弟妹妹了。哇，怎么都有弟弟妹妹啦？放学回家，我带着羡慕的语气对妈妈说。妈妈听了笑着“狡猾”地回答：“我和爸爸正在商量中。但你学习一定要认真，不然，我们就送走一个。”我满口答应，学习更加努力了。

终于有一天，外婆悄悄告诉我：“妈妈肚子里有宝贝了。”我听了，激动的心情无法形容。为了不让妈妈把我送走，我学习特别自觉了。为了妈妈“是生弟弟，还是生妹妹”这个问题，我还和外婆打赌。如果妈妈生的是妹妹，外婆愿拿出1000元钱作赌注，我要把它作为给妹妹买奶粉的钱送给妈妈。为此，外婆开心得合不拢嘴，夸我长大了，懂事了。妈妈告诉我：“肚子里的宝宝经常要踢她的肚子，可淘气了。”我对妈妈说：“那是宝宝一会儿‘做广播操’，一会儿‘竖蜻蜓’，一会儿‘练拳击’呢。”妈妈听了哈哈大笑。

一天放学，外婆告诉我妈妈去医院生宝宝了。两天后，一个妹妹竟然跳出了妈妈的肚子。外婆高兴地拿出了给妹妹买奶粉的钱，我也喜极而泣。在这美好的瞬间，我从妈妈手中接过妹妹像捧着宝贝一样激动地欣赏着：脸圆圆的妹妹，眼睛还闭着，皮肤有点黑，头发只有几根，像极了中国当代最杰出的漫画家之一——张小平爷爷笔下的“三毛”。第二天上学，我终于忍不住在同学们面前炫耀了：“我有妹妹啦，我有妹妹啦！”惹得几个小哥们向我击掌祝贺。

妹妹的睡姿真可爱，侧着半身，右手托着小脸，仿佛生气状；两只小胳膊伸到脑袋上，好像“举手投降”状；小胖腿像青蛙一样弯曲蜷缩着，宛如小青蛙随时准备“跳跃”。有时候，小嘴在“吧唧吧唧”地响，妈妈一看，原来妹妹在啃小手指呢！妹妹的到来给全家人带来了欢乐。但只要妹妹一哭，仿佛要让全世界都知道。她用她唯一的语言——哭，来告诉妈妈，她或是饿了，或是尿了，或是想玩了。啊，妹妹的哭声仿佛一首动人的歌曲，唤醒了妈妈的温柔之心；又像是一首动听的旋律，为我们全家带来了幸福和喜悦；还像一阵清风，轻轻拂过我的心灵，引发我对妹妹的万般宠爱与关怀。妹妹一边哭，一边睁大眼睛向四周看，眼睛不停地转动，小泪珠沿着眼梢像坐滑滑梯一样不停地滑下去。但只要妈妈一抱，刚才还在哇哇大哭的妹妹马上露出微笑，像一朵盛开的玫瑰花一样艳丽。

长大了一点的妹妹会走路了，会学说话了，但对家人的“条件”也更多，还学会了捣蛋。一会儿说要喝奶，就是不肯吃米饭；一会儿又哭又闹，不愿穿袜子；一会儿又把玩具小熊扔到金鱼缸里去了，还逼着小花猫啃巧克力。如今，妹妹已经两岁半了，她很乖巧。记得那天，我在书房做完作业，自我陶醉地唱了几句，妹妹居然翘起两个大拇指夸我，还奶声奶气地说：“嘟嘟好，嘟嘟好。”又是一个“求抱抱”的优美动作。妹妹的模仿能力特别强。有时学着电视里跳广场舞的爷爷奶奶们，又是屁股扭扭，小脚抖抖；又是身子晃晃，头部转转；还学着我手臂摆摆，伸个懒腰。就是在我读书时，她也捧着拿反了的书，嘴里还“叽里咕噜”地认真地读着，不吵也不闹，简直萌花了我的心。

在美好的瞬间，我遇到了我亲爱的妹妹。因为亲情，所以更美。我将永远把这美得让我心醉的瞬间珍藏在我的心底。

（指导老师　吴敏）

# 记住这一天

西安高新东区小学　王睿凡

暑假里的一天，我和妈妈坐着高铁来到郑州的银基动物王国玩。这是我最难忘的一天，这里的生命之树深深地震撼了我。

我们走进动物园的大门，映入眼帘的是一条不长的步行街，街的尽头有一棵不知名的大树格外显眼。走到树下才发现这是一棵十分高大茂盛的人造树，这棵树就是有名的“生命之树”。树根盘根错节，粗壮的树干上还浮雕着各种各样的动物，有老虎、狮子、犀牛……细长的树枝上不时还站着几只唱歌的小鸟。

白天每隔一段时间，树下小山上的喷泉喷涌而出，水不断地从小山上一层一层地流下来。几位吹着小号、唢呐的叔叔在树前广场上吹奏这动听的乐曲，一场“生命庆典”就开始了。

到了夜晚，启动生命之树按钮，树干瞬间变化为美丽震撼的舞台。舞台上投影着以动物为主题的大型投影秀，讲述着老虎、梅花鹿、飞鸟、游鱼、昆虫等动物和谐共处的景象。

生命之树让我们感受到了动物与自然的和谐，告诉了我们要爱护动物、保护大自然，并共同守护我们的家园！这是我永远忘不了的一天，我一定要记住这一天。

# 给自己一个微笑

西安高新第二小学　王睿熙

寒来暑往，那是属于我小学生活的第三个暑假。那个暑假可不一般，我有一项非常大的计划要实施，你知道是什么吗？

我是三岁开始学习钢琴的，妈妈说钢琴是乐器之王，打好了钢琴基础，以后学什么乐器入门也很快了，从此妈妈就陪我走上了音乐之路。我的钢琴老师是温柔漂亮的刘老师，有时候我也会上课走神，不专心，弹错音，刘老师总是很耐心指出我的错误并且让我再练习几遍，所以我从来没有觉得讨厌学习钢琴。别看我年纪不大，今年可是我学习钢琴的第6个年头了，每年都参加一次钢琴音乐比赛的我，却从来没有考过钢琴的等级，所以我就想这个暑假试试钢琴八级的感觉。

说干就干。大概在三月底新学的曲子，在六月底期末考试前后我也忘记得差不多了，所以我决心七月开始好好练琴。刘老师给我规定的强度是一天至少保证四个小时，我一般完成四个小时的目标后，再附加练习1~2个小时。妈妈还给我报了一个“白玉兰音乐节”的钢琴比赛，说是以考代练。其实七月中旬上台的我内心是有一点紧张的，但是对于一个每年都参加钢琴比赛的我来说，很快就驱赶走了“紧张打怪兽”，完整地完成了整个曲子的演奏，取得了一等奖的好成绩，这让我对我后面的八月份考级更有动力了。

随着钢琴考级时间的临近，没想到西安的疫情越来越严重，8月23日爸爸妈妈都帮着我录制视频，我们三个在沙发上研究了很多普遍的问题与注意事项，模拟了一次，没想到考到一半的时候，网络居然出问题了，爸爸又赶紧联系陕西省音乐家协会，回复的是网络正在抢修中，让我们时刻关注。第二次我们再次进入考试通道，也许有上一次经验吧，这一次我轻车熟路，也就顺利录制完了视频。

几个月后，我收到了一封快递，那是印着“钢琴八级良好”的通知单，但我内心反而没有那么激动。我很感谢刘老师，是刘老师给我打开了音乐之门；我也很感谢我的爸爸妈妈，他们总是风雨无阻地陪伴我的成长；我也感谢我自己，在我觉得那些小蝌蚪五线谱很难很难记的情况下，咬着牙把整首曲子啃下来了。其实这次暑假我有一个深刻的感受，那就是，努力的过程比最后的结果更让人难忘。

# 文具盒里的秘密

西安高新第一小学 王语琪

小主人终于睡着啦！文具盒里的铅笔、橡皮、尺子……都开始讨论了。

这次它们选择的讨论目标是自己被小主人伤害的地方，为什么会这样？第一个是软尺，它看着没什么，但是你近看它的一个脚就被人咬掉了，天哪！其他的文具差点就要被吓死了，原来这个是小主人用牙咬掉的，可能是因为它的小主人觉得他是软尺就不容易坏掉，结果咬着咬着那个角就被小主人咬掉了。她还说自己那个被咬掉的角，其实已经在好久之前就被扔掉了，之后它就再也没有见过它那只角了。

其它的文具还以为软尺是受伤最重的一个，当橡皮擦出来以后它们就发现软尺并不是最严重的一个了，而是最轻的一个。原来呀，小主人有一个爱好就是拿一大块橡皮，然后拿一把尺子在橡皮上来回地摩擦，把橡皮切成两块，一块一块地剧，剧成了好几块。橡皮拖着自己被剧开的身体，一步一步地走到大家面前。这时钢笔走了出来，说明了自己的情况，原来呀，钢笔经常会没墨，但是小主人却以为它是故意偷懒不把墨放出来，这样看小主人就不能再写字了，然后小主人就把它使劲地往地上甩呀，甩呀，一下子把钢笔给扔了出去。钢笔还以为没什么事，结果下一秒它就被撞到了墙上，撞得鼻子是肿的，眼睛也是肿的，哪里都不舒服呢！听完大家的话，所有的文具都开始不乐意为小主人服务了，于是它们又开始讨论它们该怎么样才能把这个坏蛋小主人给摆脱掉。

所有的文具都开始造反了。这时文具盒说："大家都快到我的身体里面，我带着大家离开这里，这样小主人就抓不住我们了，我们也就可以摆脱他的控制了。"文具盒蹦蹦跳跳地带着其他东西都离开了，这时已经快天亮了，它们得加紧速度这样才能逃脱这里，否则自己又要受难了。

终于离开了小主人的魔爪，它们长叹了一口气，可接下来就发生了，比在小主人那里更惨的事情。它们被垃圾车给扫走了，所有文具都像热锅上的蚂蚁一样来回地转，有人提议离开这里，可是它们不管怎么样的爬也爬不出去，它们全都叹了一口气。这时，文具盒像地震一样地震动起来，它们下意识地就被惊醒了，原来呀这是在做梦，小主人也同样做到了这个梦。他们都吓着了，互相看着对方，并互相原谅了。从此，他们便不会有了任何事情，小主人也好好地对待它们，他们就这样永远地过着美好的生活！

（指导老师　王婷婷）

# 动物故事会

西安高新东区小学　王誉雯

金灿灿的阳光洒向了森林，美好的一天开始了。小学生们都放假了，一放假，爸爸妈妈就会带孩子们到森林里做客。小动物们期盼一年一度的故事会时间到了。

今天讲故事的小男孩拿着一本动物世界的故事书，只见他激动地打开书，盘腿坐到了地上。小动物们纷纷围了过来，有小熊、梅花鹿、小狐狸、小兔、小狗和小猴子，很快把小男孩围成了一个圈，故事会正式开始了。今天的故事是《帝企鹅成长记》，小男孩讲得聚精会神，小动物们听得全神贯注。

小狐狸还仰起头感叹地说："我好想和帝企鹅做朋友啊！"不得不说，这个故事太精彩有趣了。小熊连拿在手里的蜂蜜都顾不上吃了，因为他被书里帝企鹅的生活给彻底地吸引住了。

今天的故事会圆满结束了，小动物们都期盼着下一次的故事会，这可真是美好的一天啊！

# 成为参天大树

江苏省南京市天正小学　王悦凝

在我两岁八个月的时候，我第一次接触画画。那时，我还不会拿画笔，而是用手指代替涂鸦。当红色、绿色、蓝色，那些色彩在我手上流淌出来时，对我来说是那么新奇。绘画像一颗小小的种子，在我心中悄悄发芽。

四岁时，爸爸妈妈带我去法国巴黎，我站在奥赛博物馆一张描绘波光粼粼的水面向远处延伸的绿色油画前久久凝视，仿佛伫立在池塘边，后来我才知道，那是莫奈的《睡莲》。当后来学到语文课本里的古诗“接天莲叶无穷碧，映日荷花别样红”时，我突然就明白了那幅画的意境。

学习画画的脚步一直没有停息。六岁时，我跟着一、二年级的小学生一起考美术六级，心里十分胆怯，妈妈鼓励我：过不了就再来一次呗。我来到考场，勾勒出我心中的景象。我竟然一次就通过了考级，好开心呀，梦想的种子又长大了。

去年我的五爷爷生病了，我为他画了一幅画，一棵树上有着点点星光。五爷爷拿着画面部的皱纹里透着开心，还把我的画贴在病房的天花板上，为了生病躺着的时候能时时看到。原来我的画还有疗愈的功效呀，我想：那我可要为世界带来更多的美丽。

今年教师节，我用三个小时为我的班主任江老师画了一幅取名为《繁星下的猫》的画，灵感来源于梵高的《星空》，取名源于冰心奶奶的《繁星》，江老师非常喜欢，说这是她收到的最温暖的教师节礼物。梦想的种子在一次次激励中浇灌。

我想长成一棵树，让梦想的种子慢慢发芽、慢慢生长，每一年都长出新的自己。

（指导老师　朱玲娥）

# 我的家乡

西安高新第一小学　王子辰

说到家乡，我想请你来猜一猜我的家乡在哪里？

这是一个拥有着悠久历史的文化古城，有着独特的风情和美食，这里的人们热情好客。最著名的景点有世界八大奇迹之一的秦始皇兵马俑，你猜到我的家乡在哪里了吗？就是西安！

我的家乡除了秦始皇兵马俑，还有很多值得一看的文化古迹。纪念玄奘的大雁塔、传为佳话的华清池、让人敬畏的杨虎城将军纪念馆、巍峨林立的华山等等，都会待给我们不同的惊喜。

在我的家乡不仅有众多文化古迹，还有独特的美食。肉夹馍、羊肉泡馍、凉皮等特色小吃，让人们品尝到传统美食的独特风味。

我的家乡在西安，是一个充满了历史文化气息、拥有着传统特色美食的地方，我爱我可爱的家乡。

（指导老师　刘春玲）

# 小鸭子得救了

西安高新第二小学　王梓茜

一个风和日丽，阳光明媚的早晨，小鸭子在森林里散步，一不留神掉进了大坑里。它用尽全身力气往上爬，可是怎么也爬不上去。小鸭子急得大声呼救："救命啊！谁来救救我呀！"

第一个听到小鸭子呼救声的是小鸟，它快速飞了过来，看到正在大坑里伤心流泪的小鸭子并安慰道："小鸭子你别急，我去叫其他小伙伴们来救你。"

不一会儿，小鸟找来了小熊、大象和小猴子。小猴子又在森林深处找来一根长棍子，它用尾巴勾住树枝，倒吊着把棍子伸进坑里，想拉小鸭子上来，可是棍子太短了，小鸭怎么也够不着，小动物们急得团团转。这时，小熊想到了一个好办法，它说："小鸭子会游泳，我们往坑里加水，小鸭子不就能浮上来了吗？"大家赶紧行动起来，找来水桶往坑里加水。在大家的努力下，小鸭子慢慢浮了上来。可是，坑太深，水太少，小鸭子又受了伤，上来并不容易。于是，大象把它的长鼻子伸进坑里，把小鸭子卷了起来。小鸭子终于得救了，激动地说："谢谢大家，我们一起玩吧。"小动物们都开心地点点头，大家一起愉快地玩耍起来。

（指导老师　赵侠）

# 记住这一天

西安高新一小麓湾小学　王梓荃

期盼已久的元旦假期终于来了，我和爸爸妈妈快速收拾好行李，兴致勃勃地出发了。坐了3个小时的飞机，我们终于来到了珠海长隆海洋动物园旁边的酒店，准备在这里边游玩边跨年。

进入到海洋动物园，去鲸鲨馆是我们的第一个目标。爸爸妈妈由我带路，直奔鲸鲨馆。我们走进玻璃海洋隧道，就仿佛置身于海底之中，大大小小的魔鬼鱼扇着“翅膀”从我的头顶、身旁游过。两只巨大无比的鲸鲨，缓缓地游过来，它从头到尾，应该有20米长，我站在它那巨大的身影下时，忍不住赞叹：“真是雄伟壮观！”不一会儿，我发现所有的鱼儿都开始朝着一个方向绕圈游泳，我仔细看了看，才发现是潜水员在给小鱼们喂东西吃呢。除了鲸鲨，我们还看见了小丑鱼，软绵绵的大海葵，和会变色的水母。走到最后，妈妈问我：“这一会儿，你学到了什么？”我对妈妈说：“我知道了小丑鱼身上有黏液，所以不会成为海葵的食物，可以生活在海葵里，躲避天敌。水母是没有内脏、心脏和肺的，它的身体里大部分都是水……”我们边走边说，很快我们就走进了企鹅馆。企鹅们摇摇摆摆，慢悠悠地走来走去，离我们最近的一只企鹅用嘴啄了啄自己身上的羽毛，还摇了摇小尾巴，显得呆萌又可爱。

看完了海洋动物，我们又去坐海象馆里的“激流勇进”。我们穿好雨衣依次排队，当我们的3号船开动的时候，我开始紧张起来，船儿穿过海象馆的玻璃隧道，几只憨态可掬的海象向我们打招呼。当我们的船从百米高空俯冲下来时，我感觉自己飞了起来，屁股也离开了座位。我心里又紧张又兴奋，而爸爸和妈妈却吓得闭紧眼睛，皱着眉毛，张着嘴尖叫起来。那一瞬间的感觉，我想我会永远记得。

我们一直玩到晚上。看着绚烂无比的烟花表演秀，在无人机拼起的爱心图案下，我许了愿，我想，这一天我永远不会忘记。在这里，我度过了一个开心的元旦。

（指导老师　李娜）

# 感谢遇见

北京市第八十中学枣营分校　魏艺琳

曾经，我心目中的数学老师仿佛是无休止的教诲者，他们的言语仿若连珠炮般不绝于耳，令我对数学的热情逐渐冷却，成绩也一落千丈，此后无论我如何挣扎，成绩都始终停滞不前。直到我遇到了她——浦老师。

初次听说她是一位经验丰富的老教师，我不禁暗自揣测："或许，她的教学方式也会像她的年龄一样，沉闷而无趣吧。"然而，现实却与我的想象大相径庭。就在浦老师讲解新学期的第一堂课上，她迈着坚定有力的步伐，仿佛踏着无人能撼动的节奏，走近了我们。还没等那两位走神的同学回过神来，"啪、啪"两声清脆的敲桌声在他们面前响起，提醒着大家对知识的敬畏。对于那些专心致志的同学来说，浦老师的严谨是出了名的，哪怕是微小的错误，也无法从她的目光中逃脱。

记得一个阳光明媚的下午，浦老师抱着一叠厚厚的作业本走进教室。“这次全班只有两位同学的作业合格。”浦老师略带调侃地微笑，扫视着全班，而大家脸上写满了难以置信。“没错，39个人中，只有你们两位达到了标准。”下课后，浦老师把我和另一位同学请到了办公室。她不仅送给我们一份意外的“大礼”，还流露出惊讶的神情：“你们两个真是幸运儿。”浦老师笑容可掬地说，“要知道，我的合格标准可是相当高的，要求字迹工整，卷面整洁，布局合理。而你们，显然比其他同学们做得更好。”受到如此苛刻的老师认可，我内心燃起了新的斗志，我决定更加认真地学习数学。可是，即便我付出了极大的努力，期末考试的成绩依然停留在94分。“没关系。”我对自己说，“此后，我将依循浦老师的高标准研习数学，坚信定能有所成。”

感谢浦老师，是她激发了我对数学的热爱。虽然我的数学成绩进步并不明显，但我深信，只要我始终坚持按照老师的高标准来要求自己，成功就在不远处。

（指导老师　尉晶）

# 我的奖品

四川省攀枝花市第二小学龙珠分校　石哲豪

在岁月的长河中，我们每个人都曾有过属于自己的那一份独特的奖品。它可能是一件物品，也可能是一段经历，但无论如何，它都承载着我们的努力、汗水和成功的喜悦。对我来说，那份特别的奖品，不仅仅是一份物品，更是一段难忘的经历，它让我感受到了成长的喜悦和努力的价值。

记得那是一个阳光明媚的下午，学校的操场上热闹非凡，我们正在举行一年一度的运动会。我参加的是最考验耐力的长跑项目。站在起跑线上，我紧张又激动，心里默默地为自己打气。

随着裁判的一声令下，比赛开始了。我奋力向前冲去，试图在开始时占据有利位置。但很快，我就感到有些力不从心，周围的选手一个个超过了我。我不甘心，咬紧牙关，坚持着一步一步向前跑。

跑到中途，我的体力几乎耗尽，双腿像灌了铅一样沉重。我看着前方遥远的终点，心里充满了绝望。然而，就在这时，我听到了一阵熟悉的加油声。那是我的同学们，他们来到跑道边，挥舞着手中的旗帜，大声地为我呐喊助威。

那一刻，我仿佛感受到了无穷的力量。我深吸一口气，调整呼吸，加快步伐，向着终点冲去。终于，在同学们的欢呼声中，我跨过了终点线，取得了不错的成绩。

赛后，我收到了学校颁发的奖品——一个精美的奖杯。它虽然不重，但在我心中却有着无法估量的分量。因为这个奖杯不仅代表了我的成绩，更代表了我的坚持和努力。

# 甜

西安高新一小麓湾小学　吴晟睿

世上的甜品，千变万化，无穷无尽，比如说好吃便宜的糖果；人人都爱的蛋糕；可口的饮料；凉爽的冰淇淋……而我只对“东方甄选”里的榴莲千层饼情有独钟。

昨天，妈妈在网上买的榴莲千层饼到了，我立刻取回家，在家里品尝起来。吃完了之后，这个味道让我回味无穷！我下定决心，一定要自己做一个榴莲千层饼！

我在网上把食谱找好后，就立刻动身，下楼寻找材料去了。到了超市，来到食品区，定睛一看，嘿嘿，种类齐全，材料应有尽有。我挑了几个土鸡蛋之后，拿了一袋低筋面粉；在水果区拿了一个超大且熟透的榴莲，这榴莲看起来肉多鲜嫩，闻起来让人垂涎三尺。结账的时候，我拿出爸爸的私房钱，瞬间，老爸的小金库就见底了。

回到家后，我按照食谱的做法，把鸡蛋打碎，把蛋黄和蛋白分离出来，蛋白倒入碗中，一直搅拌，直到搅出泡沫为止。我用最快的速度搅，打到手都发酸了，可是还是没有打出泡沫状。我又打了10分钟，终于打出了泡沫状，再倒入蛋黄和面粉，搅成糊状。然后倒入适量的牛奶，最后加入提前剥好的榴莲。

前期工作算是准备好了，平底锅加热好之后，开始煎饼。煎饼必须倒得适量，第一次，太少了，粘锅了。第二次，手一滑，太多了。第三次，刚刚好，成功了！

我做了不下30张饼，然后拿出事先准备好的奶油，往上一倒，倒多了，再拿出榴梿。照这个样子一直做，大概做了15层，过了30分钟，终于做好了！

我品尝着自己做的榴梿千层饼。这味道，比买来的还甜，甜到我的心里，甜得沁人心脾，这应该就是劳动的味道吧。

（指导老师　蒋伟）

# 海岛探险之旅

广州市越秀区大沙头小学　吴浩玥

暑假到了，在我的软磨硬泡之下，妈妈终于同意让哥哥带着我去海岛进行一次探险之旅。我兴奋极了，心中暗想，在书上看到的探险知识终于可以派上用场了。

一到海岛，我就被眼前的景象震惊了——微风轻轻拂过我的脸庞，海水拍打着沙滩，奏响美妙的乐章，我这是来度假了？不等我慨叹完，哥哥已经拿出事先准备好的鱼竿和鱼饵，认真地钓起鱼儿来，我也不甘落后，在旁边拾起树枝当柴火，准备等会儿做香喷喷的烤鱼吃。但是天公不作美，刚刚还是阳光明媚的好天气，这会儿却乌云密布，雷公爷爷也赶来凑热闹，不时响起几声轰鸣。哥哥赶紧放下鱼竿，拉起我就往不远处的山洞里跑。刹那间，雨水倾泻而下，狂风紧紧抱着海浪，一层层向岸边扑打过来。我哪里见过这场面，一下子就被吓哭了。我环视了一圈山洞里的景象，哭得更厉害了。只见山洞里漆黑一片，深不见底，夹杂着阵阵狂风呼呼地吹，不禁生出阴森恐怖的感觉来。哥哥拿出手电筒，往山洞里照了照，我看见有些反光的东西，就躲在哥哥身后，慢慢地跟着走进去，原来是钟乳石，钟乳石上还布满了一大片蓝水晶，真漂亮！我顿时来了兴致，也顾不上害怕了，伸手就想去摘蓝水晶。忽然，一声巨雷在头顶响起，碎石像雨滴一样往下掉，哥哥大喊一声"不好！山洞可能要塌了！"又拉着我往洞口跑去。我一边跑，一边看到碎石不断地掉下来，砸在我们脚边。我们东躲西闪，还是被震得一个踉跄。幸好，震动很快就停了下来，我们只能躲在洞口，等待风雨过去。

过了好久，雨终于停了，可是我们的鱼竿早就不见了踪影，哥哥找来树枝，准备用来叉鱼。鱼儿们太聪明了，任凭哥哥使出各种招式，还是一无所获。听着我肚子饿得咕咕直响，哥哥只好带我去远处的树林里找野果子吃。没想到，海岛上的树林里居然还有椰子树，哥哥想爬上树摘椰子，可是树太高了，没法爬上去，我们急得像热锅上的蚂蚁。幸好，我们在海滩边上捡到了一根绳子，我们把绳子打上结，然后往树上一抛，绳子居然连椰子都没碰到。我们没有气馁，瞄准椰子，再抛了一次，这次绳子终于勾住了椰子，我和哥哥用力一拉，"嘭"的一声响，椰子掉了下来，我们拿出小刀把椰子打开，大口大口地喝了起来。

不知不觉中，天黑了下来，我们在树林里捡了一些树枝和树叶，拼成一张简易的床，在饥饿和忐忑不安中睡着了。

小船来接我们了，我和哥哥踏上了归途。这次海岛探险之旅是刺激的，又是有趣的。等我再多学些本领，我还会再来体验的！

（指导老师　杨惠敏）

# 关于考试失利的故事

广州市贝赛思国际学校　吴陌延（Melvin. Wu）

相信大家都有“裸考”的经历吧，下场一般都非常惨！我就有一次终生难忘的考试。

春节放假玩得特别开心，但数学作业本上除了我之前写的笔记外，其他地方都是干干净净的。

当我的脚一踏入数学教室，迷茫的气氛将我心中的云雾吹散了。我警觉地坐到了我的座位上，一看着就像考试的座位表，我的心几乎停止了跳动。天啊，我都没有来得及复习哪！我只好趁着这所剩无几的时间“走马观花”。每翻一页书，都像举起一个仿佛千斤重的书卷，每扫过一页又一页笔记时，天地都在旋转。一去不复返的时间越来越稀少。时间，犹如一道又一道的光柱从我的脑袋里喷涌而出，好似要把我推上外太空，找一个角落躲起来。我的大脑，意识到了时间的流逝，把所有以前因为考试不及格而名落孙山的记忆组成了一块又一块坚硬的石头，在我的意念里横冲乱撞，猛烈地撞击着脑壳。“谁叫你不好好复习的！”“懒鬼！春节假期就只知道吃喝玩乐，这下尝到苦头了吧！”“你看看春节回来你是啥鬼样子？考不好是个必然！”一个又一个嘲讽我，欺凌我，打击我的声音使我再也承受不住考试的压力。泪水，从我的眼角无声无息地落下，周围的空气正在慢慢地凝固，老师的脚步声越来越近，她的手里拿着散发着火药味的卷子。我眼睁睁地看着我脑子里的生物钟计时器的指针，一点又一点地指向0……

终于，复习时间的指针触碰到了0，一张散发着浓烈的杀气的卷子被放到了我的面前。与此同时一条考神之蛇仿佛被召唤在全然凝固的空气中，从我的脚上爬上了我的躯干上，在脖子上张开了它的大嘴，狠狠地在我的脖子上咬了一口。在“毒液”的控制下我的笔开始如同老牛拉破车地动了起来，卷子上的花言鸟语根本都看不懂。我的笔，在卷子上艰难地蠕动着，尝试着去做这些难题，但是我的手根本都不听使唤，如同被封印了一样。陷入绝境的我，心里想着回家如何对付我一落千丈的成绩。我的心里想到了妈妈因为我不应该错的错题而责骂我，在外地工作的爸爸看到我如此之差的成绩而对我在学校的表现失望至极。双眼里都是对未来的恐惧和对我人生后路的未知。

考试的时间最终还是到了，我不得不把我折磨得伤痕累累的试卷交上去，然后一溜烟儿地飞奔出教室，试图把这件事抛在脑后，掩耳盗铃。身体轻如鸿毛，以为这件事情过去了就过去了。是我心里的那块大石头还是没有放下来，于是，我迈着沉重的脚步去了数学补课。到了数学补课我才如释重负。复习了很多公式之后，我才恍然大悟为什么我读考试题如同读天书一般困难了——因为公式没记住。我回到了家，把所有数学公式全部写下来认真记忆。等这些公式全部刻在我的脑海里后，以前在我脑袋里一直抨击我的大石头也好似安顿了下来。下次考试，我一定会用好这些公式，考出满意的成绩。

# 愉快的一天

广州华外同文外国语学校　吴沅骏

今天，阳光明媚，微风拂面，是一个适合出游的好日子，我和我的爸爸妈妈一起去了江西的黎川古城游玩。

古城历史悠久，有着独特的韵味。我们首先来到古城的两座桥。妈妈告诉我，第一座桥曾经是牛、羊、马在上面拉屎的地方，但现在已经清理得干干净净。第二座桥则是一座非常古老的桥，据说这座桥从宋代就开始建造了。站在桥上，我仿佛能听到历史的回声，感受到岁月的沉淀。

桥下是一条清澈的河流，河水潺潺，河里有很多鱼，尤其是白条鱼。河边有很多人在钓鱼，他们专注地盯着水面，等待着鱼儿上钩。还有的人在河边洗衣服。我好奇地问妈妈为什么不用洗衣机，妈妈笑着说："这样更环保，而且还能享受河边的美景。"

下午，我也加入了钓鱼的行列。我来到一个水库边，耐心地等待着鱼儿上钩。不久，我就钓到了3条不同品种的鱼，有草鱼、鳊鱼、翘嘴鱼，加起来有两斤多一点。每一次鱼竿颤动，我的心也随之跳动，心里的喜悦都快溢出来了。回到家后，我们把鱼烹饪成了诱人的晚餐。因为是野生的鱼，所以没有腥味，肉质还很鲜嫩，非常美味。

今天我特别开心，尤其是钓鱼的时候。因为，钓鱼对我而言，不仅是收获，还是耐心的锤炼，更是与大自然的对话。我喜欢钓鱼。

（指导老师　王宇玲）

# 小老虎过生日

西安高新东区小学　武俊羽

在那充满欢声笑语的欢乐森林——小镇里，居住着一只超级萌的小老虎，它仿佛是森林中的一缕温暖阳光。每当有小伙伴陷入困境，它总能第一时间挺身而出，用它的勇敢与智慧为大家撑起一片天。因此，它在每个小动物的心中悄然加冕为“森林之王”。

晨光初破黎明的寂静，森林便迫不及待地换上了热闹的盛装。瞧，小熊猫脸颊鼓得像熟透的苹果，正卖力地用那圆嘟嘟的小嘴吹制出一个个绚丽多彩的气球，如同梦幻泡泡飘满天空。大象先生则摇身一变成为大厨，戴着高高的厨师帽，它用那神奇的长鼻子编织着“巨无霸”蛋糕的华丽外衣，每一滴奶油都蕴含着深厚的情谊。

一群快乐的小鸟忙得不亦乐乎，它们分工明确。一位小鸟轻巧地在蛋糕上点缀着酸甜可口的草莓，宛如镶嵌上一颗颗红宝石；另一位小鸟则化身为艺术家，用彩带为礼物盒系上了一个个精致的蝴蝶结；还有一位小鸟则肩负重任，满怀喜悦地去邀请今天的主角——小老虎来赴这场惊喜之约。

得知好友们正翘首以盼，小老虎兴奋得仿佛脚下装了弹簧，一蹦一跳地奔向那欢乐的海洋。当它踏入音乐会会场，眼前的景象让它瞬间明白了这一切——原来，这是一个专属于它的秘密生日派对！小老虎的眼眶湿润了，它提议为大家献唱一首。随即，它的指尖轻触琴弦，悠扬的旋律流淌而出，伴随着它温柔的歌声，整个森林都沉浸在温馨与幸福之中。小熊猫不甘示弱，拉起小提琴，与歌声交织成最美的乐章；大象也加入进来，萨克斯的旋律为这场音乐会添上了几分爵士风情，让整个派对更加热闹非凡。

小鸟们更是激动不已，它们拉着五彩斑斓的彩旗，在空中划出最绚烂的轨迹，为这场盛会喝彩助威。大家齐心协力，为小老虎戴上了特制的生日帽，点燃蛋糕上的蜡烛，齐声唱响生日快乐之歌，每一个音符都跳跃着喜悦与祝福。小老虎闭上眼睛，心中默默许下愿望：愿这片森林的每一个角落都充满欢笑与美食，每一个小伙伴都能拥有无忧无虑的日子。相信在它的守护下，这样的愿景一定触手可及。

终于，大象迫不及待地切开了那充满爱意的蛋糕，一块块分享给在场的每一位朋友。它们品尝着这难得的美味，心中更是甜蜜无比。这一天，小老虎不仅收获了满满的快乐与感动，更深刻体会到了友情的力量与温暖。这无疑是它最难忘、最闪耀的生日派对。

（指导老师　沈西）

# 难忘的眼神

西安大学南路小学　谢昕语

在我的童年中，有那样一双眼睛，清澈又明亮，晶莹透彻，宛如两潭秋水。

那是一次失败的考试。原来成绩中等的我却只考到了倒数第几。我忐忑不安地回到家，母亲早已站在门口，眼神中满是期待。当她看到我的成绩时，那双乌黑明亮的眸子顿时黯淡了一些，显得有些失望。但很快又恢复了明亮，她抬头看向我，眼神中又像往常那样，深沉的目光中充满了希望。她鼓励我说："你看，咱们的这个知识点掌握得不好，以后就要多复习了。"

我悄悄地抬起头，母亲没有半句责怪，只是安慰与鼓励。那双明亮的眸子，比蓝天更清，比大海更深；温柔似水，缓缓地流进我的心里，给了我力量，也赠予了我无限的鼓励。我下定决心，要仔细复习，不能辜负母亲那饱含鼓励的眼神。我"嗯"了一声，母亲露出了一丝微笑，转身离开了。

我永远不会忘记母亲深沉的目光。我见过许许多多的眼神，却没有一个像母亲这样充满了浓浓爱意的眼神，它只属于母亲，独一无二。

母亲的双眼，宛如两颗流星划过天际，明亮而灿烂，温暖而甜蜜。

（指导老师　王艳）

# 使命

北京市海淀外国语实验学校　行璟源

周末我和同学张毅相约来到抗美援朝烈士陵园。映入眼帘的是一行行字：黄继光用身体堵住敌人枪眼，邱少云任凭烈火烧身也一动不动，杨根思抱起炸药包与敌人同归于尽……我们把鲜花放下，心中默念：山河无恙，吾辈当自强。如今繁华盛世，如你们所想……泪水瞬间湿润了眼眶。

回来后的那一晚我梦见自己就是志愿军战士，我们团接到上级命令，需要马上入朝作战。此刻我只穿着单衣，昼伏夜行，忍受着严寒、饥饿和疲劳在覆盖着厚厚积雪的山脉和树林中连续行军，在零下30~40摄氏度的天气中与敌人战斗。战斗中有的战友被炮弹炸得失去了双手，有的战友被冻掉了四肢，有的战友在战场中壮烈牺牲！这一晚我们接到上级命令，要在阵地继续坚守几天，我们坚韧得像石头一样趴在地上一动不动。这时，寒风在耳边呼啸而过，像无数把利剑穿透了我的衣衫，刺痛了我的身体。不过只要想到祖国的人民还在等着我们胜利的消息，我们就毅然决然地坚持到底，誓要完成组织交代的任务。最后，我们听到了胜利的号角，我们居然击溃了美陆战一师，把敌人打回了“三八线”！我高兴得跳了起来！

“起床了，起床了，小源，你梦到什么好事了，这么开心？”我迷迷糊糊在妈妈的呼唤中醒来，原来刚才一切都是梦啊！看着眼前的一切，我觉得自己是如此的幸福。

我想，我们不用再经历战争，能在温暖的房间里看书学习，这一切都是多么来之不易啊！昨晚是梦，可曾经的战争不是梦，我要牢记先辈们的牺牲与奉献，自觉担负起我们这一代的使命——好好学习，强身健体，为祖国的建设贡献自己的一份力量，守护好先辈们用生命打下的这片繁华盛世！

## 花园里的故事

广州市花都区新华街第五小学　熊若菡

夜深了，全世界都安静了下来。此刻，月光下一座神秘的花园里，传来了一阵阵美妙的音乐声。如果你走过去，小心翼翼地扒开草丛看，就会惊奇地发现，昆虫音乐家们拿着乐器在排练呢！旁边还有一块牌子，上面写着一行醒目的大字："昆虫们的花园音乐会。"这时，一只小蜜蜂提着灯笼一边飞一边大声喊道："音乐会要开始了！请大家尽快找到自己的座位，坐好啰。"

不一会儿，所有观众都坐进了观众席，萤火虫们围成一圈，如繁星点缀，一闪一闪的，让舞台"唰"地一下亮了起来。音乐家们在大家的欢呼声中集体亮相，瓢虫带着架子鼓，蝴蝶带着电子钢琴闪亮登场。它们刚刚站好，就看到瓢虫环顾四周，焦急地跟蝴蝶小声说道："咦，蟋蟀去哪儿了？他可是我们乐队的灵魂，没有他，音乐会就没办法举行，还好我们的节目排在明天晚上，我们要赶紧找到他。"

于是，蝴蝶跟着瓢虫急忙来到后台寻找，却发现蟋蟀正躲在芍药花下哭得很伤心。他们连忙蹲在蟋蟀身边说："你这是怎么了？我的朋友。"蟋蟀抽泣地回答道："呜呜呜，我的吉他不见了，我不能参加演出了。"蝴蝶听到后松了一口气，说道："这有什么的，我们再买一个吉他不就好了吗。"瓢虫也跟着说:“对呀对呀,别再哭了,只要重新再找一把吉他就好了,咱们现在就去。”蟋蟀听到朋友们的话,抬起前腿擦干了眼泪,终于露出了笑容。

他们一行人急匆匆地来到了螳螂先生的乐器店，可是连一个人影都没看到，大家都去听音乐会了。“这可怎么办呀？”瓢虫振动了下翅膀，歪着头想了一下，说:“那我们自己做一个吧。”“可我们怎么去做呢？”蟋蟀着急地问。蝴蝶抖了抖触角，轻声细语地说:“我们可以找一些废弃的物品做一个与众不同的吉他。”蟋蟀和瓢虫听到蝴蝶的提议，兴奋地互碰一下触角，异口同声地答道:“好主意！”于是，大家便分头行动去收集做吉他的材料。

很快，蟋蟀找到了一个核桃壳。“这个很不错，可以用来做琴身。”随后，瓢虫找到了一根可以做琴颈的吸管。紧接着，蝴蝶也找到了一块可以做琴头的木条。最后，经过一番努力，他们还找到了几根结实的藤蔓做琴弦。大家开心极了,齐心合力把找到的材料组装起来,转眼间一把崭新的吉他就出现在了大家眼前。

第二天晚上，音乐会如期而至，蟋蟀拿着新吉他与队友一起站在舞台上闪闪发光。他们出色的表演让观众们为他不断地鼓掌，舞台周围的花仙子们也随着美妙的吉他声翩翩起舞。热闹精彩的演出结束后，蟋蟀激动地对蝴蝶和瓢虫说:“太感谢了，我最亲爱的朋友们，谢谢你们帮助我制作的新吉他,并完成了这场美妙的音乐会！”蝴蝶和瓢虫开心地走过去，给了蟋蟀一个大大的拥抱。微风吹过,好朋友们的笑声穿过青青的草丛,穿过美丽的花园,穿过这醉人的夜色,久久地回荡在天空里。

直到今天，如果你在夜色中靠近那座神秘的花园，蟋蟀仍在用它那把与众不同的吉他演奏呢，只要你留心聆听。

（指导老师　黄燕梅）

# 我心中的英雄

江苏省南京市拉萨路小学　徐安泽

逆行者、最美天使、新时代最可爱的人……如果要问我心中的英雄是谁？我想，我的爸爸一定当之无愧。他是一位医生。他用自己的医术和爱心，守护着无数人的健康。

2020年疫情肆虐，整个世界仿佛被按下了暂停键。而爸爸却毅然决然地冲向了武汉市抗疫最前线。那段时间，他整日忙碌，穿着厚厚的防护服，戴着护目镜和口罩，几乎看不清他的面容。但我知道，他是在为了拯救生命而拼搏。他冒着被感染的风险，却从未有过一丝退缩。他的勇敢和担当，让我深深地敬佩。

平日里，爸爸的工作也十分繁忙。他经常加班到深夜，有时候甚至连周末都不能休息。我常常抱怨他没有时间陪我，但每当我看到他疲惫的身影和那双充满关切的眼睛时，我的心中便充满了理解和心疼。他是在为了病人的健康而努力，他的付出是如此的无私和伟大。

在爸爸的身上，我看到了责任和担当的力量。他的勇敢、担当、无私和奉献，将永远激励着我前行。我会以他为榜样，努力学习，不断进步，争取成为一个像他一样优秀的人。

（指导老师　丁路）

# 谦让之美

西安高新第二小学　徐俪芸

在我们的生活中，处处存在着美。说到美，大家都会不由自主地想到山川的美、美术作品的美、建筑物的美。其实，在我们身边，有许多平凡的事情，也蕴含着美。

一天下午，我正在和妈妈购物，无意中看到一位老奶奶。这位老奶奶满头银发，脸上布满皱纹，走路很慢有些吃力，伸手去拿一瓶酱菜，可怎么都够不着。我征得妈妈的同意后，跑过去帮奶奶把酱菜拿了下来。奶奶微笑着向我表示感谢，我赶紧不好意思地跑开了。回家的路上，遇到一个红绿灯路口，在我快速通过斑马线后，无意回头，忽然看见超市里遇到的那位老奶奶，她很着急但又步履缓慢，很努力很努力地走着，可还没通过，红灯就已经亮起。一位司机不耐烦地按着车喇叭，老奶奶也有点急了，可由于年龄和身体的原因，无论如何都走不快，我正要跑上去帮忙时，旁边的一位阿姨先我一步走了过去，温柔地和老奶奶说着什么，然后便扶着老奶奶慢慢走过剩下的那一小截斑马线。这时，我看到刚才那位按喇叭的司机不好意思地摸了摸脑袋，对着老奶奶的背影点头笑了笑，我想，这其中包含着歉意。也许这一幕，这一对背影，对于这位司机来说，是一堂生动的叫做“谦让”的课吧。斑马线后面的所有车辆都默默地注视着老人，直到她完全通过，才纷纷启动了车。

亚里士多德说：“谦让是人类心灵最美妙的品质之一。”是啊，生活中的很多小事，看似无关紧要，但却会让我们感动、让我们惭愧，让我们学会很多。那天，我看到了助人为乐，看到了陌生人的温暖，也学会了谦让，它能让人和事变得更加美好。

（指导老师　张苗）

# 甜

西安高新第二小学　徐慕紫

四季更迭，往事依依，有些事令人难以忘怀，有些事略有些模糊，而有一些事也让我记忆犹新。

记得那天，天阴沉沉的，几朵灰色的云在天空中无精打采地漂浮着，考试成绩下来了，我的成绩很不如意。我失落地走在回家的路上，渐渐地我的思绪又回到了那张考砸的卷子上，脑海中浮现出妈妈看到这张卷子时那愤怒的表情。我心里忐忑不安，生怕妈妈会狠狠地责备我。这时妈妈走了过来，观察着我的表情，似乎明白了什么。于是妈妈轻声地问我："今天看起来心情不好，发生什么事了？"我很不情愿地说出了今天得知考试成绩的事。我一边慢慢地讲着，一边用余光观察着妈妈的表情，可是妈妈却只是微笑聆听，并没有显示出愤怒。我不由得在心里想：难道这是暴风雨前的宁静吗？

直到我讲完，妈妈一句话也没有说，一个动作也没有做。正当我感到疑惑时，妈妈走进了旁边的商店给我买了一根棒棒糖，我准备伸手接时，妈妈却说："我希望你能答应我，吃了这颗糖以后不要再为这件事情伤心了。每个人都有失误的时候，这没有什么的，妈妈相信你下一次可以做得更好。”我听了妈妈的话，把糖含在嘴里，闭上眼睛细细品味，香甜的牛奶和草莓味儿萦绕在我的口腔，让我一下子忘掉了这件事。这根充满鼓励的棒棒糖，融化了我心中由成绩带来的苦闷，让我感到无比的甜。“虽然这只是一根普普通通的棒棒糖。”妈妈说道，“但是它带着妈妈对你的关心与鼓励，希望它能带给你无穷的力量。这就是甜，它帮你融化了苦，你应继续努力，而不是就此放弃。”那时候，我深深体会到了甜，那是幸福的生活甜。

（指导老师　黄静茹）

# 记住这一天

西安市浐灞阳光海蓝小学　徐子睿

人的一生，由许许多多平凡的每一天组成。每一天都会有不一样的地方，也会有让人难忘而值得记忆的事情。让我最难忘的是我上学的第一天。

那是2019年9月1日。这天，和煦的风儿携手温暖的阳光；这天，婀娜的柳条摇曳着优美的舞姿；这天，潺潺的小河流淌着我们的笑声；这天，我背着新书包，心情激动地走进了校园，和许多同龄的小朋友聚集在操场上，怀着期待又急切的心情，等待通过“成长门”。

“成长门”是由老师和家长们搭建的，宽宽的高高的门槛，显得威严和庄重。随着音乐响起，我们在班主任的带领下来到了“成长门”前。跨过

"成长门"就是告别了幼儿生活，迈向更高更远的成长之路。这时我感到了一种莫名的激动和紧张，这将是我从幼儿园到小学的转变。从此，我要适应新的环境，结交新的同学和朋友，开始新的学习生活。更要勇敢的面对挑战和困难，变得更加独立和自信，成熟和坚强。我信心满满地迈步跨越了"成长门"，阳光也变得更明亮起来，它将会照耀着我不断在进步的路上策马扬鞭，跳跃一个又一个"龙门"！

在"成长门"仪式上，白校长发表了讲话，她鼓励我们要努力学习，珍惜每一天的时光。她还提醒我们，小学不仅是我们学习的地方，也是我们成长发展的重要阶段。

虽然，这一天是人的一生很平常的一天，但在我的生命中，因为走过"成长门"，让这一天变得不同凡响，让我终身难忘。

（指导老师　朱春林）

# 回味

广州市白云区机场西小学　许家诚

光阴似箭，时光流逝如白驹过隙。2023年这趟平凡而不普通的列车就要到达终点站了。我拿起桌上的相册，翻动手中的照片，往事的一幕一幕让我回味无穷。

瞧这张照片，是去年春节拍的呢！当时妈妈叫我擀饺子皮，我专注地看着妈妈，只见她把擀面杖轻压在一小块面团上，右手稳稳地转动擀面杖，幅度不大不小，左手则灵活地调整着白面团的位置。仅仅擀了不到十下，那白面团就神奇地变成了一个圆圆的饺子皮，这可比魔术表演还要精彩！换我了，虽然我和妈妈的动作大同小异，但是怎么擀都无法让面皮变圆。我将面皮左捏捏右扯扯，接着一个用力过猛竟然擀出了一个洞。妈妈看到，笑得直不起腰，连气都喘不匀了。她告诉我这个不能着急，要慢慢来，更不能用蛮力，用力要巧，手、眼、心得配合到位，练多了，想擀不圆都难。在妈妈的指导下，慢慢地，我也可以擀成饺子皮了，就是形状并不美观，不过妈妈说已经很棒了。而且在妈妈的巧手中，无论什么奇形怪状的饺子皮，都能够变成精致美观的饺子。你瞧照片里的我，不正拎着一张形如葫芦的饺子皮傻笑吗？

嘿，再来看这张照片！照片里，我们一家人正一边看春晚一边吃着美味可口的饺子呢！那饺子是什么馅，我现在已全然忘记了。但看到照片里的爸爸正一口一个饺子地大快朵颐，爷爷口里含着饺子，眉毛挑得高高的，直竖大拇指，而我正举着空碗喊着“再来一碗！”时，我不禁咽了口水，吧唧一下嘴巴，仿佛我嘴里还回味着饺子的香气。

继续往下翻，我看到了一张使我久久挪不开眼的照片——这是大年初一早上照的。照片左右端端正正地写着：“晨起开门雪满山，雪晴云淡日光寒。”照片里的我和表妹正趴在窗台上，饶有兴致地欣赏窗外的雪景。这场雪可是疫情居家期间的一份“小确幸”呀！天气寒冷，昨夜还丝雪未见，早上起来却看到世界一片白茫茫，仿佛是换了人间。雪花密密匝匝的如精灵一般降落，令长期生活在南方的我饶有兴致。我和表妹趴在窗台上玩起了《飞花令》，当一句又一句带“雪”的诗句被朗诵出来时，我们身后也响起了一片掌声。原来，家人们早就聚在我们身后，静静地听了好久，家人们都为我们小小年纪能积累如此多的学识而感到骄傲呢！照片上的诗句是表妹在游戏结束后写下的，我认为绝妙，便让妈妈用绘图软件将诗句写在照片两旁。

不知不觉间，相册已翻到接近尾声，然而我心中的回味却并未就此结束。那满载着我幸福回忆的小船，正悠悠地带着我的思绪飘向远方……

（指导老师　杨小云）

# 杨家将博物馆的奇妙夜

上海市大宁国际小学　许诗仪

月光如水，洒在静谧的城市中，而杨家将博物馆却仿佛藏着一个不为人知的秘密。每当夜幕降临，博物馆内的文物便悄然苏醒，化身为可爱的小精灵，开始它们的奇妙夜晚。

红锻绣杨家将故事堂帐在夜色中愈发显得鲜艳夺目。它轻轻摇曳间，一个小精灵跃然而出，身着与堂帐同色的衣裳，显得活灵活现。小精灵走到展厅中央，指着堂帐上绣着的杨业老将军，眼中闪烁着敬仰的光芒，开始绘声绘色地讲述着老将军的赤胆忠心："当年，老将军被辽军擒获，他们千方百计劝其投降。但老将军威武不屈，他挺直身体，高昂着头，目光如炬，义正言辞地拒绝：'我深受圣上的信任，岂能辜负？'辽军无奈，只得断了他的粮水。老将军因此饱受折磨，瘦得皮包骨头，两眼无神，却仍躺在地上，坚守忠诚，等待死亡。唉！这不正是苏辙诗中'我欲比君周子隐，诛彤聊足慰忠魂'所描绘的忠烈之士吗？"

这时，一旁的石碑残块也发出了微弱的光芒。石碑上刻着“马刨泉”三个大字，它低沉着嗓音，却带着满满的自豪，开始诉说杨六郎将军的坚韧不拔与深沉的爱国情怀。它说：“那一年夏季，将军身负紧急军情，途经一片严重缺水之地。那里既无井可取，又无水可讨，连将军的战马也疲惫不堪。将军有气无力地对马说：‘若再找不到泉水，你我恐怕都要命丧此地。’神奇的是，马似乎听懂了将军的话，它奋力前行，最终指引将军找到了珍贵的水源。将军因此得以迅速传递情报，并指挥军队取得了辉煌的胜利。战后，将军还亲自开渠引水，滋润那片土地，使人们得以繁衍生息。后人为了纪念将军，将我立于此地。”

其他文物小精灵也纷纷醒来，它们或细细讲述着往昔的英勇战斗，或深情回忆着那些感人至深的故事，或自豪地展示着各自的精湛工艺。突然，一束刺眼的强光射入馆内，原来是一名保安叔叔进来巡逻。文物小精灵们立刻安静下来，它们迅速变回静止的文物，仿佛一切都没有发生过。

从此以后，每当夜幕降临，文物小精灵们就会聚集在一起，共同回忆那些辉煌的历史时刻。

## 童年趣事

广东省阳江职业技术学院附属实验学校　许耀丹

童年是五彩缤纷的，就像海边漂亮的贝壳；童年也是无忧无虑的，就像可爱的洋娃娃。说起童年趣事，就有一件事立马闪现在我的脑海中。

记得在三年级时，我们第一次上科学实验课。听说把一个鸡蛋放进一大碗盐水中，鸡蛋就会浮起来。这是真的吗？我很好奇，决定自己亲手实验证明一下。

首先，我准备好实验材料：一个鸡蛋、一只玻璃杯、一包食盐、一根搅棒。

我先往杯里装上适量的水，直接将鸡蛋放入水中，不出我所料，鸡蛋“咕咚”一声掉入了杯底。我想：之所以鸡蛋会掉下来，是因为没有加盐的缘故吧。于是，我学着科学家们做实验的样子，将鸡蛋从杯中取出，再一勺一勺地加入食盐。好神奇，食盐在水中飞舞，就像纷飞的大雪。鸡蛋在杯外看到这一幕，歪着身子，似乎在提醒我再多放些盐，多放些盐……我又加了十勺盐，又用搅棒搅了搅，这时，杯中的水变得浑浊起来，朦朦胧胧的，似乎被套上了一条雪纱裙。我想：这下盐水的浓度应该够了吧。我毫不犹豫地将鸡蛋放入水中，这会儿，鸡蛋像一个调皮的孩子在蹦床上跳来跳去，一会儿浮，一会儿沉，就是不能安静地悬挂在水中。我气极了，再次从杯中取出鸡蛋，决定好好治治这鸡蛋的“调皮劲”。

“谋定而后动”，我坚定地将一整包盐倒入水中，然后再用搅棒像蜜蜂采蜜般，飞快地旋转着，杯中的水也逐渐变得清澈起来，我想：盐应该完全溶于水了。我屏住呼吸，半闭着双眼，小心翼翼地拿起鸡蛋，轻轻放入水中。我心里不断地默念着：浮起来，浮起来……我静等一会儿，慢慢睁开双眼，哇，奇迹出现了：只见鸡蛋稳稳地浮在水面上。我高兴得一蹦三尺高，但我又想：我如果把它强按入水中，鸡蛋会不会自动再浮起来呢？

于是，我尝试着将鸡蛋按入水底，然后再收手，没想到鸡蛋真的不再调皮了，乖乖地又从水底浮了上来。我抱着好玩的心情，像逗不倒翁似的按它的头，鸡蛋就像太空中的宇航员在失重的宇宙中跳跃着，怎么按它也会浮起来。

那鸡蛋为什么在清水中沉下，而在盐水中却会浮起来呢？

老师告诉我："由于鸡蛋的密度比清水大，所以鸡蛋才会往下沉；而盐水的密度大于鸡蛋的密度，鸡蛋便可在盐水中浮起来了。"我听了，连连点头，顿时醍醐灌顶。

果然是实践出真知！

通过这次实验，燃起了我的科学家之梦；通过这次实验，也让我得到了许多乐趣与启发：我们生活中充满科学，只要用心留意，处处都是学问。我以后一定要常动手做实验，更深入地探索科学研究之路，让我的好奇心和想象力一步一步通过实验得以实现，也让科学探索丰富我的童年生活。

（指导老师　谭明雪）

## 谦让之美

西安高新第一小学　薛皓元

阳光灿烂，坐在香气怡人的桂花树下，泡上一杯龙井茶，这本是一个与家人团聚一堂的好日子，可就因为一点小小的摩擦，兴致一下子被浇灭了。下午约3时许，在柳莺宾馆露天茶室，两个堂堂男子，为了抢占一块"风水宝地"——桂花树下，在众目睽睽之下，竟大打出手，周围的人拉也拉不开，劝也劝不动。在美丽的西子湖畔，这岂不是大煞风景？为了这样一桩区区小事，双方各退一步不就海阔天空了？又何必那样斤斤计较呢？人呀！要学会处处宽容与谦让。

宽容，便是在别人占领了你认为本应属于你的某一事物时，你能够控制住心灵的“火山”——一笑了之还是决不让别人占到一丝一毫的便宜？换个角度来说，这个事物并非属于你，是大家所共有的，但你非要据为己有，难道一旦别人占领了“你的地盘”，你就少块肉不成？谦让，《孔融让梨》的故事家喻户晓，如果当时大家各退一步，岂不是拥有一个“大事化小，小事化了”的美好结局？但为什么偏偏要选择“互不相让，两败俱伤”这条路呢？拥有一颗宽容的心，学会互相谦让，这世间的一切自私自利的行为会在瞬间变得如此渺小，身边的一切事物会随之而变得美好！

（指导老师　杨娟利）

# 记住这一天

陕西省西咸新区沣西实验学校　严博语

如果让我回忆值得铭记的一个日子，那一定是去年五一后的一天，因为那天我从陕南带回的好朋友“小黑”(一只小黑兔)离我而去了。

在我很小的时候，我就开始喜欢小猫和小狗。每当在路上看见它们，都让我不能再向前迈一步。那应该是疫情期间，小区里忽然多了一些小猫，我和小朋友们都很喜欢带一些吃的给它们，一来二去，其中一只小猫和我熟悉起来。它全身黑白相间，胖乎乎的，每当我路过它的“家”时，他都会跑到我跟前，蹭蹭我的裤腿，表示我们已经是好朋友了。但比起小猫，我可能更喜欢小狗，我的邻居住着两位老人，他们养了一只巧克力色的小泰迪，因为它是巧克力色的，我们都叫它“巧克力”。每次见到巧克力它都会朝我奔过来，然后纵身一跃给我一个大大的“拥抱”。

我越来越想自己也养一只小狗，但妈妈用各种理由拒绝我。直到去年五一，我从陕南带回一只小黑兔，虽然不是小狗，但我依旧为自己得到了这样一只可爱的宠物而开心。然而，高兴的日子实在短暂。某天，意外发生了，我的“小黑”从纸箱里跳出来摔得奄奄一息，妈妈买的笼子还没有派上用场，它就已经离开了我们。那一刻我嚎啕大哭，为失去一个亲密的伙伴，也为自己的疏忽。从那天起，我再也没有向爸爸妈妈提过养小狗的愿望，我想，我一定要更加努力的学习和成长，争取有一天成为一名有能力照顾好小动物的大孩子。

（指导老师　刘小庆）

# 美丽的滨河公园

首都师范大学附属定慧里小学　严若菡

“竹外桃花三两枝，春江水暖鸭先知。”我家小区毗邻的滨河公园，恰似隐匿于尘世中的诗意桃源，每逢春日，便仿若被施了魔法一般，幻化成如梦似幻的仙境，其美轮美奂之态，令人心醉神迷，难以自拔。

踏入公园，一条蜿蜒曲折的小径率先映入眼帘。那小径恰似一条灵动的丝带，于葱郁草木间轻柔穿梭，远远望去，似在无尽绿意中悠然延伸，仿若没有尽头。行至小径深处，一片绚烂夺目的丁香花海瞬间夺去了人的呼吸。远远眺望，那一团团丁香花宛如串串精致小巧的绣球，于枝头俏皮摇曳，这边一丛，那边一簇，恰似蓝天下蓬松柔软的棉花糖，甜蜜气息仿佛要满溢而出。渐近细观，只见那绣球幻化成无数淡紫色蝴蝶，在枝头轻盈曼舞。它们或三两成群，于枝丫间悠然休憩，似在畅享春日暖阳；或形单影只，于旁枝上若有所思，仿若在静静凝思自然的奥秘。再趋近一些瞧，每一只蝴蝶竟都化作了四片纤细娇嫩的花瓣，它们大小匀称，两两相对，亲密簇拥，宛如一个个温馨和睦的小家庭，于微风中低诉着春的絮语。倘若你足够幸运，偶逢那稀世难觅的五瓣丁香花，定会如获至宝，为这春日奇遇而满心欢喜。

沿着小径继续深入，一湾澄澈如镜的池塘呈现眼前。这池塘宛如一位情感细腻、变幻无常的精灵，拥有着属于自己的喜怒哀乐。心情愉悦时，它会欢快地泛起层层叠叠的小浪花，那晶莹剔透的水花如灵动的精灵在空中跳跃嬉戏，偶尔溅落在游人身上，惹得人忍俊不禁，笑声在春日的空气中久久回荡。而当它心生不悦，便会怒涛汹涌，掀起一圈圈涟漪猛烈地撞击着池壁，那声响仿若它在激昂地呐喊：“我要冲破这束缚，奔赴那浩瀚无垠的大海，与亲人和挚友相拥！”悲伤之际，细雨仿佛也感知到了它的哀愁，纷纷扬扬地洒落，雨滴轻柔地敲打水面，似在和着它的低泣，共同谱写出一曲哀怨的春之悲歌。

池塘两侧，一列身姿挺拔的银杏树宛如忠诚坚毅的卫士，傲然挺立。在这春意盎然、繁花似锦的时节，银杏树亦不甘示弱，嫩绿的新叶如细密的鳞片，从枝头争先恐后地冒出，恰似一把把小巧玲珑的扇子，在微风的轻抚下，轻轻摇曳，为树下漫步的游人送去丝丝清凉。

滨河公园宛如一颗镶嵌在时光长河中的璀璨明珠，其魅力绝非仅止春日。它如一位四季流转中不断变换华服的佳人，春夏秋冬，各有千秋，每一季都以其独特的风姿吸引着人们前来探寻它的美丽与神秘，并沉醉于它无尽的魅力之中，流连忘返。

（指导老师　何雪琦）

## 小哭包变身记

西安高新东区小学　严昕玥

“请参加故事大王比赛的43号小朋友上台，她带来的故事叫做《小哭包变身记》。”在主持的报幕声中，一个穿着粉红色连衣裙的小姑娘，自信地走上了舞台。

“大家好，我叫甜甜，你们知道小哭包是谁吗？她是我的好朋友，我们一直做同学。在她小班的时候，她是我们班最爱哭的小朋友，每天到校后，她总是要哭好久，常常我们开始吃早饭了她还在哭。大班的时候，有一次，老师给我们看电影《小兵张嘎》，演到嘎子奶奶被敌人杀害的时候，她也哭得稀里哗啦。幼儿园的时光是短暂的，毕业的时候，哭得最凶的还是小哭包，她舍不得幼儿园，舍不得老师，舍不得陪伴她三年的同学们。

今年9月份，小哭包来到了一个新的小学——西安高新东区小学。你们猜发生了什么？对，小哭包每天上学又哭了，我很好奇就问她为什么哭，原来是新的同学，新的老师，新的环境让她有点害怕，她想妈妈就忍不住哭了。哎，真是服了她了。我还以为她又要哭很多天，没想到，很快她就不哭了。这是为什么呢？原来啊，是她自己发现新的小学原来并没有那么可怕，这里有活泼开朗的小朋友，还有亲切温柔的老师们，上课还能学到很多知识，在大家的帮助下，她克服了困难，勇敢且开心快乐的面对每一天。

现在啊，小哭包每天都开开心心上学去啦，我们都叫她‘小开心’。告诉你们个小秘密，小哭包其实就是我，嘘！不要告诉别人喔。这就是小哭包的变身记的故事，谢谢大家。”

（指导老师　张嘉昕）

# 谦让之美

海口市五源河学校　杨蕙菱

谦让是我们中国的传统美德，它是一层包装纸，把世界包装得更美好！

大家知道《孔融让梨》的故事吗？孔融4岁时主动把大的鸭梨留给兄弟姐妹，而自己却只要了那个最小的。在当今的社会上，这样美好的谦让品质就像一缕温暖的阳光，滋润了人们的心田。

还记得那一天，我和爸妈一起坐公交车外出游玩。刚上公交车，我便看见了令人寒心的一幕：一位盲人阿姨拿着盲杖站在爱心座位旁，而爱心座位上坐的是一个正在抽烟，翘着二郎腿的大叔。见到这样一幕，公交车上的人们都纷纷呵斥那位大叔：“你这人怎么这样呢？旁边还有需要帮助的阿姨呢！”“就是就是，再说了，吸烟不仅会伤害自己的身体，还会影响车上的空气。”

我原以为大叔会听取他人的劝告，知错就改。但大叔却没有像大家心中所想那样，而是摇摇头，怒气冲冲地吼道：“你们懂什么？先来后到不知道吗？”说完，他便继续吞云吐雾起来。听完这话，大家都怒发冲冠，恨不得把那位叔叔拎起来，好好教育一番。

这时，有个助人为乐的哥哥挺身而出，对那位叔叔说：“叔叔，我知道您上了一天班肯定很累，但这是爱心座位，是特地给需要帮助的弱势群体坐的，每个人都有自己的不易之处，所以请多体谅一下这位盲人阿姨，毕竟谦让是中国的传统美德。”

哥哥说完后大叔还是不为所动，于是哥哥便先让盲人阿姨坐在自己的座位上。盲人阿姨感激地对哥哥说：“谢谢你，小伙子！”哥哥笑着说：“没关系，我只是按老师说的那样，学着孔融谦让了一番，看来我也是学会谦让了！”那位大叔看到哥哥的举动后自愧不如，红着脸从爱心座位上站了起来，把爱心座位留给了更需要帮助的人。

大家都为哥哥竖起了大拇指，赞扬哥哥有像孔融那样美好的品质。我也默默地在心里想：谦让是一种美德，是一种品质，更是一种境界啊。我以后也要遵循中国的传统美德，让世界变得更美好，让社会变得更和谐！

谦让是一颗种子，它种在每个人的心里，我们要学习如何让它长出嫩绿的幼苗，开出艳丽的花朵！

（指导老师　陈冬葵）

# 我的弟弟

西安滨河学校　杨蕊菡

你知道有个弟弟是怎样的感觉吗？是快乐的，幸福的，或许是悲伤的……为什么呢？听我娓娓道来吧！

为什么有个弟弟是快乐的、幸福的呢？每当我放学回家，一开门就看到弟弟张开双臂冲着我乐呵呵地笑时，我感觉很快乐、幸福。每当我写完作业练完琴，弟弟总是开心地叫着嚷着来找我玩。我们一起捉迷藏，找到我时他乐得漏风的大门牙都露出来了！我们一起玩玩具，拼乐高时我们各完成一部分，组合到一起大功告成时他兴奋得手舞足蹈，他笑着给爸爸妈妈分享他的成果。我们还一起跳蹦床，即使摔倒了也笑嘻嘻地爬起来接着玩……有个爱笑的弟弟真有趣！

为什么有个弟弟也是悲伤的呢？因为他太淘气了，常常做坏事，但是大家都以为是我做的，而我就是"背锅"的人呀！比如有一次我的墨水瓶被他打翻了，大家还以为是我打翻的，我就这样被妈妈批评了；再比如我上一次写生字的时候，他拿起我的钢笔就在我的作业本上乱画，还以为自己是个大画家呢，结果我只能无奈地把作业又重写了一遍……

不过我的弟弟也是很勇敢——他才2岁，但是摔倒了却从来不哭，他会自己爬起来，继续成为一个快乐的孩子。我很怕黑，一到晚上我就不敢去没开灯的房间，我的弟弟却很勇敢，他一点都不怕，晚上有他陪着我，就像有一个小保镖一样，我一点都不害怕了。

我的弟弟也很聪明，他才一岁多的时候就会背《三字经》了，现在他已经会背很多首唐诗了，他还会说英语，只不过发音有些不准，但那奶声奶气的声音特别可爱。他也会数数，能从一数到几十呢！他还爱唱歌跳舞，只要有他在，快乐无处不在。

虽然有时候弟弟会让我伤心，但是他同样会使我幸福、快乐，不仅如此，他还很勇敢，也很聪明……我爱我的弟弟！

（指导老师　姜山）

# 摘果记

北京市西城区育翔小学　杨雅文

生活恰似一个五彩斑斓的万花筒，四季更迭，各有其独特的色彩。在我眼中，秋天宛如一抹明艳的红，不仅有那似火的枫叶燃遍山林，更有果园中沉甸甸、红彤彤的苹果挂满枝头。

上个周六，妈妈单位组织团建活动——“果园摘苹果”。清晨，我们乘坐大巴车抵达果园。刚下车，映入眼帘的是一排排虽不算高大却异常粗壮的果树，满树的苹果如红宝石般闪耀，散发着诱人的光泽，沉甸甸地压弯了枝头。然而，那些最大、最红的苹果宛如娇羞的少女，隐匿在树梢之上，似乎在向人们招手挑战。没有梯子相助，想要摘取它们绝非易事。妈妈见我面露难色，便将我轻轻抱到一处较低的粗树杈上。我小心翼翼地站稳，一只手紧紧抓住树干，另一只手则努力向远处伸展，眼睛像雷达一般搜索着最大、最红的目标。终于，指尖触碰到了一颗心仪的苹果，我紧紧握住，用力一拽，苹果便乖乖落入我的掌心。我迫不及待地将它凑近鼻尖，深深一嗅，那浓郁的香甜气息瞬间弥漫开来，令我不禁赞叹："哇，好香甜啊！真想马上咬一口。"妈妈在树下看着我，眼中满是担忧，不时大声提醒："慢点，慢点，一定要抓稳，小心别掉下来。"我将摘下的苹果转身抛向妈妈，妈妈稳稳地接住，一个又一个，我们配合默契，没有一个苹果落地。但面对更高处的苹果，我心中虽有渴望，却因害怕而不敢再贸然攀爬。

摘完低处的苹果后，我缓缓扶着树干向下挪动。待来到最下方的树枝时，妈妈张开双臂，将我稳稳抱住。这时，我发现不远处有一架闲置的梯子，赶忙和妈妈将它抬到一棵果实累累的高树下。我怀揣着兴奋与紧张，一步步爬上梯子的最高处，终于能够触碰到那些树梢上的"珍宝"。在我和妈妈的共同努力下，采摘任务顺利完成。意犹未尽的我又主动跑去帮助其他阿姨采摘，看着她们收获满满，看着她们脸上洋溢的笑容如同树梢上的红苹果般灿烂，我的心里也如吃了蜜一般甜滋滋的。

秋天，这个收获的季节，果园里回荡着的欢声笑语，是对辛勤劳作的最美赞歌。我望着一张张笑脸，她们的笑脸就像树梢上那些红苹果一样，她们真幸福。我也望向袋子里的苹果，自己心里美滋滋的。

（指导老师　王佳）

# 摘葡萄真有趣

西安高新第五小学　杨钥晴

八月，桂花飘香，也是葡萄成熟的时候，妈妈带着我们一起出发去葡萄园摘葡萄。

我们到了葡萄园，看到一串串晶莹剔透的葡萄，还看到小鸟在葡萄藤中飞来飞去。我们找管理员要了两把剪刀和一个大篮子后就迫不及待地进葡萄园采摘了。

我和同学一人拿了一把小剪刀，大人帮我们拿篮子。我们一手拿着葡萄，一手拿着剪刀，在葡萄根部剪了又剪，把葡萄剪下来的那一刻，我高兴极了。我吃了一颗，酸酸甜甜的，汁水很多，我们边品尝边剪，一会儿就剪了满满一篮葡萄。把比较好的葡萄都挑出来以后，我们心满意足地拿着这些饱满的葡萄走出葡萄园，找管理员称重付帐。我们把葡萄洗了几串，真是太好吃了！同时我们也把自己的手和脸洗了一下，感觉真清爽！今天好开心。

这一次我体会到了农民伯伯们的辛苦，是他们在烈日下耕种，才让我们今天的食物没有消失，农民伯伯们可真辛苦呀！我们以后一定不要浪费粮食，要知道，它们来之不易啊！

摘葡萄真有趣。

（指导老师　郝琳）

# 大扫除

广州市天河区骏景小学　杨卓文

叮铃铃，清脆的下课铃声响起。今天轮到我们值日打扫教室。小明抢先说道:“今天我来擦黑板。”话音刚落，就见他一个箭步冲上讲台，一丝不苟地擦起黑板。不一会儿工夫，黑板被就像施展了魔法一样，变得干净整洁，就连小小的粉笔屑都没能逃出他的火眼金睛。小红和小强两人，一个负责洒水，另一个负责清扫地面上的小纸片、橡皮渣等垃圾，地板很快就变得一尘不染。小美拿起抹布擦起桌子，一张张桌子在小美的巧手之下渐渐变得光洁如新，那明亮的桌面简直都能够映照出我们洋溢着快乐的笑脸。看着大家忙碌的身影，我也不甘示弱，先是把桌椅都摆放整齐，然后又擦起了窗户。虽然窗户已经光洁明亮，可我还是起劲地擦着，直到每一扇窗户都变得仿佛用水冲洗过一般闪亮。

最后，热火朝天的大扫除任务顺利完成。虽然我们都累了，但是我们心里都像喝了蜜一样甜滋滋。因为通过我们的努力，把教室变得更加明亮、更加可爱。等到明天，老师和同学们来到焕然一新的教室，他们应该也会像我们一样乐开花了吧！

（指导老师　尚文丽）

# 甜

西安高新第二小学　姚启云

最近几天，卡塔尔足球世界杯的赛事正如火如荼地进行，已经成为很多人关注的焦点。的确，令人炫目的球技、扣人心弦的节奏，让这项体育盛事跨越了国家种族和地理位置，吸引了世界各地的人们。看着直播画面里那一个个飞奔的身影，我不禁想起了自己参加年级联赛的情景。

曹老师在教室里征集队员的时候，我犹豫了好久——自己以前没有训练过，底子差，“会不会拖后腿呢？”纠结了一阵，我才在同学们鼓励而又炙热的眼神中签下了报名表。走上训练场，我的犹豫和纠结戛然而止。

刚开始的训练是在暑假结束后的第一个周末。尽管细心的教练在场地上架起了防晒网，可那接近40摄氏度的高温依旧如汹涌的热浪般向我席卷而来，让我有些猝不及防。我的身体就像开了闸，咸湿的汗水不停地涌在头上、脸上、背上和胳膊上。等到教练组织大家做绕障跑、交替射门的时候，我们一个个都成了水里捞出来的小猴子。在后来的训练中，我们遭遇过阵雨，遭遇过教练的批评，也遭遇过模拟赛的一败涂地。因为留下的汗水，也因为球技不稳定，我嘴里总有一股淡淡的咸苦味飘荡在那个暑假。

十一月初，年级比赛开始了。我们在大家的呐喊声中一路走来，先是奋力拼搏胜了三场，接下来不出预料连输两场；最后一场，是对阵模拟赛的老对手。那场比赛，大家放开了去踢，彼此的配合简直是天衣无缝。

看着奖杯，看着身边的队友，想起彼此的鼓舞、配合，感概良久。梁启超先生在《少年中国说》中说：“少年强则国强”；我想说的是，少年拼搏所以少年进步，而拼搏的苦都会成为进步的甜。

（指导老师　曹旭）

# 观荷塘真有趣

西安高新东区小学　姚子墨

童年的生活宛如一支生活万花筒，五彩斑斓。童年的趣事一件件、一桩桩，就像天上的星星数也数不清。在这些星星里，最闪耀的就是观荷塘。

清早，我跑向公园的荷塘。一进公园，一股清香吸引了我。我迫不及待地朝着荷塘奔去想一探究竟，眼前的景色让我赞叹。那一片片荷叶宛如绿云般连绵不绝，它们肩并肩、手拉手地躺在碧波荡漾的湖面上，好似给湖面穿上了一件衣裙，挨挨挤挤，煞是好看。大的荷叶如青罗伞，小的荷叶如小圆盘，高的荷叶亭亭玉立，低的荷叶就好像躲在翩翩少女碧色的裙下捉迷藏。荷花分布在层层叠叠的叶子中间，零星的点缀着这幅画，让人心旷神怡。

小水珠在荷叶上玩耍，青蛙把荷叶当作歌台，在上面唱歌跳舞，鱼儿在荷叶下戏水，你拥我挤，好不热闹。

荷花也吸引了我的注意。白的似雪、粉的似霞、红的似火。有的荷花全开了，争先恐后的绽放，荷花的茎都已亭亭玉立；有的荷花才开了两三片花瓣，它们就像一个个害羞的小姑娘，你瞧，那还没有盛开的花骨朵，撑着自己的大肚子，好想马上就要破裂似的。一阵微风拂过，湖水泛起层层涟漪，荷花也随风飘动，就像一位少女在优雅地舞蹈。一颗颗小水珠落在荷花上，好似一颗颗晶莹剔透的粉色珍珠。

咦！荷塘里那些小黑点儿是什么呢？我小心翼翼地凑近一看，原来是一群小蝌蚪呀！我慢慢地把手伸进水里，悄悄靠近，生怕惊跑了这些谨慎的小家伙。然后两手猛的一合，抓到啦！圆滚滚，滑溜溜的真可爱。

童年观荷塘真快乐啊！童年的荷塘很美丽，它们永远在我心中珍藏。

（指导老师　姚子墨）

# 北京城的中轴线

香港中文大学（深圳）附属彩田学校小学部　叶宸珲

古老的北京城有雄伟的天安门，有美丽的故宫，还有壮观的天坛……但是我最喜欢的还是那贯穿北京的中轴线。

北京的中轴线在古代被称为龙脉，南边是龙头，北边是龙尾，共长7.8千米，由元、明、清三个朝代的帝王规划，汇聚各种能工巧匠的智慧与心血，共同制造出中国历代中轴线的巅峰之作。

北京的中轴线最早是元朝建造的，长达4.75千米，接着是明朝成型，然后是清朝完善，明清北京城的中轴线约为7.8千米。清朝乾隆皇帝在景山上建造了可以俯视京城的五方亭，该亭成为了中轴线里面的最高点。

北京中轴线不是一条真实存在的线，而是城市东西对称布局建筑物的对称轴，体现了中国传统都城规划的设计理念。从南到北依次经过永定门、先农坛和天坛、正阳门、天安门广场外金水桥、天安门、端门、社稷坛和太庙、故宫、景山、万宁桥、钟鼓楼。中华人民共和国成立后，中轴线上又添加了毛主席纪念堂、人民英雄纪念碑、国家博物馆和人民大会堂，现在向北延伸的有举办过北京奥运会的鸟巢水立方和奥运塔。

北京中轴线就在2024年的7月正式被纳入世界遗产名录。对于外国人来说，中轴线是来北京一定要游览的一道亮丽的风景线，而对中国人说，中轴线却蕴涵着华夏人民的勤劳和智慧，是56个民族共同绘制出的“同心线”！

（指导老师　石彦培）

# 借伞

西安纺织城小学　殷睿莹

一天，小青蛙、小乌龟、小鸭子还有小公鸡一起去草地上玩耍。忽然，原本晴朗的天空变得乌云密布，紧接着“哗啦啦”下起了倾盆大雨，它们赶紧往家走。这时，它们路过了小猫咪的家，小猫咪看见了，赶紧拿出了一把雨伞说到：“我只有一把伞，借给你们谁呀？”小青蛙说：“我生活在水塘里不用伞，你把伞给小乌龟吧。”小乌龟说：“我的壳就可以当我的伞，你把伞借给小鸭子吧。”小鸭子说道：“我经常和妈妈去池塘里游泳，我喜欢下雨，一点也不怕雨淋，你把伞借给小公鸡吧，它的毛都被雨淋湿了。”小猫咪说：“小公鸡你快打着伞回家吧，不要淋感冒了。”小公鸡说：“谢谢你，小猫咪，等天气晴了我就把伞给你送回来。”

（指导老师　毛燕华）

## 难忘的生日

上海市徐汇区世界小学　尤梓诚

课间时分，教室里洋溢着欢声笑语，同学们聚在一起分享着各自的生日。小红眉飞色舞地讲述道：“我上星期过9岁生日时，妈妈给我买了一个好大的生日蛋糕。”小蓝也兴奋地加入话题：“我的生日也是全家人一起庆祝的。”他们的快乐感染了整个教室。

然而，李晓明却闷闷不乐地回到座位，低声自语道：“我也快9岁了，但爸爸妈妈都在外地工作，我的生日怎么过呢？”这话被细心的小蓝听见了，他与小红交换了一个会意的眼神，然后两人便开始了秘密策划。

校园悠扬的钟声响起，大多数同学都回家了。但三(1)班的气氛却迥然不同，同学们都留了下来，脸上挂满了兴奋与期待，为即将到来的生日派对做准备。五彩斑斓的气球在同学们的共同努力下逐渐膨胀，如同梦幻的泡泡，装饰着教室的每个角落。美丽的彩带被细心的孩子们贴在墙上，随风轻摇，为教室披上了节日的盛装。黑板在同学们灵巧的小手下，绘制出绚丽的图案，将黑板变成了讲述友情和惊喜故事的生动画卷。在大家的共同努力下，教室仿佛被施了魔法，转瞬间变成了洋溢着节日气氛的生日派对现场，彩灯闪烁，音乐轻扬，空气中弥漫着甜蜜和欢乐的气息，每一个细节都在诉说着对这个特别日子的期待和祝福。

第二天，阳光透过窗帘的缝隙，洒在了教室的地板上，同学们带着各式各样的礼物，早早地聚集在了教室。空气中弥漫着一种特别的期待，仿佛每个角落都在低语着即将到来的惊喜。

就在这时，李晓明走了进来，随着“啪、啪、啪”的清脆声响，彩色的纸屑在空中绽放，如同一场绚丽的雪花舞，伴随着四周响起的祝福声：“生日快乐！”李晓明的眼睛在惊讶中睁得大大的，他看到老师正手捧着一个精致的巧克力蛋糕，缓缓向他走来。蛋糕上，乳白色的小糖豆星星点点，巧克力奶油堆砌成的小塔错落有致。而最吸引人的，是中央那块刻着“李晓明，生日快乐！”的巧克力牌，它在阳光下闪耀着温暖的光芒。

老师轻柔地将蛋糕放在李晓明的前面，声音中带着温柔的鼓励：“现在，许个愿吧！”李晓明闭上眼睛，深呼吸，双手合十，默默地向心中的希望祈祷。当《生日快乐》的旋律在空气中回荡，他的眼中闪烁着泪光，那是感动与幸福的交织。随着“呼！”的一声，蜡烛的火焰被吹灭，同学们纷纷围过来，将他们精心准备的礼物递到了李晓明的手中。这一刻，李晓明的心中充满了说不出的感激和喜悦，他的心中涌动着一股暖流，如同春日的暖阳，温暖而明媚。

他环视着眼前可爱的老师和同学们，眼中闪烁着泪光，声音哽咽却充满感激：“谢谢你们，这是我过得最开心的生日了。”这个生日，不仅让李晓明难忘，也将成为我们所有人心中最温馨的回忆。

# 花园里的故事

北京市上地实验小学　于千芸

夏天的夜晚，柔和的月光洒到了花园里。花儿们随着风轻轻地摇摆着枝叶，鱼儿钻进水里准备睡觉，知了唱着催眠曲。一切都是那么美好祥和。

突然，玫瑰丛里传出一个洪亮而威严的声音，原来是黄玫瑰女王，她说："大家注意了，我有一个提议，咱们的主人老奶奶已经外出一个月了，明天她就要回来了，她每天那么细心地照料我们，我们准备给她一个惊喜好不好？"

听完玫瑰女王的话，花园里的花花草草和各种小昆虫们议论起来。紫蔷薇温柔地说道："老奶奶外出这段时间小花园杂草丛生、凌乱不堪，我觉得我们应该把小花园修整得像老奶奶外出前一样漂漂亮亮的，那她一定会很惊喜！""没错！"大家异口同声应答后就开始忙碌起来啦。

花园里的螳螂理发师，用它的小镰刀把花儿们凌乱的枝叶修剪得整整齐齐，把长出的杂草割掉；瓢虫医生连忙给花儿们治疗，帮它们恢复从前娇嫩欲滴的模样；小蚂蚁军队负责清理散落的枯叶；花园里的大猫咪也加入到花园清洁队里，它叼着小水盆给花儿、草儿浇水，花儿们贪婪的大口喝水，更加水嫩了。在大家的努力下，没一会儿的功夫小花园就变得整洁漂亮了，大家露出了满意的笑容。

第二天清晨，阳光照到小花园，鲜花娇艳、草坪整齐，小昆虫们悠闲地晒着太阳。老奶奶回来了，她惊喜地看见了眼前的一切，简直不敢相信，小花园比她外出前还要整洁。她开心地笑了起来，心里嘀咕着，到底是谁打理了她的小花园呢？

# 骄傲的蜕变

清华大学附属小学商务中心区实验小学　于卓翎

成长的过程从来都不是一帆风顺的，它是一个破茧成蝶的过程。我努力褪去身上的蚕茧，在广阔的蓝天下展翅飞舞。当我飞过一个个拐角后，会发现一道道新的风景和更好的自己。

我从3岁开始学习芭蕾，由于天生条件很好，下腰、劈叉、压脚背等基本功完全不在话下。出于对舞蹈的热爱，我每周会花费很多时间来练习芭蕾的剧目。每次在练习中我不断地突破自己，挥洒汗水，用努力来证明自己是最棒的。

自然而然，每次比赛中我都成为团体舞中的C位，也拿下了很多个金奖。我成为老师培养的对象，同学羡慕的榜样，妈妈骄傲的孩子。在各种荣誉夸奖的加持下，我无限膨胀。我一直以为自己是最厉害的、最好的。直到那一天，我才发现，从来都没有被打败的我，原来只活在自己的世界里。

那一天，芭蕾老师带着我来参加PDE国际舞蹈比赛。我行云流水地完成了我的《紫丁香变奏》独舞，多个连续的旋转赢得了观众的掌声，我信心满满地站在后台，观看下一个舞者的演出。她就像一个灵动的精灵，那么柔美、那么轻盈。她的每一个舞步，每一个转身，都让我沉醉其中。最后，整支舞蹈她用了28个旋转，稳稳地拿下了评委和观众。

人外有人，山外有山。她的成绩大幅度地超越我，我伤心地痛哭起来。如果没有参加这次比赛，那么我永远不会发现别人的优秀。从那以后，我更加努力学习舞蹈，谦虚地接受一切的不完美。

成长的过程很精彩，有时顺风顺水，有时大浪淘沙。每一个拐角都很精彩，我要破茧成蝶，不惧风雨，骄傲地蜕变为更完美的我。

（指导老师　段雨卷）

## 别样的精彩

上海市徐汇区世界小学　俞乐仪

新春佳节，街道上张灯结彩，欢天喜地，热闹非凡，到处洋溢着中国年味。对于我而言，今年却是一次与众不同的别样春节。

银白的月光洒在柔软的雪地上，黑与白在这里交织成一幅美丽的画卷。窗外飘着鹅毛大雪，漫天飘洒的雪花如柳絮、如棉花、如鹅毛。我正穿着厚厚的棉衣，吃着甜甜的糖果站在窗前欣赏着雪景。意外地发现天空中有一位头戴红帽子，身穿红棉袄，脚穿大黑靴的身影，他手中挥舞着鞭子，驾驶着由十只雪橇犬组成的雪橇。那不是来自芬兰罗瓦涅米的圣诞老人吗？我用力捏了自己一下，有点不相信自己的眼睛，心中一阵激动。

我迎着风雪跑出去，和圣诞老人热情地打招呼。面对素不相识的我，圣诞老人满脸微笑，他打开红色礼物包裹，拿出一盒包装精美的巧克力塞在我的怀里。我嘴角上扬，对他感谢道："作为回礼，我带你去豫园灯会逛逛吧，那里是感受别样年味的首选之地。"圣诞老人点点头，邀请我骑上他的圣诞雪橇。一眨眼工夫，我们来到了浓浓节日气氛的豫园灯会。

天空中雪花飘舞，圣诞老人的白胡子上也镶满了冰霜。天气寒冷，但我们观灯的热情却丝毫不减。豫园里的花灯也是形态各异，真是一半是花灯，一半是人潮，热闹非凡。

“卖糖人咯……卖糖人咯……”伴随着叫卖声，我和圣诞老人一同将目光落在了一位白发老人的身上。只见白发苍苍的老爷爷挥舞着一把长勺，从铁锅中盛起糖汁，在桌台铺好的糖纸上飞舞。圣诞老人先是好奇探着身子，接着不停地点头称赞。我走上前去，要了个蝴蝶状的糖人。老爷爷先勾勒出蝴蝶的外形，再小心翼翼地用横竖交叉的细线画出蝴蝶翅膀的花纹，根根流畅，丝丝纤细。我用嘴咬上一口，浓郁的甜香在嘴里蔓延开来，空气中弥漫着糖汁的香甜。抬头望去，火炉另一侧摆放着一根圆木棒，上面插着各式各样的糖人，让人仿佛置身于缤纷的童话世界。

我仰起头自豪地向圣诞老人介绍道：“这些灵动的小人，可都是由糖制作而成的，糖画是中国非物质文化遗产！”圣诞老人竖起大拇指，啧啧称奇，俯下身问道：“这门手艺要学多久啊？”老人回答：“这份手艺需要十几年如一日的坚持和热爱。”没错，非遗的传承正是因为热爱传统文化的手艺人，才得以绽放迷人的光彩。

我和圣诞老人边走边品尝蝴蝶糖画，品到了非遗手艺人对中国传统文化的热爱，也品到了与众不同的精彩的中国年味。

（指导老师　倪振欢）

# 森林故事会

西安高新第二小学　岳辰朗

夏日里，阳光灿烂如孩子欢快的笑声，森林里却静得像猫儿的脚步。那些平常在林间嬉戏的小家伙们，都躲到哪里去了呢？哦，原来它们都围坐在两棵参天大树的怀抱中，屏息聆听一个神奇的故事。

瞧，那个小朋友正拿着一本比他还大的桔红色故事书，封面上“动物世界”四个字闪闪发光，仿佛有魔力一般。他身后，梅花鹿和小熊笑得像两朵盛开的花，显然已经深深陷入了故事的世界。一只树懒像秋千一样荡在树枝上，好奇地伸出小脑袋，想要捕捉每一个动听的故事细节。小猴子则像个小侦探，蹲在书的面前，眼睛瞪得大大的，仿佛要从书页中找出宝藏。刺猬和狐狸脑袋挨在一起，窃窃私语，似乎在讨论故事的下一步发展。而小狗，它急匆匆地跑来，喘着气，不想错过任何精彩瞬间。

突然，“呀！”一声轻呼，小兔子发现了我的到来，它兴奋地蹦跳着，那双闪亮的眼睛正向我发出邀请：“快来，一起加入我们的森林故事会吧！”

（指导老师　马小莹）

# 谦让之美

陕西省咸阳市泾阳县城区第三小学　张格菲

人生中，往往会有不顺心的事情发生，也许我们会生气，会吵架。但有时，也许我们做一些谦让他人的小事，结果便会不一样。

有一次，我上口才班时，老师要给我们排节目，让我们自己商量角色，主题是《小武松不打虎》。节目里面有一个角色是老板娘，我看了非常的喜欢，我告诉了我的同学，她迟疑了一下，对我说她也很喜欢这个角色，希望我把这个机会让给她。我心里有些委屈，可是我也想要那个角色，这可怎么办呢？我的同学看我犹犹豫豫，不免有些难受。我心想让还是不让呢？让吧，我自己很喜欢，不想委屈求全。但不让吧，又会伤害我们之间的友谊。到底是让还是不让呢？我陷入了纠结。我的同学看着我面露难色，想了想对我说："我还是把她让给你吧，我认为你很适合这个角色。"我看着她，她的眼角泛着泪花，嘴唇抿得紧紧的。看得我心软，于是我心一横说："我突然觉得我很适合老虎的角色，这个角色也很不错。我就把老板娘的角色让给你好了！"她有些惊讶，我朝她一笑说："老板娘就让给你了。""给我，真的没有关系吗？你要是喜欢你就当吧！你不用委屈自己为了我的。"听到她对我说的这番话，我心里有些欣慰，但还是拒绝了她："没事儿，你就当吧！我现在喜欢的是老虎呢！"她听后，笑着点点头，对我说谢谢。虽然我没能演老板娘的角色，但我也很开心，我们的感情比金坚，是比演出更加重要的。

当我们在生活中遭遇矛盾，内心因此而愤愤不平时，不妨试着放平心态，控制好自己的情绪，因为这可以帮助我们排除那些可能制造冲突的因素。退一步海阔天空，有时候第二选择或许会给我们带来意想不到的美好。社会生活中也会出现相互谦让的一道道靓丽的风景线，比如说在公交车上给老人让坐，开车时谦让行人，遇到冲突相互谦让等等，都会让社会更加文明，让未来充满希望。

（指导老师　谢婷）

# 带给我温暖的脸

上海市浦东新区进才实验小学　岳欣恬

在我2岁生日时，妈妈送了我一只彼得兔玩偶。它有着长长的大耳朵和肥嘟嘟的脸蛋，四肢短短的，但是比我还高一大截，一副呆萌可爱的样子，像一大团棉花糖。

那时候我一直希望自己有个妹妹陪我一起玩，于是彼得兔就成了我的“小妹妹”。每天早上醒来，我第一件事就是把“小妹妹”叫醒，然后给它套上我的小裙子，带上我的帽子，穿上妈妈的高跟鞋出去逛街。它的穿着从不重样，太阳天，我会给它带上墨镜怕它晒黑，天气冷了，我还会给它穿上棉袄让它暖暖的。而且我绝不允许老妈把它扔到洗衣机里，它必须去浴室洗澡，必须！我完全把它当作我的妹妹，完全忘记了它是一只玩偶兔子。

后来，随着我渐渐长大，上了小学，我认识了很多新朋友，渐渐地也将它遗忘了……直到有一次，我考试发挥失常，心情跌落到了谷底。无意间，在房间的角落发现了落满灰尘的它。我小心翼翼地掸了掸它身上的灰尘，发现它不知何时变得破旧不堪，针织的眼睛脱了线，长长的大耳朵也开裂露出了棉花，就连鼻子都不知道跑到哪里去了。然而它的笑脸却是那么的熟悉，我一下子就紧紧地抱住了它。我感受到一股暖流，那是久违的温暖，是“妹妹”给我的大大的拥抱。我好像听到它说：“没关系，一次失败没什么，打起精神来，加油！”

我的小妹妹彼得兔又回来了，虽然它不再崭新，但是我觉得它更亲切了。它的笑脸给我无限力量，带给我温暖，那是我曾经种下的爱的种子发了芽，开了花。

## 成长的烦恼

西安高新第一小学　张宸硕

在每个人的成长之路上，都有或多或少的烦恼。有的人的烦恼是学业的负担，有的人的烦恼是自我认知的困惑，而我的烦恼与他们不同，我的烦恼是取舍与抉择。

我有极其广泛而多元的兴趣爱好，热衷于挑战极限的跑酷运动，沉醉于足球场上激情四溢的竞技，亦能在黑白交错的围棋世界里运筹帷幄，展现智慧的光芒。此外，我还对诗歌情有独钟，字里行间流淌的情感与韵律让我着迷。我也非常喜欢小动物，尤其是小狗，因为它活泼好动，聪明忠诚。我一直幻想着这样的画面：一条身披柔软黄色短毛的小狗，耳朵温顺地耷拉着，眼神中闪烁着对人类的无尽依恋。每当我的手轻轻抚过它圆滚滚的小脑袋时，它便兴奋地吐露着粉嫩的舌头，尾巴欢快地摇摆，仿佛整个世界都因我的陪伴而更加灿烂。

但是我的梦想是成为一名为国效力的足球运动员，为国争光振兴足球，因此我非常刻苦的训练，只要有时间我都沉浸在足球场。这样一来我就完全没有时间照顾小狗，这使得我非常的矛盾。正所谓鱼与熊掌不可兼得，在我人生成长过程中，第一次体会到了抉择带给我的痛苦。

成长的烦恼也许就是抉择吧！

（指导老师　谢芳）

# 陪伴

陕西省咸阳市泾阳县城区第四小学　张定铎

陪伴是黑夜里点起的那盏路灯，陪伴是寒冷时递给你手中的那杯热茶，陪伴是下雨天为你撑起的那把雨伞。在我成长的路上，每一个温暖、感动的瞬间，都少不了陪伴关爱我的人，让我沐浴在爱的阳光下茁壮成长。

人们都说，母爱是无私的，是伟大的。妈妈对我的陪伴就像时刻流过我心间的潺潺清泉，绵绵不绝，温柔且温暖。有一次我写作业已经很晚了，夜已经深了，周围都静了下来，除了天上的几颗星星和摇曳的灯光，就只有妈妈在陪着我。我在灯光下奋笔疾书，认认真真地完成当天的作业。妈妈已经结束了一天辛劳的工作，可她却不肯休息，坚持在一旁陪着我，虽然她没说什么话，但我能感受到她时不时会用温柔的眼神看着我，在不经意间，妈妈已经在我手边放了一盘切好的水果和一杯热热的牛奶。我偷偷地看了她一眼，发现她已经很困了，一手撑着头，一手时不时揉一揉困倦的双眼。她发现我在看她，便笑着跟我说："不着急，慢慢写，有妈妈陪着你呢！"我说："妈妈，时间不早了，您先睡吧，我很快就完成了。"妈妈回答道："没事，我不累，我就想多陪陪你，是不是我在旁边影响你呀？"说完轻轻走出我的房间，慢慢关上了我的房门。那一刻，我心里温暖极了，默默在心里说：妈妈，谢谢您，等我长大了，我也会像您陪着我一样陪伴着您，照顾您。

人们都说，爸爸的爱像高山，像大海。对我而言，爸爸对我的陪伴更像是绚烂的烟火，很热烈但总是很短暂。我的爸爸是一名话剧演员，平时经常在外面演出，不能时刻陪伴在我左右，所以他非常珍惜每次演出回家和我相处的时光。他每天都争着要送我上学，课余时间和我一起玩摔跤，打篮球，有时还带我去野外，摘野果子，钓鱼，挖野菜……好不开心！有爸爸陪伴的日子总是那样五彩缤纷，充满乐趣！可相聚的时光总是短暂的，每次接到演出任务，他就要整理行囊待命出发。我能看得出来，他有万般不舍，平时陪我时高兴得眉毛都会飞扬起来，眼睛里都会放着光，可是出发前他的嘴角都会沉下来，话语很少，甚至会叹气沉思起来。每每看到他这样，我心里也会五味杂陈，不愿他走，但我知道，他爱我，也爱他的工作，他有更重要的事情要做。他的爱不仅属于我，更属于热爱他的观众，热爱他的舞台，所以我支持他！出发前他都会给我买一堆我爱吃的东西，并叮嘱我很多话，每次说的好像都一样，却又像是永远都说不完似的："听妈妈话，自己的事自己做，你已经是男子汉了，要保护妈妈，等我演出回来……"每次我都是带着美好的期盼送他出发，看着他远行的背影我心里总会暗暗地对他说："爸爸，您放心吧，儿子已经长大，我也要成为像您一样为我们这个家遮风挡雨的人，让您和妈妈安心！"

因为有了陪伴我的人，我不会感到孤单；因为有了爱我的人，我的世界阳光灿烂。这些爱就像种子在我心底生根、发芽，陪伴就像为我插上了爱的翅膀，让我懂得把更多的爱播撒出去，用心去陪伴身边的人，把小爱变成大爱，把小我变成大我，相信“星星之火可以燎原”，我们每个人微弱的力量汇聚起来便会让世界充满爱！

（指导老师　杨静）

## 谦让之美

西安市蓝田县华胥镇孟岩小学　张乐玥

在大街上，随处可见车让人的情景。那一次次的停车等待让出了谦让的美好；在地铁里，年轻人将座位让给需要的人，让出了中华民族的传统美德；在校园里，同学之间互相礼让，让出了浓浓的友谊。

古有“孔融让梨”，让出了浓浓的兄弟之情。今有“我让座”让出了美好的品德。考试后，我坐上公交车。这时，一位老爷爷朝我走来，我觉得他要坐我的座位，但我不想让座，于是便开始装睡。刚睡下，我身边的人立马让出了位置，我向右移去，老爷爷坐了下来。他拉着杆子，突然，一个急刹车，他摔倒了，露出了那条假肢。我顿时羞红了脸，急忙扶起他，把自己的座位让给了他。这件事，让我懂得了什么是谦让之美。

一场大雨，让出了和谐的天地。放学后，天空下起了倾盆大雨，时不时响起阵阵雷声，让我一阵的害怕，急忙跑进一个屋檐下。屋檐下一个女生在躲雨，她看见我跑过来便把自己仅剩的一点地方分享给了我，她的微笑，抹去了我心中的恐惧。我被冻得瑟瑟发抖，她又将自己身上的棉衣分享给我。不一会儿，她被家人接走，而雨伞却留给了我。当她走出一段距离，我才发现，她的衣服已经被雨水打湿了一半。后来，我又将雨伞给了旁边的人，然后飞奔着回家了。虽然雨还没有停，可我的心却充满了灿烂的阳光。陌生人的谦让，让生活充满了爱。

在生活的点滴中，我渐渐明白了“让”如同阳光般无处不在，将温暖照向每一个人的心田。而爱又何尝不是“让”的一种美好诠释呢？当我们有了“让”，仿佛就拥有了全世界！

谦让是一种美德，退一步，海阔天空；让一步，和谐快乐。

（指导老师　成妙丽）

# 夏天的雨

天津财经大学第二附属小学　张芮瑄

哗啦哗啦，打上午雨一直在下着，仿佛是捅漏了天。好多地方都成了小河，水浅处都没到了脚踝，水深处都到了膝盖，我的肚子里都咕咕地叫了，雨依旧没停。

我坐在沙发上只好拿着手机刷视频，上一条视频还是个搞笑内容，下一条就变成了一个新闻短视频。我本想翻过去忽略不看的，但是视频中突然说了一句:“这肯定是一辈子最难忘的视频。”这让我又有了些兴趣，仔细看画面，发现是在医院门口，积水都没到膝盖了，而且雨还在下着。这时，镜头中出现一对母子，妈妈背着儿子，把裤腿卷到膝盖以上，水被妈妈的小腿推开，儿子手中提着妈妈的鞋子，另一只手打着雨伞，他那小手紧紧地拿着那把雨伞，有时候雨伞左晃晃右晃晃，好像马上就要拿不住了，这时妈妈就会伸出一只手帮儿子拿着。而妈妈拿着伞的时候，伞的大部分都偏向儿子，一点儿也不让儿子淋到，而自己身上却湿透了。

当这对母子离开镜头时，画面上又有一对母子从反方向走来，但这对母子可跟上一对母子不一样，不是妈妈背着儿子，而是儿子背着妈妈，儿子像是中年男子，也把裤腿卷到膝盖，妈妈满头白发，手里拿着儿子的鞋，另一只手撑着伞，大部分都在帮儿子遮雨，从妈妈的眼里可以看出来很是心疼儿子。这两组时光交错的画面。既体现出了母亲对儿子的疼爱之亲情;又尽展出了儿子对母亲的孝道之真情，这异曲同工的视频，着实让人怦然心动。

这时，我猛然想起了一大早出门办事的妈妈，她为了赶路走得急，出门的时候忘记了带伞。我赶紧放下手机，拿起两把伞就往外跑，跑到楼下我打着伞快速地出了小区，吃力地顶着风雨向公交车站奔去。我快到公交车站时，刚好看见了妈妈从进站的公交车上下来的身影，忙放声喊着:“妈妈，妈妈……”奔了过去。妈妈快速地把伞打在了头顶，意想不到地说着:“瑄瑄，你怎么来啦？”

“女儿想妈妈了呗！”我说着，牵起妈妈的手走在回家的路上，夏天的雨啪嗒啪嗒地打在两把颜色像花一样鲜艳的伞上。

（作者系天津市南开区作家协会会员。指导老师　娄杨）

# 谦让之美

陕西省榆林实验小学　张劭同

谦让是我们中华民族的优良传统。在我上幼儿园时，我和小同学们围坐在老师旁边，听老师讲“孔融让梨”的故事，当时小小的我懵懂得认为孔融特别厉害，还不懂这就是谦让。但从那时起，我幼小的心灵里就已经扎下了一颗小小的种子：我要把好东西最先让给我最爱的人。慢慢地，我一天一天的长大，这颗种子也伴随着我生根发芽，不断长大。

我的爸爸妈妈都是老师，他们的思想言行在无形中指引着我前行。我们家被学校评为“最美家庭”，其中最重要的原因是孝敬父母、尊老爱幼。爸爸妈妈有好的东西最先想到的是爷爷奶奶，所以在家庭中我有好东西最先想到的也是长辈。吃饭时我会先叫爷爷奶奶来吃饭，等大家都开始吃，我才会动筷子。爸爸妈妈身边的朋友和邻居都叫我“小暖男”。表弟和我玩耍的时候，我也总是让着他，每次当我谦让时他都会很开心，而看他不哭不闹，我也觉得很高兴。看着大家的笑脸，我不由得在心里想：原来谦让可以让我们彼此都快乐。之前，我不懂大家为什么会这样称赞我，随着时间的推移，我渐渐领悟，原来，这一声声夸赞背后，是对谦让美德传承的认可。

上了小学，我依旧秉持着乐于助人的态度，积极帮助和谦让同学们。老师奖励的小奖品让同学先选，下课接水让同学先接，走廊拥挤时让同学先走……六年里“谦虚、有爱心”这几个字在老师对我的评语里从来没有缺席过，而我也在不知不觉间将谦让的美德变成了我生活中的习惯。

生活中，谦让之美也无处不在。记得有一次，我在公交车上看到一位老爷爷拖着缓慢的步伐，慢慢走了上来。这时，上车的人们主动让老爷爷先上车，车上没有座位。当我正准备让座时，一位比我大一些的哥哥抢先让老爷爷坐到他的座位上，满车的乘客脸上都露出赞许的微笑。尽管大家没有说表扬的话语，但是我感受那谦让之美的氛围撒满整个公交车。谦让之美，美到大家，快乐自己。

让一步海阔天空，并不是退让，而是我们传统美德的传承和发扬。试想一下，如果大家都不谦让的世界是怎样呢？班上同学互不相让就会打架，家里爸爸妈妈互相计较就会吵架，社会上陌生人互不谦让就会发生更大的冲突。由此可见，谦让能让大家高兴、自己快乐、社会和谐。它是美的放大器，能让美无限放大。

我和妈妈看到一个视频，其内容是关于中外混血可爱小姐妹的故事，5岁的姐姐把一个梨让给2岁的妹妹吃，妹妹高兴地谢过姐姐，突然姐姐拿出一个更大的梨自己吃，我们都笑得前仰后合。是了呀，这样的视频只能是让人一笑。我们是新时代的好少年，谦让是我们的传统美德，无论时代怎么变，我们都不能摒弃中华优秀传统美德，而是让谦让的美德一直延续下去。如今，我们已然步入崭新的智能时代。设想一下，如果有一天我有能力创造一个AI，又或者我们生活中的许多事务都被AI所取代，那我一定会在它们的初始程序里，深深植入谦让以及中华民族5000年传承下来的优秀美德，而且这些程序设定是不可销毁的。这样，我们的传统美德就会一直传承下去，永久美下去。

（指导老师　王艳）

# 嘘——

广州市华侨外国语学校　张声雅

有一天，小明、小山和小华三个小朋友相约一起去图书馆阅读。他们一边走一边追跑打闹，不知不觉就已经到了图书馆大堂，小明玩得兴起，又和小山他们在图书馆玩起了猫捉老鼠的游戏，玩得可开心了。小华大声对着他们两个说："我终于抓到你们了！"小明不服气地大声说："有本事再来抓我哦！"图书馆里的书本听到了吵闹声，皱着眉头想：要不再忍忍吧，过一会儿就好了。可是，书本们等了一会儿又一会儿，三个小朋友还是大声说笑，他们嘻嘻哈哈的声音久久回荡在原本安静的图书馆内。这时，图书们觉得噪音太大了，不得不都举起双手捂住了两只耳朵。图书们看见三个小朋友快到自己面前了，就举牌提醒他们"禁止喧哗！"然后对三个小朋友悄悄地说："图书馆是安静读书的公共场所，小朋友是来看书的，请别大声讲话哦。"小山赶紧给小明和小华做了个手势"嘘——"，小明和小华害羞地低下了头。

（指导老师　耿晖）

# 记住这一天

陕西省榆林市高新区第二小学　张舒月

“叮铃铃”下课铃声响起，同学们并没有像往常一样冲出教室，而是围在同桌俩敏敏和小刚身旁，听他们讨论过生日时的情景。敏敏迫不及待地说:“我上个星期过九岁生日，妈妈给我买了一个很大的生日蛋糕，把我都吃撑了。”小刚也一脸兴奋地说:“我也刚刚过了九岁生日，生日那天爷爷奶奶和外公外婆都来了，给我带了好多礼物。”

坐在一旁的晓明听着同学们你一言我一语地说着，心情逐渐沉重了起来，上课时他心不在焉，呆呆地坐着，下课也不找同学玩。同学们发现了他的异常，关切地问晓明为什么一直闷闷不乐，他这才支支吾吾地回答道:“今天是我的生日，但我爸爸妈妈都在外地工作，不能回来陪我……”说着竟哽咽了起来，同学们急忙上前安慰。敏敏和小刚悄悄商量起来:“晓明的爸爸妈妈在外地工作，但我们可以为他举办一个生日派对。”他们把这个想法告诉了老师和同学们，大家都一致赞同。中午，同学们便忙碌起来，有的吹气球，有的画板报，还有的挂彩旗。忙得不可开交。下午晓明到了学校，被眼前的一幕惊呆了:黑板上整齐地写着“祝福晓明生日快乐”八个大字，墙上挂着五颜六色的气球和彩旗，伴随着那旋律优美的生日歌，老师推上了全班同学精挑细选的生日蛋糕，同学们也纷纷拿出自己亲手制作的贺卡。晓明看了这一切，不禁流下了感动的泪水，他激动地说:“谢谢大家，谢谢大家！感谢大家让我度过了一个快乐而又有意义的生日！”

这一天，是晓明成长道路上的一束光；这一天，被他永远铭记在心；这一天，让他明白，自己是一个被爱包围的孩子。这天以后，晓明不再沉默，不再害羞，他变得活泼开朗，自信大方。

（指导老师　李静）

# 我进步，我快乐

西安高新第十七小学　张希源

进步，是每个人生命中不可或缺的一部分，在我的理解中，进步就等于成长。小狗长大是小狗的成长，小蝌蚪变成青蛙是小蝌蚪的成长，然而我呢？我从一棵小苗变成一棵参天大树，心中无比自豪。

班里的成绩下来了，老师拿起手机正准备念成绩时，原来吵吵闹闹的班级突然安静下来，顿时变得鸦雀无声，仿佛一根羽毛落在地上都能听见。“首先，我要表扬一位同学，她在这次考试中进步非常大，她就是……”听到老师的话，我心里暗暗地想肯定不是我，我的数学本来就差，怎么会是我呢？可是老师接着说：“她就是张希源！”是我？我难以置信地看着老师，她给了我一个大大的拥抱，那感觉真棒！

进步不一定是巨大的飞跃，哪怕是小小的改变，都能够使我快乐。我会继续努力，在进步中收获更多快乐，让自己的人生更加充实和精彩！

（指导老师　张欣）

# 记住这一天

西安市灞桥区纺织城小学高科分校　张以洛

时间转瞬即逝，不知不觉，我已经是三年级的一名学生了。三年的时光充满了精彩，但是这一天，却令我刻骨铭心。

那是一个秋高气爽的下午，跳大绳团体赛如约而至。天是蓝蓝的，操场两旁的树站得笔直，像是在欢迎我们的到来。

我们排着整齐的队伍，有序地走进操场，一边热身，一边互相加油打气；老师们也在紧锣密鼓地为摇绳做准备。团队跳大绳比赛强调团队合作，我们每一个人都必须保持节奏和默契。过去的40天里，我们在逐光追月的练习中早已埋下了默契的种子。“嘟——”随着一声哨响，比赛正式开始了。每个人都屏住了呼吸，大绳甩了起来，我们每一个人脚步有序向前，一个个步伐轻盈，身姿矫健，第一个同学轻松跳了过去，紧接着第二个、第三个……紧张刺激的比赛吸引了全场师生们的目光，大家快速跳跃和精准配合仿佛是一部生动的视觉盛宴。时间慢慢过去了，每一个人都咬紧牙关高度投入，奋力一搏汇成团队的力量。随着一次次有力的跳跃，一次次默契的配合，我们的团队赛在“嘟——”的一声哨响中结束了比赛。我们居然连续跳了144个，超越了我们练习中的每一次成绩，最终取得了校团体赛第二名的好成绩！

这次跳大绳团体赛，让我懂得了持之以恒和坚持不懈的重要性，我也从中切身感受到了生活的道理：尽最大的努力，就能收获最美的风景，不留遗憾。

这一天，是意义非凡的一天，它就像一位良师益友，教会了我很多，并让我铭记在心。

（指导老师　郭新媛）

# 足球风波

陕西省咸阳市泾阳县城区第四小学　张奕辰

周六的早上，天气晴朗，碧空如洗。王磊给李强打电话说:“我们一起去踢球吧！”“好呀！”李强开心地立刻答应了。他们俩抱着足球，连蹦带跳地来到了小区空地上。

王磊和李强踢着踢着，突然，足球高高飞了起来，“哗啦”一声，打碎了孙爷爷家阳台上摆放的仙人掌花盆。两人顿时慌了神，他们害怕孙爷爷会责骂他们，于是二话不说，撒腿就往家跑。

李强回到家后心里很是后悔。他觉得遇到问题就逃跑是不对的，应该勇敢地面对自己的错误。于是，他给王磊打电话:“王磊，我觉得咱们刚才逃跑是不对的，咱们去给孙爷爷赔礼道歉吧。”王磊在电话那头沉默了一会儿，说:“可是我们该怎么做呢？”李强思索片刻后说道:“我们可以用零花钱再买一盆仙人掌赔给孙爷爷呀！”

于是，他们拿着零花钱到花店精心挑选了两盆最好的仙人掌。随后，他们带着仙人掌来到了孙爷爷家。“咚咚咚”，李强敲响了门。“谁呀？”屋里传来孙爷爷的声音。门开了，孙爷爷看到是他们两个，笑着说:“原来是你们两个呀，进来吧！”

两人有些不好意思地走进屋里，齐声说道：“孙爷爷，对不起，是我们两个踢球的时候不小心把您家的花盆踢碎了，这是我们赔偿给您的。”孙爷爷笑着摸了摸他们的头，和蔼地说：“没事，知错能改就是好孩子。”

得到孙爷爷的原谅后，他们俩高兴地笑了。因为他们勇于承认错误，并积极改正，成功化解了这场“足球风波”。随后，他们又开开心心地在空地上玩了起来。

（指导老师　张磊）

# 给自己一个目标

陕西省西安市灞桥区纺织城小学高科分校　张亦然

“铛铛铛……”下课铃声响了，小伙伴们兴奋地拉着我去操场跳绳。她们总是夸跳绳我厉害，每当这时，我就想起了三年前的自己。

那时的我，非常讨厌跳绳。因为我是班里跳得最差的。别人一分钟跳100多个，而我连30个都上不了。曾经，我非常失落和难过。可是，我一想到老师说的要全面发展，作为班干部的我，绝不能给班级拖后腿。于是，我告诫自己，一定要在三年级之前把跳绳跳好。也是从那时起，我暗下决心，每天练习跳绳半个小时，在三年级开学之前，必须达到一分钟跳150个以上。

经过两年多的坚持不懈，我完美地实现了之前的目标——跳绳每分钟

180个以上，为此我也常常感到无比的自豪。

原来，有目标才有动力，有动力才有可能实现。通过这件事情，让我明白了：给自己设定一个目标，会有想象不到的收获。所以，我们大家在平常学习和生活中都应该心中有目标！我的下一个目标是冲进清华北大，你们呢？

（指导老师　朱紫薇）

## 踏入学海，梦想启航

西安高新一小麓湾小学　张又兮

当我背着小书包走进学校的大门，一个新的旅程就开始啦。从开学第一天起，我就不再是那个只在家人呵护下的小公主啦，我成为了西安高新一小麓湾小学的一名小学生。那一刻，我的心情宛如灿烂的阳光般明媚，内心满是激动与期待，仿佛有一只小鹿在欢快地乱撞。

记得第一次踏进教室，我既紧张又好奇。课堂上，老师就像神奇的魔法师，将拼音、算术和英语这些新知识，如同一粒粒饱含希望的种子，播撒在我们幼小的心田里。课间时分，我和同学们在操场上一起奔跑，一起玩耍，开心得像一只小鸟。放学回到家，我会认真地复习，虽然有些题目还不是很懂，但妈妈在一旁耐心地指导我，爸爸则鼓励我要勇敢地面对困难。家，就是我最坚强的后盾。

入学的这段时间，我感受到了学习带来的乐趣，也特别感激老师们的辛勤教导和同学们的热情陪伴。我知道这只是刚刚开始，未来的路还很长。《论语》里有句话说得好："学而时习之，不亦说乎？"我相信，只要自己怀揣着满满的好奇心和无畏的勇气，就一定能在知识的海洋里畅快地遨游。

一年级的生活，就像一本精彩的书，我已经翻开了第一页。今后，我会继续书写我的故事，通过努力实现梦想。这是一个充满希望的旅程，我已经准备好了，去迎接每一个挑战，享受每一份快乐！

（指导老师　张哲）

# 我的乐园

西安高新第二学校　张宇宸

你要问我"你的乐园在哪里？"那当然是我居住的小区。这里花草丰茂，绿树成荫，鸟儿在枝头叽叽喳喳地唱歌，鱼儿在池塘里自由自在地嬉戏。

"千里莺啼绿映红"是小区里春天的画面。嫩绿的新芽为小区披上春装，星星点点的迎春花、漫天飞舞的樱花、亭亭玉立的玉兰花……竞相争艳。我和小伙伴们捡起飘落的花瓣，收集在一起。妈妈们在石桌那儿聊得正起劲儿，我们突然把花瓣洒在她们头上，然后捧腹大笑。

"清风半夜鸣蝉"给热闹的夏夜增添了无限的乐趣。雨后的知了特别多，一次抓上五六只，对我们来说那是最美味的小吃。我们在小区里踢足球、扔沙包、玩瞎子摸人，骑着自行车绕着假山疾驰，玩"三国杀"也玩得热血沸腾。

“萧萧梧叶送寒声”，秋天金黄干枯的落叶铺满小路。我们把落叶堆成小山，跳进去，“嚓！”一声脆响，感觉非常解压。而说到秋天香甜可口的瓜果，当属如红宝石般鲜艳的石榴了。我们拿着长棍子把石榴打下来，围着石榴假装祭祀天神。

“千树万树梨花开”，冬天的小区一夜之间变成白色的世界。我和小伙伴展开了激烈的雪战。我拿起一个雪球扔向多多，没想到竟砸中了壮壮的脑袋，他便对我穷追不舍，最后竟演变成了一场大混战。我费了九牛二虎之力堆了一个雪人，却被弟弟一脚踩碎，我捡起一块雪就塞进他脖子里，欢快的笑声在小区上空回荡。

美丽的小区是我成长的乐园，每个角落都飘荡着小朋友们的欢声笑语。

（指导老师　张育平）

# 记忆中的光

北京市东城区府学胡同小学　张彰

轻盈的月光映照着渐暗的天空，为大地洒下一片清辉。已是华灯初上时，我趴在窗前，临近期末的紧张节奏仿佛一团乌云，密密地遮住了我的心，也遮住了我前进的方向……

“当当当”轻轻的敲门声打破了这份沉闷，只见爸爸探出半个身子，轻快地说：“多么难得的月色啊！我们一起去跑跑步吧？”

绿色的球场，红色的跑道，被照得宛如白昼，人们在跑道上肆意地奔跑，亮晶晶的汗水伴着一阵晚风吹来，仿佛为困顿的情绪推开了一扇窗，心也透亮了起来。

“咱们比一局？”

“那你得加把劲儿啦！”

我和爸爸站在起跑线上，你一言我一语地互不相让。对决开始，我率先冲出起跑线，爸爸紧随其后。然而，在还剩不到20米的距离时，他竟以风驰电掣的速度超过了我，我尽力跟进爸爸的步伐，不甘示弱，一时间两个人不分上下……长长的跑道，我以微弱优势率先跑到终点时，忍不住欢呼雀跃起来，一扭头，只见爸爸充满欣慰和鼓励地看着我，爸爸对我说：“我和妈妈都能理解你最近压力很大。成长，尤其是对自己负责的成长必然会有困难、有艰辛，我们为你的上进和自律感到骄傲，但我们更希望自己的女儿健康快乐。如果你需要，我们一直在你身旁！”那一刻，不知道是不是因为明亮的月光照着他额头上闪烁的汗珠太过耀眼，晃得我的眼睛有些发酸，压抑了几天的心情仿佛要化作止不住的泪滴掉下来……

月光下，我忽然明白了陪伴的意义，一起面对，一起经历，一起成长，而那晚的月光，也亮闪闪地刻在了我的心里。

## 那一天真开心

西安高新一小麓湾小学　张芷萱

好久都没有痛快淋漓地玩耍了。在一个周末，终于迎来了久违的太阳，我们和二妈一家一同前往游乐园。我们兴高采烈地坐上车，一想到即将开启的欢乐游玩之旅，我的心里就像有无数只小鹿在欢快地跳跃，真恨不得立刻飞奔到那里。

买好票后，我们排队入园。刚一进门，一张巨大的蹦床网便映入我的眼帘，远远望去，宛如一面做工精巧的蜘蛛网悬挂在空中。旁边是色彩缤纷的七彩滑道、刺激惊险的《坑爹过山车》以及如梦如幻的旋转木马……我们兴致勃勃地排起队，准备体验七彩滑道。终于轮到我们了，我迫不及待地坐到轮胎上，工作人员帮我系好安全带，随后他问道："小朋友，你准备好了吗？"我激动地大声回应："准备好了！"接着，他缓缓地将我的轮胎推了出去，我心想：这速度应该不在话下！可就在这时，轮胎突然猛地向下滑去，耳边顿时响起呼呼的风声，速度瞬间变得飞快，我的心也一下子提到了嗓子眼，大声喊道："好快啊！太刺激了！"紧接着来到第二个滑道，轮胎下滑并带着我俯身冲下去，我感觉自己仿佛快要飞起来了。片刻之后，轮胎的速度渐渐慢了下来，最后稳稳地停住，我慢慢地从座位上站起身来。

离开惊险刺激的七彩滑道后，我们又去玩了蹦床网。它看起来似乎很简单，可要是重心不稳，还是容易摔倒。我跳上一张红色的蹦床，瞬间感觉自己像小鸟一般在空中自由自在地翱翔，脚下的弹力让我轻盈得仿佛漂浮在云端。我迅速转了个圈，眼前的一切都变得模糊起来，唯有心跳声如同激昂的鼓点在耳边回响。

时间过得真快呀，愉快的一天就这样画上了句号，我们恋恋不舍地离开了游乐园。那一天真的特别开心，真希望下次还能有机会再来。

（指导老师　卢剑青）

# 六一儿童节

西安滨河学校小学部　张宙韩

不知不觉间，我已经度过了6个六一儿童节，而其中最让我印象深刻的当属去年的六一儿童节。

那一天，阳光明媚，天空湛蓝如宝石。妈妈带着我和哥哥一同前往“砂之船”。砂之船里满是各式各样好玩的游戏项目，还有琳琅满目的美食，到处都洋溢着热闹欢快的氛围。

我们先是品尝了美味的“哈根达斯”，随后兴致勃勃地前往游乐场“抓娃娃”。刚开始的时候，我心里特别紧张，一直担心自己抓不到娃娃。然而，我并没有轻易放弃，经过一次又一次耐心地尝试与练习，功夫不负有心人，我终于成功抓到了一个“小兔子背包”。这个背包可爱极了，它的脑袋上还系着一个俏皮的黑色蝴蝶结，模样甚是漂亮。

这真是无比快乐的一天啊！当夜幕降临时，我们才依依不舍地离开了砂之船。

（指导老师　钱明明）

# 天然的“空调房”

西安高新一小麓湾小学　赵田依果

夏天到了，西安的夏天宛如一个大烤箱，每天待在家里都热得满头大汗，家里的空调似乎都失去了作用。有一天，我实在难以忍受这酷热，便对妈妈说：“妈妈，咱们去秦岭山乘凉吧！”妈妈回应道：“可以呀，那你快点收拾吧！”我迫不及待地收拾妥当，然后拉着妈妈即刻出发。

我们的车从高楼林立的城市中疾驰而过，很快便驶上了环绕秦岭的环山公路。在环山路上，我一眼便能望见远处云雾缭绕的秦岭山脉。再靠近些，便能听到溪水“叮叮当当”地流淌，那声音恰似三角铁发出的悦耳声响。渐渐地，我仿佛踏入了一幅画卷之中，一棵棵雄伟挺拔的大树矗立在巍峨的秦岭山上。仔细倾听，还能听到远近各处都有小鸟在欢唱，仿佛是在热烈欢迎远道而来的客人。

就在我沉醉于这美丽的风景画面时，我听到了妈妈的声音：“果果，到站啦！”我这才回过神来，与妈妈一同下了车。哇！好凉快呀！我兴奋得不由得蹦了起来。

这时，山沟里的河流吸引了我的目光。那河水清澈见底，能够清晰地看到水里各式各样石头的纹理。靠近河岸两边的地方还生长出翠绿的青苔，有的如同海草一般随着河水轻轻摇曳；河边已经有不少爸爸妈妈带着小朋友们在打水仗，欢声笑语回荡在整个山沟……

这里果然空气清新，景色迷人，有山有水，如诗如画。在这里可以尽情地玩水嬉戏、纳凉写生！这难道不正是我们小朋友的最爱吗？这不就是天然的“空调房”嘛！

（指导老师　赵改琴）

# 有一种甜——丑苹果

广东省深圳市荔园小学玮鹏校区　赵韵涵

3月7日中午，值日生像往常一样，从食堂领回了午餐水果。午托的同学们一窝蜂涌向了摆放水果的桌子，不一会儿，一个个鲜艳、饱满的红苹果都有了主人。我和依晨挤到桌前时，桌上只剩下两个苹果：一个又大又红，一个又小又扁。

我看看桌上的苹果，又看看身边的依晨，决定让她先选。依晨开心地拿走了那个又大又红的苹果。当我拿起另一个又小又扁的苹果时，一个男生大叫了一声：“赵韵涵的苹果好丑呀！”旁边几个男生也跟着哄堂大笑起来，嘴里还不停地发出“丑苹果、丑苹果”的怪叫。我心里瞬间涌起一种说不出的难受滋味，只能低着头回到座位，把丑苹果悄悄塞进了午餐袋里。

放学回到家，妈妈在我的午餐袋里发现了那个苹果。她好奇地问道：“宝贝，你不是最爱吃苹果吗？今天怎么把午餐苹果剩下了？”我回想起中午那令我难受的场景，突然鼻子一酸，眼泪不由自主地落了下来。我把事情的来龙去脉告诉了妈妈。妈妈轻轻搂着我问道：“你把苹果给依晨的时候，是开心还是难过呢？”我想想依晨捧着苹果扬起的嘴角和笑得弯弯的眼睛，回答说：“依晨是我的好朋友，看着她拿到好苹果开心的样子，我也很开心，可能比自己吃到好吃的苹果还开心。”妈妈笑着说：“其他同学不知道是你把好苹果让给了依晨，也就不知道这个苹果的意义。这个苹果代表着你和依晨美好的友谊，也代表着你的善良和大度。妈妈觉得，这是世界上最美的苹果！”听了妈妈的话，我再看向丑苹果，突然觉得它虽然丑丑的，但也别有一番可爱之处。

妈妈帮我把丑苹果洗干净，切成了小块，作为晚餐后的甜品摆在餐桌上，还让我把丑苹果的故事分享给了家人。姥姥姥爷一个劲儿地夸我懂事，爸爸向我竖起了大拇指，连两岁的弟弟也在妈妈的引导下给我鼓起掌来。我一边吃着丑苹果，一边在心里暗暗地想：今天的苹果怎么比平时更甜呢？

（指导老师　杜莉莉）

## 冬天的快乐

西安高新东区小学　折耀琛

冬天到了，洁白的雪花一片片落下，小朋友们穿上厚厚的羽绒服，迫不及待地推开门迎接冬天的到来。

同学们三三两两结伴而行，有的去打雪仗、有的去滑雪橇、还有的去堆雪人。小明和小红齐心协力地滚动着一个雪球，小高和小美瞧见后也不甘示弱，齐心协力滚出了一个更大的雪球。随后，他们小心翼翼地将小雪球放置在大雪球的上面，又在周围仔细地捡了几颗圆润的石子儿，当作雪人的眼睛与纽扣。然而，看着眼前初具雏形的雪人，几个小朋友心里总觉得似乎还缺少了点什么。小明第一个反应过来，跑回家拿来一个铁桶放到雪人头上，给雪人当帽子。其他人也纷纷回家拿回来了各种东西，小红拿了一根胡萝卜给雪人当鼻子，小美拿了一把扫帚给雪人当手臂，小高不知道该拿什么东西，于是解下自己脖子上的围巾给雪人当衣服，还说："这样雪人就不害怕冷了。"大家被这一幕逗得合不拢嘴。

几个小伙伴看着堆好的雪人，满意极了。小雪人也咧着嘴仿佛在说："和你们一起玩真开心呀！"

## 有趣的婚礼

广州华外同文外国语学校　郑蓝淇

清晨，当第一缕晨光透过窗帘，我便按捺不住激动的心情，从床上一跃而起。今天，我们全家有幸受邀参加小玲姐姐的婚礼，这场盛会将在风景如画的韶关乡村举行。我们踏上了前往婚礼的旅程，一路上，车辆稀少，交通异常顺畅，我们很快就抵达了那个充满期待的地方。

抵达村庄后，我们首先被一条清澈见底的小溪所吸引，溪水潺潺，仿佛在欢迎我们的到来。我们在溪边嬉戏，感受着溪水带来的清凉与舒适。玩累了，我换上了一条色彩斑斓的新裙子，心情也随之飞扬，如同那裙摆上的五彩斑斓。

下午3点钟，吉时已到，随着一阵喜庆的鞭炮声响起，一群精神矍铄的爷爷们开始了他们的表演。他们敲锣打鼓，吹起喇叭，营造出一派热闹非凡的气氛。人们围绕着新娘，欢天喜地地走进了祖堂，而新郎则被一群人簇拥着，边走边往他的脸上抹上锅底灰，这是当地的一种习俗，寓意着幸福美满、吉祥如意。我也加入了这个有趣的活动，手里拿着沾满黑灰的萝卜，给新郎送上了一份特别的“祝福”。在家人和朋友们的欢声笑语中，一对新人完成了他们的婚礼仪式。我们这些宾客也玩得不亦乐乎，沉浸在这欢乐的海洋中。

今天，我们不仅见证了中国广东地区传统婚礼的习俗，还了解到有时候往脸上“抹黑”竟然也是一种祝福的方式。这种独特的文化体验，让我感到既新奇又有趣，这真是一场令人难忘的婚礼。

（指导老师　王宇玲）

# 肯奋斗

西安高新第一小学　郑淼凡

“奋斗是万物之父。”这是我国历史上伟大的人民教育家——陶行知的一句名言。我的姥姥、姥爷今年都70多岁了，妈妈说他们这一生用行动教育了她，人的一生就是吃苦耐劳、艰苦奋斗、永不放弃的一生！

姥姥姥爷都生于1949年，都是共和国的同龄人，他们经历过当时自然灾害、参加过“三线”建设。姥姥在修襄渝线的时候，为了保护女兵连的战友，右腿摔断了，在病床上整整躺了三年。经过三年与病魔的顽强抗争和治疗，姥姥终于能够重新站立起来。康复后，她在社区卫生院工作，凭借自己的努力成为了中药房的药剂师。30多年的工作中，她勤勤恳恳，尽量为周边村民、群众着想，医药费从来都是能省则省！我姥爷是一位30多年工龄的乡村小学教师，姥爷说有很多机会他可以离开屈家河，但他却从未离开，他把青春、热情都留给了生他养他的那片热土！

1983年，一场百年不遇的洪水，冲毁了他们的家园。姥姥姥爷带着妈妈和小姨回到了屈家河老家，每天骑自行车上班并开始重建家园……几十年过去了，姥姥姥爷早已年过花甲，但他们依然身体力行地参与劳动，种菜、种粮食，去年春节，妈妈带着我和姥姥姥爷在屈家河老家的菜园子里拔萝卜、摘菠菜。今天下午，姥爷还发来了挖红薯的照片，一种丰收的喜悦油然而生！

在我们的大家庭中，关于奋斗的故事还有很多很多。妈妈告诉我，要永远坚信“一分耕耘一分收获”。如果说什么是屈家河精神，那就是——吃苦耐劳、艰苦奋斗、永不放弃。这是我们大家庭得以传承的优良家风，也是留给我最宝贵的财富！

（指导老师　胡玲）

# 神奇的海贝

上海市民办尚外小学　郑森淼

在我的书架上，静静卧着一枚神奇的海贝。它是我和姐姐在逛街时偶然发现的，当时它在店铺的角落里，却一下子吸引了我的目光，仿佛我们之间有着奇妙的缘分，我毫不犹豫地将它带回了家，从此它便成为我书架上最特别的存在，每天陪伴着我。

这枚海贝充满了神秘色彩。它的中心被掏空了，里面盛着沙子和小巧的贝壳，宛如一个微型的海滩被珍藏其中。黑白相间的外壳两侧，有两个小小的洞孔，恰似两张小嘴，仿佛在轻声诉说着海洋的故事。它的外形像极了蛇头，带着一种神秘的气息。每当我把它凑近耳边，便能听到"哗——哗——"的声音，那声音仿佛是大海在温柔地呼唤我，又像是它在与我分享着那些遥远而神秘的海洋传说，美妙极了。

听着这轻柔的海浪声，我仿佛被带到了那片浩瀚的大海边，大海一望无际。沙滩上满是欢笑的人群，热闹非凡。卖椰子的叔叔忙得不可开交，新鲜椰子的清香弥漫在空气中。瞧，那边有小朋友在开心地堆沙城堡，他们精心雕琢着每一处细节，那座沙城堡一定是他们心中最梦幻的童话世界；勇敢的冲浪者在海浪中欢快地跳跃，与海浪共舞；还有人躺在沙滩椅上晒太阳，享受着温暖的阳光洒在身上的惬意；有人悠闲地喝着清甜的西瓜汁，那解渴的模样让人看了也觉得舒畅；远处的海里，有人像欢快的鱼儿一样自在地游泳。而在那神秘的海底世界，一定更加精彩绝伦。五颜六色的鱼儿成群结队地穿梭在绚丽的珊瑚礁间，章鱼在礁石的缝隙中安然入睡，小丑鱼在海草丛中你追我赶，比目鱼安静地趴在海底，还有勇敢的潜水者在探索着这片奇妙的蓝色世界。

在海贝的旁边，摆放着我最心爱的《海的女儿》。每当我思念大海的时候，就会翻开这本书，而后拿起海贝静静聆听那来自大海的声音。这枚海贝就像一把神奇的钥匙，缓缓打开了海洋那扇神秘的大门，引领着我去探寻更多未知的奇妙世界。我期待着，有一天能够真正走进那片神奇的大海，去感受它无尽的魅力，去发现更多藏在海底的秘密。

# 成长的烦恼

西安高新第二小学　郑悦松

我想好好学习，身体却总是生病！我想跑步锻炼，却偏偏是个扁平足；我想游泳健身，眼睛却一遇水总是发炎！

一年级时，甚至连老师都说我：不是在医院，就是在去医院的路上。唉……

天无绝人之路，在和妈妈反复思量之后，我决定凭借自身的身高优势，选定投垒球这个项目来增强体质。并且立下目标，一定要在运动会上斩获名次，为班级增添荣耀。

起初，我只是简单地举球就扔，仅仅几分钟，豆大的汗珠便爬满了额头，胳膊好似灌了铅一般沉重，拼尽全身力气也仅仅投出了23米。我灰心丧气地瘫坐在地上，心里暗自思忖：学校的记录可是30米，照这样练下去，运动会上怕是毫无希望了。

“有志者，立长志；无志者，常立志！别忘了自己的诺言！”经妈妈这么一提醒，我一轱辘从地上爬起来，抹了一把脸上的汗，想起教练说的话：“投垒球并非仅靠胳膊的力量，而是要蹬地、转跨，在转身的瞬间利用惯性把球抛出去。”想到这儿，我的心像被再次打了气的皮球鼓胀胀的，球握在手里好像也没那么沉了。我侧身轻跳两步，左脚蹬地，随即转身用力一掷，球向一颗高速飞行的子弹，在空中画出一道优美的弧线。“25米！”妈妈一边兴奋地喊道，一边将一面红色的小旗插在30米的地方。26米、27米……那天起，我每天都默默练习，手中的垒球一天天向小旗前进着。

“厚积薄发，志在必得！”运动会上，我终于以年级第一的成绩站上了领奖台。那一刻，寂寞、酸痛、委屈、喜悦、自豪……都如同烟花般在我心中绽放！

“锲而不舍，金石可镂。”我生命中那面红色的小旗将指引我抛弃所有的烦恼，战胜所有的艰难，勇敢前行。

（指导老师　张晓磊）

# 放风筝

西安高新第二小学　钟心怡

春姐姐迈着轻盈的步伐悄悄地来到了我们身边，小树小草都冒出了嫩绿的新芽，仿佛在争先恐后地迎接春的到来，小燕子也从温暖的南方翩然飞回。

一个春意盎然的周天早晨，公园里花红柳绿。柳条在轻柔的微风中悠悠飘荡，恰似一位婀娜多姿的少女在轻抚自己那柔顺的秀发！小鸟在空中自由自在地翱翔，尽情地展示着自己优美的舞姿，似是在为这美好的春光而欢舞。

哥哥和妹妹一同来到公园里放风筝，草坪上空各式各样的风筝可真多啊！他们两个满心欢喜，迫不及待地拿着各自的风筝奔跑起来，看谁的风筝先飞上天。只见哥哥的蜻蜓风筝像一个小女孩一样翩翩起舞，十分优雅，妹妹的金鱼风筝也不甘示弱，仿佛瞪大了圆溜溜的眼珠，在空中欢快地嬉戏游动。它们宛如在展开一场激烈的角逐，比试谁能飞得更高更远！天空中的风筝就像一只只小鸟在自由自在地飞翔，小鸟把风筝当成了小伙伴，快乐地跟它们做游戏，一朵朵白云笑眯眯地看着它们玩耍。草坪上的小狗欢快地围着他们汪汪直叫，好像在说："你们真棒！"望着越飞越高的风筝，兄妹俩开心地笑了。草坪上回荡着他们欢乐的笑声……

# 中秋节趣事多

复旦科技园小学　周佳芸

每当秋风送爽，丹桂飘香之时，我便知道，那轮圆月即将照亮夜空，中秋节又要到了。这个传统节日，对我来说，不仅仅意味着团圆和美食，更是一次次充满欢笑与趣味的家庭聚会。晚餐过后，重头戏来了，我们一起设置了几个小游戏区域：猜灯谜、投壶、赏月品月饼等。每个环节都充满了欢声笑语，家人们或低头沉思，或跃跃欲试，每个人的脸上都洋溢着幸福的笑容。

最后到了赏月品月饼环节，老爸忽然突发奇想，提议再开展一个"猜月饼馅"的活动。游戏规则简单而有趣，每个人闭上眼睛，伸手摸一块月饼，猜测其中的馅料。大家纷纷点头表示同意。于是老爸第一个登场，他摸到一个月饼，胸有成竹地脱口而出"五仁馅"，果然一语中的，引得大家惊叹不已。轮到我时，我紧张又兴奋，手指轻轻触碰那光滑的月饼皮，仿佛能感受到馅料的细腻与温柔。我猜的是"红豆馅"，然而当我剥开月饼皮，露出的却是香甜的莲蓉馅，引得大家哈哈大笑。

此时，明月已悄悄从东方升起，我们抬头望向那轮皎洁的明月，它宛如一个巨大的玉盘，悬挂在深邃的夜空中，散发着柔和而明亮的光芒。我依偎在妈妈的怀里，听她娓娓道来关于中秋节的古老传说，如嫦娥奔月、吴刚伐桂等，这些故事让我对中秋节有了更深的理解和感受。

在这个中秋之夜，月饼如同甜蜜的使者，传递着家的温暖；游戏如同欢乐的桥梁，成为连接着亲情的纽带；笑声如同悠扬的乐章，奏响了团圆的旋律。这段趣事，如同那轮明月，永远照亮我心中的每一个角落。

# 我的“悟空”老师

北京市西城区师范学校附属小学　周锘歆

在我的学习生活中遇到过很多老师，但有一位老师给我留下了深刻的印象，他就是我们神通广大的张老师。张老师就像《西游记》里的“孙悟空”一样拥有三大法宝，一双火眼金睛、一副如意戒尺，还有疾如流星的筋斗云。

首先我给大家介绍他的“火眼金睛”。张老师好像什么事都能看透，双眼炯炯有神像猎鹰一样。有一次张思恩没写作业，但他一本正经地跟大家和老师说：“我写完了只是作业本忘记装在书包里了。”张老师瞪大了眼睛，把手中的课本狠狠地摔在桌子上，严厉地对张思恩说道：“你是不是撒谎了，根本没有写作业吧！”张老师一眼就看穿了他。班里顿时鸦雀无声，张思恩羞愧地低下了头，脸胀得通红，小声说道：“对不起，老师我忘记写了，我以后一定注意不会再撒谎了。”看到张思恩诚恳地道歉，老师的声音逐渐温和起来:“知错能改就是好孩子，下不为例。”张思恩连连点头，保证再也不会撒谎了。

张老师的第二大法宝就是“如意戒尺”。只要课堂纪律不好的时候，他就会从袋子里拿出来，用力地敲打桌子。同学们每次听到这个声音就知道张老师要发怒了，大家立马安静下来，手放在课桌上，身体坐得笔直。张老师每天都会带着它，它已经成了张老师形影不离的“好朋友”。

最后给大家介绍他的“筋斗云”。前两天我们班上有两位同学因为一点小事打了起来，班长立马跑去找张老师。张老师上一秒还在办公室里，下一秒就出现在他们两个人的身边，安抚他们的情绪并帮他们解决矛盾。同学们向张老师投去了崇拜的目光，他就像孙悟空一样会腾云驾雾、瞬间移行。

这就是我的“悟空”老师，他教会了我们知识、品德和友爱，在他的陪伴下我们快乐地成长着。你想不想有这样一位“悟空”老师呢?

（指导老师　芮雪）

# 乐于助人的小猴

西安高新第一小学　左峻熙

一个阳光明媚的早晨，云淡风清，晴空万里，小刺猬兴致勃勃地走出家门。小猴的妈妈让小猴在森林里摘一些又大又红的果子。于是，小猴大摇大摆地走在路上，忽然遇见小刺猬在散步，小刺猬今天穿得格外漂亮，头上戴了一顶美丽的帽子，上面有一条红色的丝带正随风起舞。

突然，一阵秋风吹过，带着丝丝凉意。小刺猬的帽子被秋风裹挟着、吹拂着，一下子飘落到高高的树枝之上。小刺猬扭着小屁股跑到大树下，伸着手又蹦又跳，却根本够不到帽子，于是它忍不住难过地哭了起来。小猴赶紧到小刺猬身边说："你别难过，你忘了我可是爬树高手呢！让我来帮你把它拿下来。"听见小猴的话，小刺猬擦干眼泪，满怀期待地看着小猴。小猴身手敏捷，三下五除二地爬上了树，小心翼翼地把那顶五彩缤纷的帽子取了下来。

小猴轻快地从树上跃下，把帽子稳稳地戴在了小刺猬圆滚滚的头上。小刺猬看到自己失而复得的帽子，激动得又蹦又跳，开心地说："谢谢你，小猴！"

最后，小猴和小刺猬挥手告别，转身踏上了去采摘苹果的路途。

（指导老师　叶金霞）

# 堆雪人

西安高新第一小学　朱紫月

屋子里暖暖的，窗户上蒙着一层雾气，隐约听见风的声音。艾莎趴在窗台上，用手轻轻抹开窗户上的雾气，不由得惊叹道："哇，下雪啦！”

只见天空中一片片雪花纷纷扬扬地飞舞飘落，树木和草丛都披上了一层洁白的雪衣，银装素裹，煞是好看。艾莎迫不及待想和朋友们一起玩雪。戴上暖乎乎的围巾和手套，打开门，如脱缰的小鹿般飞奔出去。“好好看啊！”，艾莎和她的朋友们沉迷在这漫天飞雪中，雪花悠悠地落在艾莎的鼻尖上，带来丝丝凉意。安娜张开嘴说话的时候，雪花轻轻地飘了进去。安娜笑着说：“我吃掉了雪花，特别像咱们上次吃的凉糕”。

艾莎和朋友们商议着要在这大雪中堆一个可爱的小雪人，地点就选在道路交叉处，“这样咱们下周上学每天都能看到它啦。”他们先将雪花聚拢，挤压成一个个小雪球，再把小雪球堆积起来，不一会儿，雪人的身体就大功告成了。艾莎从家里拿来了胡萝卜、花园里的小水桶和扫把，安娜在地上找到了两块圆润的小石子。他们精心地给雪人安上圆圆的眼睛、尖尖的鼻子，倒扣上小水桶当作帽子，艾莎还用手在雪人脸上抹出一个灿烂的笑脸，就这样，她们的雪人完成了。

“总觉得少了一点什么。”安娜看着小雪人，艾莎低头看看自己再看看雪人，恍然大悟：“是少了围巾呀！”于是她们又给小雪人戴上了一条“围巾”。小雪人戴上毛茸茸的围巾，仿佛一下子有了生命，变得暖融融的。下雪真好！

（指导老师　薛丹）

# 我学会了感恩

广东省惠州市德威学校　朱昱瑾

当可怖的新冠疫情阴霾笼罩城市之际，无数逆行者毅然决然，踏上抗击疫情的伟大征程。

刚过下午4点，太阳便已收起那淡淡的余晖，好似畏寒一般，隐匿于如厚棉袄般的云层之中。妈妈带我观看了一部电影——《穿过寒冬拥抱你》，刹那间，时光仿若倒流回2020年年初，相同的画面在大屏幕上徐徐放映，心情依旧如初，起伏难平。“武汉加油”四个大字跃然眼前，令我再度深切感受到祖国的强盛力量，以及爱心人士那暖人心扉的助力温情。

寒冬中这些平凡而普通的人们的身影犹如一道道璀璨的烟火，照耀着寂寞孤单的城市，温暖着冰冷沉寂的街道，奏响一曲曲慷慨激昂的抗疫神曲。寒冬中他们用不同的方式穿梭在冰冷的冬日，用最热情的心，最温暖的手，紧握着每一个需要帮助的或熟悉或陌生的人，拥抱着来到他们生命中，与他们不期而遇的每一个人。

感恩国家一次次的核酸检测，让我更加懂得，祖国对每一位人民生命至上的深意；感恩每一位奋战在一线的医务工作者，是他们时刻冲锋在一线，发挥着大无畏的抗疫精神；感恩无数志愿者，他们将生死置之度外，齐心协力，带领着我们一起战胜病毒。哪有什么岁月静好，只是有人替我们前行罢了；哪有与生俱来的英雄，只是我们从未轻易退缩；哪有克服不了的困难，只是我们万众一心，一路披荆斩棘。

我们帮助别人时，我们会收获感激；当别人帮助我们时，我们会感激他人。疫情阻断了空间的距离，但无论何时也不会阻断心灵的距离。感谢疫情，让我学会了感恩，学会了宽容，学会了坚持，学会了自律和自强。我坚信疫情总会被战胜的！

（指导老师　李成）

# 议论文

# 成为参天大树

江苏省南京市汉江路小学　孙诗涵

每个人内心深处，都有一颗理想的种子。总有一天，它会生根、发芽，在人们持续的努力浇灌下，直至长成一棵参天大树。

我们的祖国宛如一棵由众多参天大树汇聚而成的“巨树”，这些参天大树象征着有卓越贡献的人物或意义非凡的重大成就。例如2024年9月25日成功发射的洲际弹道导弹，距离上次发射已然相隔44年，但其威力不但未减，反而更为强劲。而这一切，都离不开祖国的那些“参天大树”——研制“两弹一星”的功勋们。

在这些功勋之中，钱学森爷爷的事迹尤为令人钦佩，他的经历可谓波澜起伏。钱学森凭借优异的成绩赴美留学，然而在美国，他目睹同胞遭受欺凌，这使得他坚定了奋发图强、学成归国的信念。毕业后，他成为空气动力学领域的专家，学业有成之际，他一心想要回归祖国，为中华人民共和国的建设奉献力量，却遭到美国政府的屡屡阻拦。历经五年多的漫长等待与不懈抗争，钱学森终于回到祖国怀抱。回国后，他迅速推动中国导弹技术取得巨大飞跃，助力核弹研制，并开创性地提出“钱学森弹道”。这种弹道能够在大气层边缘跳跃滑翔，极大地增加了雷达探测的难度，具有极为卓越的战略意义。

此次发射的洲际弹道导弹，不但采用了先进的双锥体设计，还运用“钱学森弹道”成功突破音速，达成高超音速飞行，有力地向世界彰显了中国强大的核实力，起到了显著的战略震慑效果。毫不夸张地说，倘若没有这些先辈们的奉献与牺牲，就不会有如今祖国的繁荣昌盛与人民的安宁幸福。

身为小学生的我们，应当勤奋刻苦学习，扎实牢固地掌握知识，通过点滴积累不断充实自我，立志在长大成人之后，为祖国的发展贡献出属于自己的一份力量。

心中的理想种子，无论被埋藏得多深，只要具备适宜的条件，就必然能够生根发芽，茁壮成长为参天大树，撑起祖国未来的一片蓝天。

（指导老师　丁路）

# 谦让之美

北京外国语大学附属海南外国语学校　孙梓钧

梅之所以赢得“梅花香自苦寒来”的赞叹是因为梅对于冰雪的谦让；莲之所以赢得“出淤泥而不染”是因为莲对于淤泥的谦让；竹之所以赢得“千磨万击还坚劲”的美誉是因为竹对于陡崖的谦让。

要学会谦让，谦让是一种魅力，是一种豁达的胸襟，更是一种社会的和谐。学会谦让心胸会变得更加宽阔；学会谦让眼光会变得更加长远。

要学会谦让，谦让是一种修养。纵观三国，一个英雄辈出的年代，一段迷离的历史，但又有多少英雄豪杰倒在嫉妒的血泪中呢？

要学会谦让，谦让是一种品德，也是一种社会和谐的表现。学会了谦让，我们就可以先谦让自己，谦让人生面对生命的挫折和社会的压力，让社会和人生变得更和谐、更美好。

一位著名演员曾经说过："上山的人永远不要瞧不起下山的人，因为他们曾经风光过。山上的人不要瞧不起山下的人，因为他们不一定什么时候就能爬上来。"不管是上山、下山、山上、山下，所有的人都应该保持一种谦虚的态度，来尊重每一个人每一件事。

谦让是一种品德更是一种态度。学会谦让才能更好地提升自己的道德修养，能够用公平、公正的眼光看待每一个人，以正确的态度学习每一件事。谦让是一门学问，需要我们用时间来慢慢积累，慢慢学习。能够学会谦让，才能推进我们的社会和美好人生。

学会谦让，让这个世界变得更加美好；学会谦让，让这个社会变得不再乌烟瘴气。让我们共同创建谦让的美好未来。

# 谦让之美

西安高新第二小学　吴若溪

谦让是寒冬里拂过的一丝春风，融化了心灵的冰封；谦让是苦涩里沁入的一缕甘甜，冲淡了灵魂的苦楚；谦让是黑暗里亮起的一盏烛光，照亮了前行的方向；谦让是山涧里流过的一泓清泉，浇灭了嫉妒的火焰。

花与花之间有珍贵的谦让。

梅花，度过了百花争妍的新春。在"已是悬崖百丈冰"的时节，独自绽放着自己的美。当初春的惊雷在空中炸响的时候，她化身春天的使者"只把春来报"，等到春天山花烂漫之时，她却在丛中笑。虽是零落成泥，但梅花的幽幽香气却永远飘荡在人们心中。

人与人之间有宽宏的谦让。

战国时，蔺相如“完璧归赵”让他的身份地位攀升，被赵王列为右上卿，位于大将军廉颇之上，但却招来廉颇的不满，廉颇还企图羞辱蔺相如一番。而蔺相如却以礼谦让他，使廉颇终于负荆请罪，成就“将相和”的千古佳话。最终合二人之力，保全了赵国。他们这种相互谦让的作风，多么难能可贵。

国与国之间有崇高的谦让。

孔子的《论语》中，有这样一句话：“能以礼让为国乎？何有？不能以礼让为国，如礼何？”在国家层面，谦让则意味着制定和执行政策时要充分考虑各方面的利益，尊重人民的意愿。同时，国家间的谦让表现为和平外交、互利共赢的战略。国际社会应倡导多边主义，反对霸权主义和强权政治，共同维护世界和平与稳定。

谦让有一种豁达的美，它可以化冲突为祥和，化干戈为玉帛。谦让有一种高尚的美，以谦让待人，自然会得到别人的理解与拥戴。谦让，让生活更美好，让社会更和谐，让世界更和平。

（指导老师　雷鹏）

# 观《长津湖》读后感

湖南省长沙县碧桂园学校　武兰熙

历史长河源远流长，许多人在奋斗中挥洒汗水，创造出辉煌璀璨的篇章，要怎样才能更好地了解历史呢？推荐你有时间观看这部让人热血沸腾的电影——《长津湖》。

这部电影以抗美援朝第二次战役的长津湖为背景，讲述了一段波澜壮阔的历史画卷，战士们精忠报国、视死如归、奋勇杀敌，用生命谱写胜利的华章。让我印象最深刻的是一个家族，猜猜他们是谁？没错，在这个家族中，大哥伍百里，二哥伍千里，弟弟伍万里都投身于中国抗美援朝，大哥身为连长之位，为保护七连军队撤离时壮烈牺牲。伍千里和伍万里，他们一如既往地保卫家园，二哥承接连长之位，打仗冲在最前头，有危险挺身而出，全然不顾自己的生命。弟弟也在哥哥的影响下感受到了作为一名解放军从未有过的自豪，兄弟俩互相鼓励，互相帮助着。

记得有一幕是伍万里问战友们，杀多少个敌人才算英雄？战友回答："20个。"不过连长伍仟里告诉他，上了战场，为国献身的人都是英雄。我深深地感动，默默流下了眼泪。作为连长，伍千里对伍万里非常严格，伍万里初次来到火车上参加授枪仪式时，因不懂军中规矩，像猴子一般上下乱窜，威严的伍千里立刻取消了他的授枪仪式，而当伍万里要跳火车时却被拦住了。直到现在，我才知道，原来关心不是毫无原则的包容，而是告诉你什么是正确的。

在这部电影里，我仿佛感受到了战士们的英勇顽强和大无畏的革命精神。当发枪时，雷公对伍万里说，枪口永远不要对着自己人；当伍千里说有的枪必须开，有的枪可以不开时；当七连第一次拥有最强武器和美军战斗时；我的心仿佛被触动了，那一刻，我仿佛跟随电影进入了那个硝烟弥漫的年代。《长津湖》让我难以忘怀，现在我将它推荐给你，希望你也能跟随电影的镜头，走进那个风雨兼程的年代！

（指导老师　贺玉全）

# 谦让之美

西咸新区沣西实验学校　周宇皓

谦让，是一种动人心弦的美德，其美韵雅俗皆可领略，且蕴含着经久不衰、屹立不倒的力量。但“谦让”在有些人心中似乎已经不复存在，他们已经忘掉了，自己身处在一个素有礼仪之邦的国家，整天钩心斗角，尔虞我诈，早已将谦让置之度外；但仍有一些人，秉持谦虚让贤的操守，彰显高尚品德，以海纳百川的胸怀，将这种美德永驻心间。

大清朝有位做官的人叫张英，他家人在安徽桐城故乡修建府宅时，与邻居发生矛盾。家人便写信给他，以求借他的权势争得地盘。张英立即赋一首诗回信：“千里修书只为墙，让他三尺又何妨。长城万里今犹在，不见当年秦始皇。”家人见信后立即主动让出三尺。邻居一看，顿觉惭愧，马上也让出三尺。这样，两家之间便形成了有名的“六尺巷”，至今传为佳话。

清雍正年间，江永被推荐到朝廷做官。皇上召见他时，他因紧张而瑟瑟发抖，无法应答。于是，他举荐了自己的学生戴震，戴震口若悬河，分析问题切中要害，说得清清楚楚。皇上大为欣喜，问戴震说：“你与你的老师相比，谁的才能更为出众呢？”戴震恭敬地回答：“我的水平较为低下。”皇上又追问：“那水平高者为何反而不能应对呢？”戴震解释道：“老师年事已高，听力有所衰退，然而他的学问，远超我万倍。”皇上对他的谦让精神颇为赞赏，赐予他翰林之位。

春秋时期，有两位难能可贵的挚友，一个叫管仲，一个叫鲍叔牙。这两人后来都成了著名的政治家。管仲生于一个没落的贵族家庭，青年时，他的家境相当贫困。管仲做过商人，这在当时贵族阶层看来是非常低贱的。经商期间，管仲到过很多地方，接触过形形色色的人，经历过各种各样的事情，见过很多世面，积累了丰富的社会经验。一天，管仲在街上碰上了年龄相仿的鲍叔牙，两个人攀谈起来，结果越谈越投机，越觉得志趣相近，两人就相约结为朋友。管仲曾经带兵打仗，进攻的时候他躲在后面，退却的时候他却跑在最前面。手下的士兵全都瞧不起他，不愿再跟他去打仗。鲍叔牙却为管仲辩解道："管仲家中有年迈的母亲，他自保是为了侍奉母亲，并非真的怯懦怕死。"鲍叔牙极力维护管仲，竭力掩饰他的不足，全然是出于对管仲这一个人才的爱惜。管仲听闻这些话语，感动不已，慨叹道："生我者父母，知我者鲍叔牙啊！"

在中华5000年的历史中，有许多因为谦让而流芳百世的古人。而在一个和谐的国度之中，最密不可分的就是谦让。要是处处都充满谦让之美，那么世界将会越来越美好。

# 我的园丁——写给钟老师的一封信

深圳市龙华区第二实验学校　熊子萱

尊敬的钟老师：

您好！

您最近好吗？我已经有快一个学期没见到您了，您想我了吗？我有好多好多有趣的事情想要和您分享！

我们小区里的梅花开了。梅花的样子各种各样。有的才张开两三片花